万家灯火

徐鲁 杨静雅 著

宁波出版社

图书在版编目（CIP）数据

万家灯火 / 徐鲁, 杨静雅著 . -- 宁波：宁波出版社, 2022.3

ISBN 978-7-5526-4491-3

Ⅰ . ①万 … Ⅱ . ①徐 … ②杨 … Ⅲ . ①报告文学—中国—当代 Ⅳ . ① I25

中国版本图书馆 CIP 数据核字（2021）第 247366 号

万家灯火
WANJIA DENGHUO

徐 鲁　杨静雅　著

策划编辑	袁志坚
责任编辑	苗梁婕　江一常
责任校对	虞姬颖　胡佳莹　尤佳敏
责任印制	陈　钰　王璐璐
插　　画	方婧欣
装帧设计	金字斋
出版发行	宁波出版社
	（宁波市甬江大道1号宁波书城8号楼6楼　邮编　315040）
网　　址	http://www.nbcbs.com
印　　刷	宁波白云印刷有限公司
开　　本	710mm×1000mm　1/16
印　　张	20.5
插　　页	12
字　　数	250千
版　　次	2022年3月第1版
印　　次	2022年3月第1次印刷
标准书号	ISBN 978-7-5526-4491-3
定　　价	65.00元

如发现缺页或倒装，影响阅读，请与出版社联系调换　电话：0574—87248279

奉献爱心,处处可为。积小善为大善,善莫大焉。当有人需要帮助时,大家搭把手、出份力,社会将变得更加美好。

——摘自习近平总书记写给"郭明义爱心团队"的一封信

有时候需要用一根火柴去点亮那些星星。

——摘自阿根廷诗人安东尼奥·波契亚《遗忘的声音》

目 录

楔　子	1
第一章　爱心奶奶天团	4
第二章　悄然远去的背影	19
第三章　好想找到你	32
第四章　星星点灯	46
第五章　无人认领的荣誉	66
第六章　情系罗南英	77
第七章　人间自有真情在	93
第八章　无远弗届的温暖	108
第九章　偏向远山行	125
第十章　最美的钢琴奏鸣曲	143
第十一章　总得有人去擦亮星星	160
第十二章　延续生命之光	184
第十三章　闪亮的初心	196

第十四章	奔涌吧，无畏的后浪！	214
第十五章	你是人间四月天	236
第十六章	家有芳邻	254
第十七章	千江有水千江月	270
第十八章	讲不完的故事	286
尾声	万家灯火　人间星河	311

楔　子

亲爱的朋友，不知道你是否留心过这样的场景，或者有过这样的感受：当暮色降临的时候，你从高铁站或机场出来后，缓缓地进入一座陌生的城市，或者是回到家乡，透过车窗玻璃，你会看到一幢又一幢矗立在夜色里的高层住宅楼，无数个窗口都在闪耀着明亮的灯光。

这些高楼大厦的轮廓，好像已经融入温柔的夜色，但那一个个闪耀着灯光的窗口，却是异常清晰明亮。也不难想象，每一个窗口之内，都有一个温馨的家，都有一家人围在飘香的饭桌前，或是闲坐在客厅里，笑语朗朗，亲情怡怡……

我曾经多次留心观察过这些闪耀着美丽灯火的窗口，每次看到这样的景象，心里就会漾起一种温柔的情感：是啊，这不就是真实的万家灯火吗？这不就是一座城市最应该拥有的平安、祥和、幸福的生活日常吗？

远远地瞩望着、想象着夜空之下那无数个灯火闪亮的窗口，我也会情不自禁地想到，让每一个中国人和每一个中国家庭都过得更安宁、幸福、美好，"让人民群众有更多获得感"，"人民对美好生活的向往就是我们的奋斗目标",这是一个多么庄严和坚定的目标啊!而为了这样一个目标,一代代伟大的共产党人,已经艰苦奋斗了整整一百年!在这一刻,我还联想到一位诗人曾经的歌唱:"羡慕吧,生活多么好,多么令人爱恋,为了享受这一夜,我们战斗了一生!"

2021年8月17日,习近平总书记主持召开中央财经委员会第十次会议,研究扎实促进共同富裕等重大问题。会议强调,共同富裕是全体人民的富裕,是人民群众物质生活和精神生活都富裕,不是少数人的富裕,也不是整齐划一的平均主义,要分阶段促进共同富裕。

这次会议提出的"三次分配"问题,迅速引起全国上下热议。共同富裕,也被老百姓形象地称为"头号国策"。

毫无疑问,党的十八大以来,党中央把逐步实现全体人民共同富裕摆在更加重要的位置上。采取有力措施保障和改善民生,打赢脱贫攻坚战,全面建成小康社会,为促进共同富裕创造了良好条件。此刻,中国正在向着第二个百年奋斗目标迈进。党中央做出英明决策:适应我国社会主要矛盾的变化,更好满足人民日益增长的美好生活需要,必须把促进全体人民共同富裕作为为人民谋幸福的着力点。

这是实现中华民族伟大复兴必不可少的一部分。提倡和鼓励富裕阶层、高收入人群和企业更多地参与慈善事业,回报社会,也将是未来相当长的时间里,在实现共同富裕的道路上,一份暖流汇聚的期待,一股爱心交融的力量。

对于"共同富裕""三次分配"这些名词,很多细心的宁波人早就不陌生了。他们心领神会,相视一笑,笑容里不无几分骄傲和自豪。作为"大爱之城"和"首善之城"的宁波,全城共倡、人人参与公益慈善事业,宁波人早就在默默地筑建着一座又一座跨越鸿沟的坚固桥梁,打造着一艘又一艘渡己渡人的共济之舟……

哦,万家灯火!这是一个多么美丽的文学意象,又是一幅多么静好的生活图景!

哦,万家灯火!我们要讲述的宁波故事,就从一盏盏心灯开始数起吧……

第一章

爱心奶奶天团

　　四月的大地被耕作得像花园一样。每一株桃树、苹果树和野樱树，都披上了彩色的衣衫；一朵朵小小的蒲公英，也都戴上了迷人的金冠；葡萄园里的葡萄藤泛着青绿的颜色，像少女们的手臂和腰肢一样婀娜柔软；低矮的橄榄林刚刚苏醒，嫩嫩的叶片上沾满了白色的茸毛。高大的橡树像风度翩翩的美男子，正深情地守望在整齐的田野边；田野上的麦苗正在返青，锦鸡、野兔、松鼠们，正在麦田里追逐、撒欢……

　　这一天，在荷兰阿姆斯特丹明媚的大海边，从世界各地来的游客，欣赏着这里的风光。有的在一起拍着合影，有的坐在露天咖啡座上晒着太阳。在这些来自不同国度的游客当中，当然少不了中国游客的身影。

　　有四五位满头都是"奶奶灰"的中国奶奶，没有像别的游客那样忙着拍照，或者去欣赏美景，但从她们的脸上可以看出，这几位奶奶的心情，同样是洋溢着喜悦的。

　　她们一边说说笑笑，一边编织着手中的毛线。五颜六色的毛线团，放在身边的布袋里。长针和毛线在她们的手指间上下翻舞，看得人眼花缭乱。不少外国游客从奶奶们面前走过时，不免有些好奇。难道中国的老奶奶都是这么"闲不住"，出来旅游还要人人都带上毛线活儿吗？

这几位中国奶奶，真的是结伴出来旅游的。但是别人怎么也想象不到，这几位老人还有一个共同的约定，她们要抓紧时间赶织出一批毛衣、毛线裤和围脖，在入冬之前，寄送给位于中国西南边陲的广西、贵州、云南等贫困山区的孩子们。

这些被西南边陲山区的孩子们亲切地称为"毛衣奶奶""棉鞋奶奶"的老人，当然不是一位，也不只是坐在阿姆斯特丹海边的这四五位。这些老人组成一个人数众多的"天团"，她们都住在浙江省宁波市。宁波市民还给她们起了个亲切的雅号：爱心奶奶天团。

"爱心奶奶天团"的"发起人"是家住宁波市鄞州区东柳街道东海花园社区的韩翠菊，社区里的人们都喜欢叫她"韩阿婆"。

80多岁的韩阿婆年轻时就心灵手巧，特别擅长编织毛衣。最先，韩阿婆是自己一个人默默地给贫困山区的孩子织毛衣、送温暖，不知不觉坚持了16年，2200多件"爱心毛衣"被送往全国十多个地区。

16年里，韩阿婆亲手编织的毛线衣物都寄到过哪些地方，她自己也说不清楚了，总之，只要她从电视、报纸上看到哪里的孩子有需要，她就往哪里寄送。四川青川地震灾区，贵州山区的从江小学，吉林和龙市八家子镇的小学，还有宁波本地鄞州云龙镇的石桥小学……都收到过韩阿婆为孩子们编织的衣物。

韩阿婆的女儿说，在她的记忆里，妈妈除了吃饭睡觉，所有闲暇时间，都用来织毛衣了。平时，妈妈从不舍得乱花钱，家里的一点闲钱，多半都用在选购各种颜色的毛线上了。多年来，妈妈还给自己定了一个

"小目标"：一个星期必须织完一件，一年算下来，可以织 50 件左右。

桃李不言，下自成蹊。渐渐地，一些有编织手艺的退休奶奶，还有一些年轻的编织爱好者，源源不断地加入了以韩阿婆为中心的这个百人"天团"。每年冬天寄往各地的爱心毛衣，都在 300 件以上。

东海花园社区还专门成立了"韩阿婆工作室"，把社区里的编织爱好者组织起来，一起为贫困山区的孩子们织毛衣。

如今，社区里的"韩阿婆工作室"，不时会收到一些爱心市民送来的闲置毛线和毛衣，甚至还有四川、河北、福建等地的爱心人士寄来的毛线。

最多的一次，是"韩阿婆百人编织团"为青海玉树地区囊谦县阳光福利学校的孩子们，捐献了 356 件毛衣和 256 条围巾。全国各地的网友也纷纷出手，加入了千里送温暖的爱心团队，成了"韩阿婆百人编织团"的"外援"。收到的毛线按总重量来计算，竟然有 1500 多斤！

家住东海花园的水燕琴女士，是较早加入"韩阿婆百人编织团"的成员之一。2020 年初春，新冠肺炎疫情暴发后，水燕琴连续两个多月闭门不出，"禁足"在家抗疫的同时，一心扑在编织上，每天对照着一些毛线编织的图书，学会了各种编织花样和款式。

水燕琴朗声笑着说："编织着暖暖的、柔软的、花色漂亮的毛衣时，其实也像是在编织自己的好心情！一想到这些漂亮的小毛衣，会给远方的小朋友们带去'三冬暖'，自己的心情就变得更好了！这不就是人们常说的'予人玫瑰，手有余香'吗？所以，以后我还要继续织下去，一直织到自己也变成'毛衣奶奶'的时候，哈哈哈……"

韩阿婆自己也没有想到，她的举动会有这么大的感召力。"看到身边喜欢编织毛衣的人，特别是年轻人越来越多了，每年有更多的孩子能穿上暖和的新毛衣,我是打心底里欢喜呀!"韩阿婆一件件地验收和折叠着团员们送来的小毛衣,高兴得合不拢嘴。

"韩阿婆百人编织团"成立一周年的时候,收到过好几张没有留下姓名和真实地址的汇款单。有一位家住长丰的女士,特意骑着电瓶车赶到东海花园社区,先是放下 3000 元钱就走了,没走多远竟然又折返回来,把钱包里剩下的 3000 余元也悉数捐了。这位女士还面有愧色地说,自己不会织毛衣,也不懂得哪种毛线最适合给小朋友织毛衣,所以只能捐一点钱,出一份力。一直到离开,她也不愿意透露自己的姓名,所以在爱心捐款单子上,志愿者们为她填写的名字是"长丰阿姨"。

还有一位钱阿婆,住在海曙区。有一天,钱阿婆特意带着皮卷尺来到"韩阿婆工作室",仔细地量了几款小毛衣的领口、袖子和小毛线裤裤管的尺寸,说要回去照着这些尺寸编织毛衣。临走时,钱阿婆从兜里拿出了 2000 元,硬是要留下,"略表一点心意"。刚刚过了两个月,钱阿婆又带着自己编织好的一批毛衣,来到"韩阿婆工作室",说是"来交作业的",请大家看看"合不合格"。

韩阿婆经常收到孩子们的来信,还有一些手工小礼物。2021 年 4 月 2 日下午,宁波市慈善总会壹行人公益联盟的赵杰,来到东海花园社区,把孩子们写的信送到了韩阿婆手上。

这一次的信,是青海玉树地区囊谦县的阳光福利学校的孩子们写来的。这是一所全日制寄宿学校,有 310 名学生,其中不少学生是孤儿或特困户子女。春节前,很多孩子又穿上了来自宁波的"毛衣奶奶"和她的团队编织的漂亮毛衣,孩子们知恩感恩,却无以回报。于是,他们俯在课桌上,一笔一画地给从未见过面的"毛衣奶奶"写起信来。细心的女孩子,还特意找来彩色信纸,选出不同颜色的彩色笔来写信……

  亲爱的毛衣奶奶,在寒冷的冬天,您是温暖的阳光,照暖了我这颗寒冷的心。我虽然不知道您长什么样子,但我想象得出来,您是最最cí爱的奶奶。
  奶奶,在这个寒冷的冬天,我穿上了您给我织的毛衣。您织的毛衣真的很舒服、很温暖!……您没日没夜给我们织毛衣,一定累坏了,一想到这里,我们就很心疼!

  写信的小同学不少是藏族的孩子,有的汉字写不出来,就用拼音代替。有的信上还配上了有趣的简笔插画。

  赵杰送来的书信和礼物,也像从宁波寄到远方的小毛衣一样,温暖了"韩阿婆百人编织团"每个人的心。赵杰在给韩阿婆和大家念着一封封书信的时候,韩阿婆织毛衣的手一直没有停下来。

  除了几封信,赵杰还给韩阿婆送来了一小纸箱"特别的礼物"。孩子们在信上告诉韩阿婆:"箱子里装的东西,叫'蕨麻',也叫作'人参果'。这是我们几个同学在寒假期间,特意到山上寻找和挖采的,虽然不多,却是我们的一点点心意,希望能给奶奶补充一点营养。"

  韩阿婆捧着这些还带着高原泥土的蕨麻,禁不住眼睛湿润了!她对赵杰说:"你给他们的校长回信时,一定要叮嘱一下,孩子们冒着严寒上山去找去挖这些蕨麻,好不容易的!要是把小手小脸冻坏了,那怎么得了呀!告诉校长,孩子们的心意我都领受了,但以后再也不要去挖采了,高原上那么冷,孩子们会冻坏的!"

  赵杰这次来,又给"韩阿婆百人编织团"带来了一项新的"任务":宁波市慈善总会已经做了提前联系，今年的爱心毛衣，除了寄往青海玉树一部分，还有一部分，要寄给四川大凉山的彝族地区。

"阿婆，您估计一下，鄞州区这边今年能织出多少件啊？"赵杰笑眯眯地问道。

"这个……多了阿婆不好说呀。500件，大伙说说看，应该没有问题吧？"

"阿婆，您是我们的'领导'，您老人家说了算，我们都听您的。"有人打趣地说。

"好，那我们就给小赵同志一颗定心丸，500件，一件也不少！"

"阿婆，干脆趁着小赵在这里，我们各个编织团，把这份500件的'订单'，分头给'认领'下来吧，省得您老人家再惦记。"又有人提议。

"嗯，这个主意好，'包产到户'，'责任到人'呀！"

于是，当着小赵的面，500件"爱心订单"不一会儿就被鄞州区的7个编织团"一抢而空"了……

笔者去社区里采访这件事时，不少人对那一刻的欢欣气氛和温暖的感受记忆犹新。

"我们这个团队因为人数不多，有好几个人还没有完全退休，都是利用下班后或双休日的时间在打毛线，所以我们认领了70件毛衣。"

"我们的人手比她们多一些，我们认领了203件！"

"我们这个团队有8个人，有几个才刚刚学会编织手艺，我们认领了42件。"

…………

那天，鄞州区东郊街道的"巧艺编织工作室"，首南街道格兰春天社区的"毛衣工坊"，首南街道和众社区的"古韵民俗手工坊"，加上东柳街道的"韩阿婆编织团"等共 7 个爱心编织团队,争先恐后,每个团队都乐滋滋地"认领"了一份"爱心订单"。

2020 年 3 月 17 日,《人民日报》刊发了一篇通讯,题目是《韩奶奶和她的爱心毛衣》,还配了几张图片:一张是天气晴好的时候,满脸慈爱的韩奶奶坐在阳台上边晒太阳、边织毛衣;另一张是叠得整整齐齐的各种花色的小毛衣。这是韩奶奶在这个冬天里一针一线为山区孩子们编织的、即将打包寄出的一批小毛衣。

星星点灯,照亮了整个城市的天空。宁波市出现了越来越多的"毛衣奶奶团队"和"棉鞋奶奶团队"。

住在宁波市鄞州区东胜街道曙光社区的李素玲奶奶,她像韩阿婆一样,为贫困山区的孩子织着毛衣。

几年前的一天,李奶奶从电视上看到,西南一些山区的孩子,因为家庭困难,很少有机会穿上新衣服,更不用说柔软暖和的毛衣、毛线裤了。冬天里,不少孩子的小手都冻伤了,有的还穿着露着脚趾的旧鞋子……

李奶奶从电视上看到,孩子们虽然穿着破旧的衣裳,却在简陋的教室里认真地上课读书。当镜头对着他们的时候,他们又个个露出了天真、倔强和乐观的笑容……李奶奶看了,打心眼里疼爱和挂念这些孩子,一连几天都睡不着觉。

她想,所有的孩子,都是上天赐给我们的宝贝!这些生活在偏远山区的孩子,同样是祖国的花朵,是正在生长的力量,是国家的明天和希望。现在,城市里家家户户生活条件都很优裕了,而这些山区的孩子身体瘦小,裹着单薄的衣裳,迎着寒冷的山风,走在上学和放学的路上!

想到这里,善良的李奶奶当即萌生了一个想法,她要亲手编织一些毛衣、毛线裤和手套，寄到山区去给孩子们抵御寒冷。

说干就干。从那以后，李奶奶再也没有闲着，不论走到哪里，她都随身带着毛线活儿，只要一坐下来，就戴上老花镜，不停地织呀织呀……就这样，每年入冬前，李奶奶都会编织出几十件甚至上百件毛衣和毛线裤，然后通过民政局、福利会和一些志愿者机构，捐赠给贫困山区的孩子们。

李奶奶年轻时就学会了织毛衣的手艺，现在80多岁了，织毛衣的手艺更加娴熟了。只要一坐下来，两根棒针在她手上，就像魔术师的"魔法棒"一样，上下左右，不停地翻飞。

在欧洲古老的童话故事里，有一个会纺织"玫瑰云"的老祖母的故事，讲的是一片小小的玫瑰云，不停地飘荡着、变幻着，有时还变成了浓重的乌云，遮天盖地，翻滚着、奔跑着，裹着狂雷巨闪，撕裂了天空……而那位老祖母，却把翻滚的云团抓在手中，放在纺车上不停地纺啊纺，纺成了比丝还细的云线。虽然有狂风暴雨，山崩地裂，但她仍然镇定自若，不抱怨、不叹气，耐心地纺啊纺，最终把所有厄运、灾难和痛苦，都纺成了柔软的、温暖的丝团……

这位会纺织"玫瑰云"的老祖母，是生活在童话故事里的"童话奶奶"，只能给孩子们带来美好的想象和希冀。现实生活中的李素玲奶奶，却一次次给孩子们寄去了又漂亮又温暖的冬天的礼物：毛线衣、毛线裤、棉帽子、棉手套、棉袜子，还有厚厚的围脖。

李奶奶说："世界上哪有不爱美的小孩子哟！所以，每件小毛衣、小背心、毛线裤和小帽子的配色，我都会精心搭配。给小男孩们的，用蓝色、黑色、棕色比较合适；给小女孩们的，就多用粉红色、黄色和红色，领口和袖子这些位置，就尽量选用耐脏的颜色。"

每编织好一部分，李奶奶就请家人帮忙，装进厚实的纸箱里，分头寄走。每次把包裹寄走了,李奶奶就会想象着,当孩子们在远方收到这些漂亮的毛线衣帽,穿戴在各自身上,除了暖暖的,没准还会互相比一比,谁的衣服更好看呢!

可是,李奶奶毕竟是80多岁的老人了。2018年初,她在去商店选购毛线的路上,摔了一跤,右腿动了一个大手术,手术后休养了好一段时间。想到又一个冬天很快就要到来了,而毛线活儿还剩下不少没有编织出来,李奶奶心里着急着呢!

也是在这年冬天,因为不停地编呀织呀,李奶奶右手指的风湿性关节炎复发了。有时一觉睡醒,手指肿得都拿不动棒针了。但一想到远方的孩子们,也许在盼望着能收到一件漂亮暖和的毛线衣,李奶奶就忍受着疼痛,继续不停地编织着,编织着……

甘肃省清水县宁波小学每年都会收到李奶奶从宁波寄来的包裹。十几年来,在这所小学里读过书的很多汉族和彝族小孩,都珍藏着一段温暖的记忆:一到冬天,就能穿戴上"毛衣奶奶"从远方寄来的漂亮毛衣。

这所小学的校长姓王,王校长和学校里的每一位老师都明白,这每一件毛衣、每一件毛线裤、每一顶小帽子,都是宁波的那位李奶奶戴着老花眼镜,熬着一个一个夜晚,一针一线编织出来的。所以,每次收到包裹,王校长都会精打细算,列出应该配给的贫困家庭的学生名单,尽量让周边几个村子里的贫困家庭的孩子,都能分享到"毛衣奶奶"寄来的温暖和疼爱。

孩子们大都不知道李奶奶的名字,也想象不出李奶奶的相貌,但他们知道,"毛衣奶奶"是全世界最好的奶奶,就像他们的亲奶奶、亲外婆一样疼爱他们。

有一天,学校红领巾小队的同学们,想出了一个好主意:他们联名给"毛衣奶奶"写了一封感谢信,还特意画上了一幅彩色图画,让王校长寄到了宁波。孩子们在书信上这样写道:

最最亲爱的"毛衣奶奶":

您好!

我们是云南省乌蒙山区的一群小学生,也是学校少先队"星火小队"的全体队员。我们当中,还有几个是从未走出过家乡乌蒙山的彝族同学。今天,我们怀着无比敬爱的心情,给从未见过面却好像一直生活在我们身边、时刻疼爱着我们的"毛衣奶奶"写这封信。奶奶亲手编织的一件件毛衣、毛线裤、小帽子和小手套,不仅温暖了我们一个个身体和一双双小手,更像冬天里的火塘一样,温暖着我们幼小的心。

奶奶,您也许不知道吧,有的家庭比较贫困的同学,还从来没有穿过毛衣呢!有的还说,就是做梦也没有想到,能穿上这么漂亮的毛衣呢!同学们穿上您亲手织的漂亮毛衣,戴上漂亮的小花帽和小手套,一个个别提有多高兴了!

亲爱的"毛衣奶奶",您从来不肯告诉我们您真实的名字,所以同学们只能用"毛衣奶奶""棉鞋奶奶"这样亲切的代号来称呼在远方的奶奶们。在这里,我们代表全体同学,向奶奶们表达最真挚的感恩,也献上我们所有"红领巾"的最崇高的敬礼!

奶奶的爱,是给予我们的最好的鼓励和动力。请奶奶放心,我们一定不会辜负远方的奶奶的期望,一定会更加刻苦地奋发努力，好好学习，天天向上，学好知识本领，将来好报效祖国，也像奶奶一样，把自己的爱心奉献给社会，奉献给需要帮助的人们。

祝远方的"毛衣奶奶"和"棉鞋奶奶"们幸福健康、寿比南山！

"星火小队"的全体"红领巾"

2018 年 10 月 26 日

孩子们一起绘制了这样一幅图画：一位面容慈爱、满头白发、戴着眼镜的老奶奶，手里握着两根长长的棒针，正在挽着五颜六色的毛线，聚精会神地编织着毛衣。在老奶奶身边，有一群可爱的孩子，他们身上穿的、头上戴的，正是"毛衣奶奶"寄来的毛衣和帽子。孩子们幸福地围绕在老奶奶身边，个个仰着小脸，张着小嘴巴，好像正在跟"毛衣奶奶"说："谢谢您呀，最最亲爱的'毛衣奶奶'！奶奶亲手编织的毛衣和帽子又漂亮又暖和，我们一起祝奶奶永远健康快乐哟！"

这些小同学并不知道，在远方，在"毛衣奶奶"居住的城市里，不知从什么时候起，"毛衣奶奶"的故事被悄悄传开了，一传十，十传百，感动了许许多多的市民，而且越来越多退休的奶奶，纷纷加入了编织爱心的行列。还有一些不会编织手艺的奶奶和爷爷，慕名找到李奶奶，把自己家里闲置的毛线，或者是特意从商店里新买来的毛线，送到李奶奶这里来。

再讲一位"棉鞋奶奶"的故事。住在鄞州区中河街道城兴社区的李文清奶奶，已经 70 岁了，也是一位家喻户晓的爱心奶奶。她被社区里的街坊和远方的孩子们亲切地称为"棉鞋奶奶"。

2011 年，李奶奶和老伴从老家湖北来到宁波，帮着定居在宁波的女儿照看小外孙。李奶奶从新闻上看到,宁波出了那么多"毛衣奶奶",甚至还有"爱心奶奶天团"!她想,自己织毛衣不太拿手,但是论做棉鞋的手艺,在老家的街坊邻居眼里,那可是数一数二的!

于是,从 2012 年开始,李文清奶奶只要一有空闲时间,就不停地纳鞋底、缝鞋帮,每年都会做出很多双又厚实又好看的棉鞋,不断地送给有需要的人。不知不觉,9 年时间下来,李奶奶累计送出了 500 多双自己亲手纳制的棉鞋。

刚开始,李奶奶做出的棉鞋,只是送到社区周边的敬老院和福利院,送给那里的孤寡老人。她的想法也很简单、朴素:这些老人身边没有子女,从商店买来的棉鞋不但贵,有的还不保暖,好看是好看,却不太适合居家的老人们。而她亲手纳制的棉鞋既保暖又轻便,只要穿上,一个冬天就不会冻脚了。

2012 年,冬天来临前,李奶奶委托女儿联系了社区的工作人员,把自己用了大半年时间做出的 40 双棉鞋送到了钟公庙敬老院。老人们穿上又舒适又暖脚的棉鞋,个个竖起了大拇指。第二年冬天,李奶奶又积攒下了 40 双棉鞋,还是委托社区,送到了鄞州博美颐养院。几年下来,敬老院的老人,"小雨点语训中心"的残疾小朋友,还有辖区里的环卫工人,不少人都穿过李奶奶做的棉鞋。

2017 年冬天,李奶奶继续扩大送棉鞋的范围,把 52 双棉鞋送到了地铁 3 号线"钱湖北路站"施工人员的手里。

"妈妈之所以要把棉鞋送到'钱湖北路站'的建设工人那里,是因为她和爸爸有一天偶然路过那里,看到了家乡'湖北'二字,觉得特别亲切。'湖北'两个字唤起了妈妈温暖的乡愁。"还是女儿最理解自己的妈妈。

果然,这些厚实的棉鞋送到工地后,工人们得知这是老家在湖北的一位老奶奶一针一线做出来的，都很感动。"这双棉鞋，我舍不得穿呀！"有位工人说，"我在老家有一位老父亲，我想把它带回老家，给老父亲穿。"

"棉鞋奶奶"的举动在鄞州区不胫而走，很快就传遍了整个宁波。人们也很自然地把"棉鞋奶奶"归入了宁波的"爱心奶奶天团"之中。2018年初，因为"棉鞋奶奶"的带动，城兴社区成立了一个"微爱暖心工坊"，集结了社区里20多位会做缝制和编织手工活儿的阿婆。

这年冬天，"棉鞋奶奶"带领阿婆们缝制和编织的300多双棉鞋和小毛衣、棉围脖、棉帽子等，被寄送到了湖南雪峰山区溆浦的一些孩子手上。生活在沅江边的苗族、土家族、瑶族的孩子们，享受到了甬江边的老奶奶们送来的冬日的温暖。

李奶奶做每一双棉鞋都十分用心，一丝不苟。工作坊里的阿婆们都称赞说，李奶奶做的棉鞋，不仅手工好，鞋底、鞋帮、棉线也都是她亲自挑选的上好材料，这样做出来的棉鞋，既保暖又轻便，还结实耐穿。

不少人看到"棉鞋奶奶"的故事，想当然地认为，李奶奶和她的女儿生活一定比较富足殷实吧！其实，李奶奶老两口的生活并不那么富裕，前几年，老夫妻俩还都在小区的物业做过保洁员呢！

"不过，在每年坚持做棉鞋送人这件事情上，妈妈一直是大方的，能选好一点的材料，就一定会选好一点的材料，从不吝惜。"李奶奶的女儿对妈妈平时做棉鞋的情况了如指掌，她说，"孩子一天天长大了，妈妈的空闲时间也变得多了一些。她每天要用上五六个小时来做棉鞋。无论是纳鞋底、剪鞋帮、缝合、绲边，每一道工序都是手工缝制，针针线线，一丝不苟。这样，每做成一双棉鞋，都得花上四五天时间，跟那些'毛衣奶奶'编织一件毛衣所用的时间差不多。"

现在，走进李文清奶奶的家里，就像走进了一个棉鞋作坊。大大小小的箱子里，放着李奶奶剪出来的各种鞋样，还有各种半成品或备用的材料，比如纳好的鞋底、织好的鞋面、裁剪好的海绵鞋底垫子等等。

说起自己喜欢做棉鞋的事，李奶奶陷入了略带伤感的回忆，她说这跟她小时候受到母亲的影响有关。说起自己的母亲，她的心里涌起几分愧疚和遗憾，眼睛里不禁有了泪水。

原来，李文清小时候在湖北农村生活，家境比较贫寒。她的母亲身体不好，经常卧病在床。有一阵子，她很想给母亲买一双新棉鞋，却一直买不到。一直到母亲久病不治，过早地去世了，也没能穿上一双像样的棉鞋。这件事，一直压在李文清的心头，像一块沉重的石头。李文清长大成人后，一边跟着别人学手艺，一边自己练习摸索，终于学会了纳鞋底、做棉鞋。可惜的是，母亲没有看到，更没能穿上自己的女儿做的棉鞋。

李奶奶曾回忆说，她从小就牢牢地记得，母亲年轻的时候，乐善好施，对于遇到困难的街坊邻居，能帮上忙的，一定会热心相助，哪怕自己一家人节俭一点，克服一下困难，也要先出手帮助他人。母亲也经常给村里的孤寡老人或失去父母亲的孩子缝缝补补，从不张扬，更无怨言。

"母亲是我一生最亲近也最难忘的好榜样，母亲留下的善良、清白的好家风，我也该传递下去。"李奶奶说，"现在一想起母亲，我心里就有些难受。我现在每年做一些棉鞋，送给有需要的人，也算是弥补我对母亲的一些遗憾，也是在继承母亲的好品德吧。"

母亲是子女们的"第一所学校"。最伟大的母爱，不仅仅是指母亲对子女的爱与教导，也包含着子女对母亲的敬爱与感恩。毫无疑问，正是善良的母亲，在李文清的心底培育了第一颗善良的种子。我们从李奶奶对自己母亲的感念中，也感受到了中国传统美德在普通百姓身上的默默传承。

不久前，李奶奶又给居委会主任打电话说，这两天她数了数，自己已经做了48双棉鞋。她想到，前段时间小区里有位保洁员，因为中风住院了，她想问问，能不能委托居委会把这48双棉鞋用"爱心义卖"的方式，换一点现钱送给她，就算是杯水车薪，也是一份心意。

笔者在宁波走访"爱心奶奶天团"的时候，——岂止是"爱心奶奶天团"，在每一次寻访和记录宁波无处不在的爱心故事的过程中，笔者听到最多的一句话就是："这没什么好大惊小怪的，顺其自然的事嘛！"

是的，"顺其自然"，这是宁波人再熟悉不过的四个字，仿佛是专属宁波人的一句"暗语"，一个"密码"，一个象征性的"符号"。

——哦，也许更像是一颗闪亮的星，一束耀眼的光，一种无形的感召……

这到底是一个怎样的"秘密"呢？

第二章

悄然远去的背影

2020年11月底,正是农历小雪和大雪之间一段"暖冬"的日子。大自然是慷慨的,大地江河是不朽的。谁能想象,8个月前还处在疫情肆虐中的华夏大地,此时已是浴火重生,正在欢庆一个橙黄橘绿、五谷丰登的丰收年成。

当奋力决胜全面建成小康社会、决战脱贫攻坚目标任务即将宣告胜利完成,全面建设社会主义现代化国家、向第二个百年奋斗目标奋进的新征程开启之时,勇于进取、低调务实的宁波人,正在把地处浙江东部、美丽富饶的长江三角洲南翼的一片9816平方公里的画山绣水,仔细安排和精心描画……

2020年11月27日早晨,像往常一样,宁波市慈善总会的工作人员敞开大门,开始接待前来咨询慈善事务或捐赠爱心款项的市民。

多年来,宁波市形成了做慈善、献爱心的风气,前来慈善总会捐款或咨询帮困扶贫事宜的市民不在少数。几乎每个工作日,位于海曙区西河街74号的宁波市慈善总会门前,总是人气颇旺。

上午9点刚过,邮政储蓄银行一位年轻的工作人员,手里扬着一个厚厚的大信封,还没有跨进门,就兴冲冲地大声说道:"好消息,好消息!可能又是'顺其自然'寄单子来了!"

宁波市慈善总会的一位工作人员连忙接过挂号信,一看,信封上又是写着"会长(收)",寄信地址,仍然是一个压根儿就不存在的虚拟地址"宁波市中山路1号",寄信人是大家早已熟悉的"然然"。

"一看到那熟悉的白信封,还有工整和清秀的字迹,我们很容易就猜到,这是'顺其自然'又来捐款了!"专门跑来送挂号信的那位邮政储蓄银行工作人员,满脸欣喜地说道,"所以,我们必须在第一时间把信送到慈善总会,这也是我们对他(她)和所有其他匿名捐赠群体的一种致敬吧。能为'顺其自然'服务,并且一次次'见证奇迹',真的是又开心又自豪!"

宁波市慈善总会陈云金会长,激动地拆开了白色信封。

果然,映入众人眼帘的,又是厚厚一沓汇款单!

这次的汇款单共105张,其中有103张汇款单额度都是9999元,还有一张50元,一张53元,累计103万元。

仔细看过汇款单上盖的邮戳,大家发现,这些善款分别是从中国邮政储蓄银行宁波分行、宁波市海曙区邮政大厦营业所汇出的。

"为什么还有一张50元、一张53元的呢?"有人问道。

陈会长想了想,说:"按照'顺其自然'以往的习惯,汇款时总要留出一点钱,作为汇款费,也许他(她)最后是把还没有用完的汇款费,也一点不剩地又填上单子,汇出来了。"

"嗯,有道理,有道理。"在场的人纷纷点头说,"真不容易啊!"

"陈会长,也许您最清楚,这是市总会第几次收到'顺其自然'的捐款了?"又有人问道。

"我当然记得清清楚楚啦!上次是第21次,那么这一次就是第22次!"陈会长如数家珍地说,"从1999年'顺其自然'第一次出现,今年正好22个年头了!"

"包括今年这103万元,'顺其自然'累计捐款估计超过1000万元了吧?"

"去年就已经超过了。"陈会长说,"我记得至2020年11月是累计1155万元,加上这103万元,那就是1258万元!"

22年!1258万元!

这两个数字的背后,是一个从未间断的"美丽约定",是一份默默无言的、不求丝毫回报的慷慨付出,也是一个令人好奇和肃然起敬的大爱故事……

宁波市慈善总会的柜子里,保存着一个特殊的档案盒,盒子正面写着:"顺其自然"自1999年以来的汇款单、来信。

陈云金会长像捧着一份珍贵的文物一样,捧出了这个特殊的盒子,展示了"顺其自然"最初捐款时写给宁波市慈善总会的几封短信。

尊敬的领导:

你们好。

从媒体上看到,善事一日捐,引发了更多的好心人对慈善事业的奉献。

我作为群体中的一员,特献上一份微薄的心意,寄人民币五万元去帮助更需要的人们。

万家灯火

拜托！

祝善事奉行！

　　　　　　　　　　　　　　　　　　顺其自然

　　　　　　　　　　　　　　　　　　1999.12.3

　　这是"顺其自然"的第一次捐款和第一封信，也是"顺其自然"作为署名首次出现。5万元，在1999年的时候，已经不是一个小数目。这笔来自个人的捐款，在当时市慈善总会全体工作人员心里引起了不小的震动。而捐款人匿名和隐身的低调姿态，更是引起了大家的各种好奇和猜测。

　　尊敬的慈善总会领导：

　　你们好！"慈善一日捐"活动又开始了，你们又要忙碌这份高尚的工作，为社会上更需要帮助的人带来温暖，也为慈善事业发挥了桥梁作用。这次希望通过贵会，是否可以将这笔捐款指定给山区建造一所学校？特寄上人民币贰拾万元整，来代表我想做的事。谢谢！

　　坏事不做，好事不说

　　　　　　　　　　　　　　　　　　顺其自然

　　　　　　　　　　　　　　　　　　2000.12.5

　　这是"顺其自然"的第二次捐款和第二封信，一下子就捐出了20万元！在当时，毫无疑问，这算是一笔"巨款"了！

　　捐款人在信中提出了一个美好的心愿：希望这笔捐款能用到山区

去，为山区的孩子们建一所学校。署名仍然是"顺其自然"，署名前面还加了8个字的"箴言"——"坏事不做，好事不说"。

这8个字，不胫而走，渐渐成为宁波所有做慈善的爱心人士的共识，也成为他们心照不宣、默默遵循的一条"准则"。

尊敬的总会领导：

你们好。慈善一日捐又来到了，你们又要开始忙碌着高尚的事业，为需要帮助的人们创造了光明，也为社会带来了欢笑、祥和，更唤起了人们对慈善事业的热爱。

谨此捐上人民币壹拾伍万元。这笔捐款是否可以指定作为学生的助学金？这是我的微薄之力。谢谢！

祝慈善事业发扬光大。

顺其自然

2001.12.1

尊敬的总会领导：

你们好。又是一年一度"一日捐"活动，你们高尚的事业，为需要帮助的人而忙碌奔波。同时也感谢你们为关心慈善之士传递爱的种子。现寄人民币壹拾捌万元整，可否作为助学金？谢谢！

愿爱心无限！

顺其自然

2002.12.1

第三年和第四年的捐款,数目仍然巨大。在第三、第四封信上,"顺其自然"仍然希望自己的捐款能用到助学上去。这时候,"顺其自然"不仅已经成为市慈善总会的一位神秘"贵宾",而且也是全宁波市的市民心目中的"慈善代言人"和"爱心大使"了。

出于对"顺其自然"希望能把捐款用于助学的美好心愿的尊重,宁波市慈善总会在日后使用这些爱心善款时,也尽可能朝着助学助教的方向去安排。陈会长告诉笔者,20多年来,宁波市慈善总会一直遵循着"顺其自然"的美好心愿,把每一笔善款都用在了助学助教上,并通过各类媒体,对每一笔善款的去向和使用情况予以公布。

"之所以这样做,其实也是为了让'顺其自然'放心。我们想象着,'顺其自然'是一位十分关心慈善事业的人士,我们把每一笔爱心捐款的去向公布出来,'顺其自然'一定能从媒体上看到自己的捐款确实都用在了助学助教、帮助农村孩子成长这些方面。我们没有违背和辜负他(她)的心愿,他(她)看到了一定会感到欣慰的。"陈会长说。

在前后22年的时间里,每年的11月末或12月初,由"顺其自然"寄出的一个厚厚的信封,就会准时出现在市慈善总会的陈会长和工作人员面前。一收到信,每个人都会满怀敬意,仔细地做好登记,保存好"顺其自然"写来的每一封信。

"顺其自然"22年的捐款总计已达1258万元,累计使用了1154万元。

陈会长给笔者看了一份"顺其自然"历年捐款和使用情况的表格,每一笔捐款的日期、数额、汇出地点、落款和使用去向,都记录得清清楚楚:

1999年12月6日,从百丈邮局汇款5万元,落款"顺其自然",地址:江东1号。2000年春节向特困家庭送温暖。

2000年12月5日,从芝兰邮局汇出20万元,落款"顺其自然",地址:鄞县大道8号。用于建造余姚市梁弄镇横坎头村"仁慈教学楼"。

2001年12月3日,从白鹤邮局汇出15万元,落款"顺其自然",地址:甬江南路1号。资助2002年100名在校特困大学生。

2002年12月2日,从华光城邮局汇出18万元,落款"顺其自然",地址:百丈东路251号。资助2003年100名在校特困大学生。

2003年12月1日,从宋诏桥邮局汇出16万元,落款"顺顺",地址:兴宁路70号。资助2004年80名在校特困大学生和30名特困小学生。

2004年11月23日,从白鹤邮局汇出18万元,落款"顺其",地址:兴宁路89号。资助2005年70名在校特困大学生和45名特困中、小学生。

2005年11月30日,从中山西路邮政大厦汇出25万元,落款"其然",地址:中山西路8000号。为"仁慈学校"添置教学设施和为110名贫困山区小学生补充营养餐。

2006年11月11日,从江北车站路邮局汇出35万元,落款"顺",地址:江北区桃渡路120号。已资助贫困大学生130名,余下15.75万元,用于2008年资助余姚四明山镇中心小学教学设施。

2007年11月11日,从中山西路邮政大厦汇出51万元,落款"其其",地址:长春路3000号。资助2008年180名在校大学生。

 万家灯火

2008年12月1日,从幸福苑邮政所及大闸路邮政所共汇出53万元,落款分别为"顺其""自然",地址:镇明路3000号、永丰路1008号。资助2009年105名大学新生(助学)。

2009年11月12日,从中山西路邮政大厦汇出60万元,落款为"其然",地址:联丰路3003号。资助2010年120名大学新生。

2010年11月23日,从翠柏路繁景邮政所(中山西路邮政大厦)汇款66万元,落款为"其然",地址:宁波市孝闻街3003号。资助2011年140名大学新生。

2011年11月29日,从江北桃渡路邮政储蓄银行分行营业部汇款30万元,从中山西路邮政大厦汇款42万,共72万元,落款"然其",地址:联丰路3000号。资助2012年240名在甬高校贫困生。

2012年11月30日,从中国邮政储蓄银行海曙鼓楼支行汇款73万元,落款"然然",地址:宁波市南天路3000号和宁波市蓝天路3000号。资助2013年146名慈溪、奉化等地大学新生。

2013年11月29日,从中国邮政储蓄银行宁波分行营业部和中山西路邮政大厦汇款75万元,落款"然其",地址:联丰路3000号。25万元用于2014年海曙、江东50名大学新生助学;50万元用于贵州黔西南州兴义市瓷龙小学援建。

2014年11月28日,从中国邮政储蓄银行宁波分行营业部汇款81万元,落款"然自",地址:育才路3003号。资助2015年160名大学新生,其中海曙、江东、鄞州、慈溪各30名,象山40名。

2015年11月26日，从中国邮政储蓄银行宁波分行营业部汇款40万元和中山西路邮政大厦汇款45万元，落款"然顺"，地址：人民路1号。资助2016年172名大学新生，其中江东、海曙、江北各30名，余姚、象山各41名。

2016年11月29日，从中国邮政储蓄银行股份有限公司宁波海曙区邮政大厦营业所汇款50万元和中国邮政储蓄银行股份有限公司宁波分行营业部汇款41万元，共91万元，落款"顺然"，地址：苍松路1号。资助2017年180名大学新生，其中慈溪、象山、奉化、海曙各40名，鄞州20名。

2017年11月21日，从中国邮政储蓄银行股份有限公司宁波分行和宁波海曙区邮政大厦营业所分别汇款50万元和46万元，共96万元，落款"其然"，地址：孝闻街1000号。30万元用于资助黔西南州兴仁县青年志愿者脱贫攻坚夜校牵手特色课堂项目，66万元用于延边州4个国家贫困县农村学校更新和添置学生电脑。

2018年11月22日，从中国邮政储蓄银行股份有限公司宁波海曙区邮政大厦营业所汇款99万元，落款"然其"，地址：江厦街1号。支出99万元用于建设甘肃省白银市平川区兴平学校教学楼。

2019年11月27日，从中国邮政储蓄银行股份有限公司宁波分行和宁波海曙区邮政大厦营业所分别汇款50万元和51万元，共计汇款101万元，落款"其然"。支出100万元用于黔西南州甬黔儿童体验馆建设，剩余1万元转入2021年留待安排。

 万家灯火

  2020年11月26日,从中国邮政储蓄银行股份有限公司宁波分公司和宁波海曙区邮政大厦营业所分别汇款50万元和53万元,共计103万元,落款"然然"。

  这是一份令人震撼的捐款记录!
  面对这份记录,任何人都会感到震惊,心怀敬重。在宁波市慈善总会工作的人,另有一些特别的感受,这是局外人难以体会的。
  "顺其自然"第一次捐出数额不菲的爱心款,却又始终不愿公开自己的真实身份,这件事在宁波城里一传十、十传百,一夜间几乎家喻户晓,却又不免有些"神秘兮兮"。
  于是,有的人就开始猜测:这到底是一个什么人呢?坊间甚至还有了这样的风言风语:"顺其自然"这么多的钱是从哪里来的呢?他(她)这样的做法,有点匪夷所思,不太符合正常的事理逻辑啊!
  果然,2000年年末,宁波市慈善总会第二次收到"顺其自然"的捐款时所附的那封信上,就有了"坏事不做,好事不说"这样简单明了似乎又含着不争不辩之意的8个字。
  宁波市慈善总会细心的工作人员对此做出了这样的猜测:也许,"顺其自然"也听到了坊间的某些猜测,也许他没有听到,只是为了防止人们猜测?所以他(她)附来这样的8个字,既是"明志",也是"自励",同时也回答了大家的疑虑。
  2000年那一次,"顺其自然"一下子就捐来了20万元,宁波市慈善总会尊重"顺其自然"想给山区建造一所学校的心愿,最终用这笔钱在宁波的革命老区四明山上建了一所小学,即余姚市梁弄镇的"仁慈教学楼"。
  以余姚梁弄为中心的四明山革命根据地,是抗日战争时期全国19

个抗日根据地之一,也是解放战争时期江南七大游击区之一。位于四明山区的横坎头村,至今仍然保留着浙东区党委、浙东行政公署、浙东抗日军政干校、浙东银行、浙东报社等历史旧址,横坎头村因此也有着"浙东红村"的美誉。

从"顺其自然"的捐款变成一栋漂亮的教学楼那天起,这里的孩子们心里就有了一个期盼:希望这位名叫"顺其自然"的好心人,能"现出真身",来四明山和横坎头村看看,出席新学校的落成典礼!

为了满足孩子们的愿望,宁波市慈善总会也确实曾想方设法,"寻找"和"呼唤"过"顺其自然"。但最终,"顺其自然"并没有"现身"。

新学校竣工落成后,成了梁弄镇最美丽、最引人注目的一座建筑,就像出现在青翠山谷间的一座耀眼的童话小屋,像盛开在四明山上的一簇美丽的映山红。一声声晨钟和放学的钟声,从小小的山坡上传到了很远很远的地方……

落成典礼那天,从市里、镇里来了好多庆贺的人,横坎头村的老老少少,几乎都出动了,有的老人还穿上了平时不舍得穿的新衣裳,像在欢庆一个盛大的节日一样。

谁也不知道,这一天,"顺其自然"是不是也站在欢庆小学校落成的人群里,是不是也满怀着欣慰,分享了横坎头村的老人和孩子们的欢乐与幸福,听到了孩子们的齐声歌唱和琅琅书声。

"顺其自然"捐款的次数越来越多,宁波市慈善总会的人也渐渐总结出了他(她)的四个特点:

一是捐款人的署名,不再是最初几年里只署"顺其自然"这个固定的名字,而是从这四个字里随意选择一两个字来代替,如"然然""自然""顺然""其然""然其"。按照邮局的规范要求,汇款单上肯定是要填写汇款人名字的,所以只要能代替捐款人的名字,"顺其自然"里任意哪几个字都可以。

二是汇款人的地址,全都是现实中不存在的"虚拟地址"。

三是每张汇款单的额度,都不超过1万元。因为按照邮局规定,超过1万元的汇款,需要填写实名。

四是一般都会在每年的11月末或12月初汇出,然后把全部汇款单据邮寄给宁波市慈善总会"会长收"。

市慈善总会每一位工作人员对"顺其自然"都有一种"牵挂",一种将心比心的"理解"与"体谅"。

比如说,22年来,很多人一直在猜测"顺其自然"的真实身份和职业,大家普遍认为,他(她)最有可能是一位企业家,不然不可能每年拿出那么多钱来作为爱心捐款。尤其是最近十来年,每年的捐款都在100万元左右,甚至超过100万元。这可不是一般工薪阶层的人能做到的。

22年来,宁波的经济形势和经商环境,虽然一直比别的城市和地区要好一些,但也并非年年都一帆风顺,有时候也会遇到"寒冬",甚至遭遇"低谷"。生意上起起伏伏,有盈有亏,这也是很正常的事。所以,宁波市慈善总会的人也常常将心比心,替"顺其自然"着想。尤其是遇到经济发展的低谷,大家甚至会觉得,今年"顺其自然"真的不必再捐那么多了,就是一分钱不捐,大家对他(她)的敬重之心也不会有丝毫改变的,任何人都不会有半点类似"道德绑架"的想法。

然而,22年来,"顺其自然"的捐款从未"缺席",甚至一年比一年多。

"每一分钱,都不是从天上掉下来的,都是要付出汗水,辛苦挣来的。"陈会长说,"所以,一想到这点,我们不免对'顺其自然'有些心疼和牵挂,就会想象着,'顺其自然'如果真是个做企业、做生意的人,肯定也会有遇到'寒冬'和'低谷'的时候,可是他(她)好像把一切都扛了下来,22年来,对于慈善捐款从来没打过半点折扣。这多不容易!换了一般人,谁能做到?"

从1999年的那天上午宁波市慈善总会第一次收到"顺其自然"寄来的5万元汇款单复印件和一封信开始,无论是宁波市慈善总会,还是宁波的媒体,更不用说好奇的市民们了,对"顺其自然"的热心寻找,也同时开始了。

要知道,一下子收到5万元的个人捐款,而且还是以匿名的方式捐来的,这对刚刚成立还不到一年时间的宁波市慈善总会来说,不仅是一笔"巨款",也是一件从未遇到过的事情。

当时,人们的一个最简单、最朴素的想法就是:应该想办法找到这位好心人士,向他(她)献上感激和敬意,而不能让好人受到半点怠慢和委屈。

然而,"顺其自然"的名字是虚拟的,汇款的地址也是虚拟的,茫茫人海,如何寻找他(她)的身影呢?

宁波市慈善总会的人首先想到的是办理汇款业务的百丈邮局。这倒是一个真实的地方。然而,到了那里经过仔细询问,值班的工作人员努力回忆后,也只是记得这样的情景——

前来办理汇款的人,是一位穿着黑衣服的中年女性,工作人员看到汇款单上的署名,觉得有点奇怪,就跟她说了几句话,但她只是笑了笑,没有做什么解释。办完汇款手续后,那位女性便骑着一辆旧电瓶车离开了,留在工作人员脑海里的,是一个悄然远去的背影……

第三章

好想找到你

　　中央电视台《讲述》栏目,有一期播出的是一位名叫柳艳萍的女士数年来一直住在宁波,苦苦寻找自己的恩人"顺其自然"的故事。

　　柳艳萍是湖北省宜昌人,6年多的时间里一直住在宁波,不愿离开这座温暖的城市。而她留在这里的最大心愿和理由,就是要寻找一个从未见过,甚至根本不知是男是女、姓甚名谁的人。

　　在茫茫人海里寻找一个连相貌、性别、年龄、名字都不知道的人,无异于大海捞针。但柳艳萍锲而不舍,已经苦寻了2000多个日日夜夜。

　　"恩人啊,你到底在哪里呀?能不能从人群里走出来,让我看你一眼,哪怕只看一眼,只让我给你鞠一个躬、道一声谢也好呢!"

　　无数次,柳艳萍在脑海里想象过"顺其自然"的形象,也在心里真切地这样祈愿过。

　　然而她不知道——或许,宁波市慈善总会的人也善意地告诉过她,这是一场根本"不可能完成的寻找"。

　　柳艳萍的故事,得从2001年说起。

第三章　好想找到你

这一年,柳艳萍算是得到了命运的眷顾吧,在宁波找到了爱的归宿,有了第二次婚姻。她带着一个聋哑的女儿来到甬江边,开始了新的生活。

然而,来到宁波不久,亲爱的女儿却患上了脑瘤。医生诊断后认为,脑瘤属于顽疾,随时可能危及孩子的生命,必须抓紧时间做手术,尽快治疗。

可是,要开刀摘除脑瘤,这可不是一般的治疗,需要一大笔医疗费用。这笔费用对柳艳萍和她重新组建起来的家庭来说,几乎是一道难以逾越的沟坎。

宁波,果然是一座名不虚传的"爱心之城"。柳艳萍和她女儿遇到的困难,一经媒体报道,人们纷纷出手相助。

宁波有两句人人熟悉的谚语:"一人踏勿倒路边草,人多闯出阳关道。""众人拾柴火焰高。"没过几天,热心的市民们就为柳艳萍凑齐了女儿的手术费。

捧着慈善机构送来的爱心捐款,柳艳萍泪眼蒙眬,感动得说不出话来。细心的柳艳萍在长长的一排捐款人名单中,看见了一个奇特的名字:"顺其自然"。

很多捐款人的金额都是 100 元、200 元,最多也就四五百元,而这位素昧平生的"顺其自然"的捐款,是其中最大的一笔:5000 元!

要知道,2001 年的时候,5000 元对每一个普通家庭来说,都是数目不小的一笔钱。

正是有了这些爱心捐款作为手术费和治疗费,柳艳萍的女儿顺利完成了脑瘤摘除手术,度过了危险期。

"我女儿的生命是宁波人给的,是'顺其自然'这些好心人给保住的,这是我和女儿一辈子都无法报答的恩情!"

知恩感恩的柳艳萍，从那时起就有了一个强烈的心愿：好想找到和见到这位"顺其自然"，当面向他（她）表达她和全家人的感激之情，感谢他（她）对女儿的救命深恩。

她寻找了6年，但仍然没有找见"顺其自然"的"真身"。或许，真的如慈善总会的人善意地告诉过她的那样，这是一场根本"不可能完成的寻找"？

但她说，就算是永远找不到，她也不会放弃自己的寻找和呼唤。她觉得，只要自己心中还存着"寻找"的念头，一种敬仰、感念和感恩，就永远不会远去……

一直在寻找"顺其自然"的，并不止柳艳萍一个人。

从收到"顺其自然"的第一笔捐款那天起，宁波市慈善总会也很想找到这位爱心人士。

他们数次去"顺其自然"两次汇款的邮局，仔细询问和追寻过；他们召开过专门的新闻发布会，呼唤"顺其自然"出来跟大家见个面，哪怕只是"打个招呼"也好呢！

宁波市慈善总会的"寻找"没有结果，宁波的媒体也紧跟着全力以赴，几周后，一场大型的寻找"顺其自然"的网上直播活动，覆盖了整个宁波。可以说，这是一场吸引了全城市民参与、前所未有的"全城大寻找"。当时，短短两个小时内，网上直播的在线访问人次就有10万人之多，大家都在用自己的真心"召唤神龙"，热切地期盼着"顺其自然"现身。

然而，神秘的"顺其自然"仍然是"神龙见首不见尾"，始终没有"现身"。

宁波市慈善总会和热心的市民们寻找"顺其自然"的愿望，在相当长的日子里，一直没有放弃。

在此后的几年时间里,"顺其自然"每年都会在几乎相同的时间,给慈善总会寄来一笔巨额捐赠,从最初的5万元、10万元、20万元,渐渐增加到了80万元、90万元、100万元,但其神秘的身份仍然是这座城市一个无法破解的谜。

在宁波市慈善总会工作多年的陈海英,也像陈会长一样,见证了"顺其自然"的故事是怎样渐渐在宁波城传播开来,最终变得家喻户晓。最开始时,海英也有像大伙儿一样的心情,很希望能找到"顺其自然",不能"委屈"了这样一个好人。但是,渐渐地,她的想法发生了改变。

"也许,不打扰,不勉强他(她),尊重他(她)的本意,才是对他(她)最好的尊重与爱护吧。"海英说,"随着一年年时间的推移,现在我已经习惯了与'顺其自然'保持的这种默契,就像一句格言所说的,'季节栽培下的东西,理解力会使它成熟'。"

不过,就在陈海英守着这种默契的时候,一连几天发生的一些事情,再次给她带来了极大的触动。

那几天,她在值班的时候,突然接到了从新疆、湖南和温州等地打来的长途电话。几乎是不约而同,这几个打电话的人说出了一个相同的诉求:最近,他们当地刚刚遭受过自然灾害,但他们都接到了一位署名"风调雨顺"的人的慷慨捐助。"风调雨顺"汇款单上的地址,来自浙江宁波。能不能请宁波市慈善总会帮忙打听和寻找一下,"风调雨顺"是什么人呢?

"风调雨顺"?陈海英在听到这个名字的一瞬间,立刻想到了"顺其自然","莫非这也是'顺其自然'的化名?"

细心的陈海英请对方尽快把汇款单据的复印件传过来看一下。

等各地把汇款单据复印件和附寄的信件传过来以后,海英和同事们仔细一看:"风调雨顺"汇款单和信件上的笔迹,与平时他们收到的"顺其自然"的笔迹一模一样。

"你们看,这种捐助方式,正是'顺其自然'特有的:每次都要给受捐单位的负责人写一封短信,简单说明一下自己的想法,以免对方莫名其妙,然后再附上汇款单的复印件。"陈海英说。

"没错,还有这里,汇款人地址一栏,也是随意从宁波的几条主要街道名称里选一个名称,再随意编一个门牌号码。"一位同事指着汇款单上的门牌号码说,"1000号、500号、2000号……这些号码显然都是不存在的。"

宁波市慈善总会的每一个人,对"顺其自然""然然""顺顺"这些万变不离其宗的署名,都再熟悉不过了,"风调雨顺"自然也是沿着同样的思路署名的。

最后,大家仔细比对着不同汇款单上的笔迹,又总结出了一个"结论":"顺其自然"不是一个人,可能是一男一女两个人——很有可能,他们是一对夫妻,因为无论是信封和书信上,还是汇款单上,都留下了比较明显的两种笔迹。

"也许,比较清秀的字迹,是妻子写下的;稍微洒脱一点的笔迹,就是丈夫写下的。"又有人分析道。

"有道理,有道理。"同事们纷纷点头,"每年都要拿出这么多钱来做慈善,甘当'无名英雄',必定是夫妻两人志同道合才能做到的。"

为此,陈海英和同事们又分头去了几趟汇款单上留下的那几个邮局网点询问。

邮政部门的人对"顺其自然"的事也早已熟悉和习惯了。陈海英他们详细询问来的结果证实,果然以"顺其自然""然然""顺顺"等名义来

第三章　好想找到你

汇款的人，有时是一位男性，有时是一位女性，有时是两个人一起来办理的。

就在大家有了这个新的发现后不久，《宁波晚报》的记者王元卓，突然经历了一次令她惊喜万分的巧遇。

那天，王元卓正在一个邮政局的柜台前办事，突然听到有个声音说：您就是"顺其自然"？

多年的记者工作经历，已经养成了王元卓敏感的职业习惯，尤其是"顺其自然"这四个字，无论在宁波晚报社，还是在其他媒体系统里，都是再熟悉和再敏感不过的一个话题了。于是，大喜过望的元卓一听到"顺其自然"四个字，就本能地回头一看——

原来，是旁边窗口的工作人员，正在小声地问一位年龄三十来岁的女士。这位女士的穿着打扮并不那么显眼，十分素雅得体，平和的神情里也透着几分笑意。

王元卓也随即激动地上前问道："您就是'顺其自然'？"

可是，那位女士并没有回答，只是平和地朝王元卓微笑了一下，作为礼貌的回应。

就在王元卓不知所措——天知道，她也许还因为过于激动而有点不太敢相信眼前的这一幕吧——总之，就在她还站在那里发愣的那不到一分钟的时间里，那位素雅的女士已经快步走出邮局，飘然而去，留给王元卓和邮局工作人员的，仍是一个悄然远去的背影……

这是一位记者与"顺其自然"一次近距离的邂逅。

当陈海英和同事们得知《宁波晚报》记者这一次亲历之后，大家心里对海英的那几句感触更加认同了：

是的，不打扰，不勉强"顺其自然"现身，充分尊重"顺其自然"的本

意,也许才是对他(她)最好的尊重与爱护。

在宁波市民中,虽然很多人明知,寻找"顺其自然"是一个"不可能完成的任务",却还是有人锲而不舍,像柳艳萍一样,仍在固执地寻找"顺其自然"。

一个名叫高杰的青年,也在殷切地期盼着能见到"顺其自然"。

高杰永远都不会忘记,在高中的那三年里,因为家境窘迫,书几乎念不下去了。到了家里人东拼西借再也凑不足他所需要的最基本的学费时,小小少年竟痛苦地横下心来,准备就此告别校园,放弃考大学的梦想。

就在这时,一个署名"顺其自然"的人,通过宁波市慈善总会,给高杰以及像高杰一样陷入失学困境的另外几个高中生,送来了他们人生中的第一张银行卡——在此后的两年里,高杰每个月都会从这张银行卡里取出150元,用于生活和购买书本资料与文具等。因为有了这笔资助,高杰的大学梦终于得以实现……

"谁言寸草心,报得三春晖。"高杰是一个好学上进和知恩感恩的年轻人。来自"顺其自然"的默默资助,还有从媒体上看到的"顺其自然"不断匿名捐助的新闻,高杰一刻也没有忘记。

大学一毕业,高杰觉得自己已经有了一点能力,可以开始回报社会了,他的第一个心愿,就是希望能找到和报答"顺其自然"。

在领到自己平生第一笔工资的那天,他最想报告喜讯的人,也是他心心念念的"顺其自然"。

那天,他揣着装工资和工资条的信封,在街边的一个电话亭里,给宁波市慈善总会打了一个电话,询问有没有"顺其自然"的消息。他好想找到"顺其自然",希望市慈善总会的叔叔阿姨们能为他提供一些寻找的线索。

市慈善总会的工作人员很能理解像高杰这样受到过"顺其自然"的资助、心怀感恩的人的心情和愿望,但是他们也只能如实相告:"小伙子,像你这样打听和寻找'顺其自然'的人,宁波本市的和全国各地的加起来,少说也有几百个了!再说了,我们市慈善总会,不是也一直在做着寻找'顺其自然'的努力吗?可是,找不到就是找不到啊!"

"顺其自然"已经成了所有宁波人无法放下的牵挂。任何关于"顺其自然"的蛛丝马迹,都会立刻引起市民们新一轮的关注。

因为"顺其自然"每年都会不断地奉献着自己的大爱之心,所以就像诗人笔下描写的那样:"天空没有留下踪影,但鸟儿已经飞过。""新鲜的菌子被摘走了,但菌子的气息还一直留在春天和夏日的草地上。"

正当人们觉得可能永远也无法见到这位神秘的捐赠者的"真容"时,又有一件事情,迅速传遍了宁波的大街小巷——

《宁波晚报》的另一位记者魏萍,有一天根据热心人提供的信息和线索,从一家邮局网点的监控录像里,发现了"顺其自然"前来汇款的一幕:录像镜头里,一位三十来岁的优雅女性,一边故意用手遮挡了一下自己的面部,一边从容不迫地办完了汇款手续,然后默默地转身离去……

"从她的身材轮廓和衣着看,是位三十多岁、非常有气质的职业女性。"魏萍回忆道,"虽然只是一段比较模糊的影像,但这是当时我们发现的唯一一段'顺其自然'的影像资料。"

依照媒体人的职业习惯,如果魏萍在第一时间把这段来自监控录像的画面发布出去,无疑是一条十分吸睛,甚至带点"爆炸性"的独家新闻。

但是,魏萍和《宁波晚报》的领导、同事商量之后,在最后的时刻选择了放弃公布这段录像。

当时，邮局的工作人员给他们描述了一个令人印象深刻的细节：从那个邮局到市慈善总会，其实并不远，工作人员建议她，不如直接把捐款送过去吧，免得再花上一笔汇款费，而且还有周转的时间。但捐款人却淡淡地微笑着说：没关系，还是汇款吧。

这个细节，让魏萍和同事们明白，捐款人之所以坚持采用汇款的方式，其实就是为了"隐身"，为了自己不被人们发现和找到。

"既然'顺其自然'只愿意留给大家一个朦胧的身影，那我们要做的，就应该是充分地尊重和维护他（她）的选择，而不是相反。"魏萍说，"所以，最终我们还是决定，就让这个美丽身影一直模糊着吧。"

对于这一次的做法，魏萍和同事们还谈到一点：那毕竟是一段来自监控录像的画面，如果把那些画面经过一定的技术处理后公布出来，势必会给人们一个错觉，这好像是公安部门通过监控录像在寻找可疑的人一样……把这种做法，用在这样一位人人尊敬的爱心人士身上，十分不妥，也非常失敬。

就这样，为了守住每个人心中对"顺其自然"的那份热爱和尊重，《宁波晚报》宁愿错过一次发布"爆炸性"新闻的机会，让自己的报道留下一次"遗憾"。他们还这样安慰自己：假如以后还要继续追踪和寻找"顺其自然"，一定还会有更好的方式和机缘。因为，"好想找到你"，这同样也是所有宁波人的美好心愿。

后来的事实证明，所有的读者和市民，都一致认同和称赞魏萍和《宁波晚报》的职业操守。

镇海区一位名叫刘丹艳的大姐谈到该不该继续寻找"顺其自然"这个话题时，讲了她小时候听到的民间故事《田螺姑娘》。

这个故事，各地版本大同小异，大致的情节人们都耳熟能详。

很久以前，在一个村子里有一个孤儿，是好心的邻居们收养了他，才使他长大成人。小伙子长到二十来岁时，就在村边搭了两间茅屋，开始独立生活。因为是吃着"百家饭"长大的，小伙子知恩感恩，心地善良，无论谁家遇到了难处，他都会热心帮助。乡亲们都夸赞他是个勤劳、善良的好后生！

小伙子每天早出晚归，披星戴月，忙着地里的活儿，是种庄稼的一把好手，可就是顾不上家里烧水做饭这些事情，经常是吃了上顿顾不上下顿，有一口凉饭就吃一口凉饭，有半碗剩菜就吃半碗剩菜。

有一天，小伙子干完活儿回家，看见稻田边的田埂上有一只很大的田螺。小伙子心善，怕田螺渴死，就把这只田螺带回了自己贫寒的小家，养在水缸里。第二天，天还蒙蒙亮，小伙子照常早早地下田干活儿去了。

小伙子戴着斗笠、扛着锄头从田里回来，还没走进家门，忽然闻到从自己家里飘出了饭菜的香味。这是怎么一回事呢？难道是自己干了一天活儿，肚子饿了，头脑里产生了幻觉？

等小伙子放下农具，洗了手脚，进了家门，正准备舀水做饭时，一揭开锅盖，竟然看见锅里放着已经做好的饭菜，饭菜都还热乎着呢！

天哪，这是怎么一回事呢？难道是村里哪位好心的婶婶、大娘给他做的？这天傍晚，小伙子高高兴兴地吃了一顿热腾腾、香喷喷的晚饭。他心里充满了感激，心想：村里的婶婶大娘待我真是太好啦！

一连好多天，小伙子忙完田里的活儿回到家，都能吃到热气腾腾和香喷喷的饭菜。小伙子心想，邻居们的日子都过得不容易，我可不能这样白吃白喝人家的东西呀！于是，小伙子就挨家挨户地去向邻居们道谢，顺便也问问，田地里有没有需要他帮忙干的活儿。

可是，小伙子在村里打听了个遍，乡亲们都说饭菜不是他们做的。那会是谁做的呢？小伙子很是纳闷。他可不愿这样平白无故地每天不劳而获，所以他想弄个水落石出。

这天大清早，天还下着蒙蒙细雨，小伙子披上蓑衣，戴上斗笠，又扛起锄头下田去了。不过，这一次他没有等到傍晚，而是早早地、悄悄地走了回来，躲在屋子外面的篱笆边，观察家里的动静。

天快擦黑的时候，只见一位俊秀的姑娘打开屋门，从里面走了出来，走到草垛边抽了一些柴草抱进屋里，忙着生火做饭了。不一会儿，烟囱里冒出了炊烟，小屋里飘出了饭菜的香味。

小伙子使劲地揉了揉眼睛，简直不敢相信眼前的景象是真的。这时候，他想也没有多想，飞快地推开篱笆门，一步跨进了屋里，把正在专心烧火做饭的姑娘吓了一跳！

"好心的姐姐，你是谁呀？为什么每天要来给我烧火做饭？"小伙子说，"你不要害怕，我不是故意吓到你的。"

美丽的姑娘看见小伙子突然闯进来，自己想隐身已经来不及了，只得羞涩地说出了实情。

原来，这个俊秀的姑娘原本是住在天上的仙女，后来化身为田螺来到了人间。自从小伙子把她带回家、养在水缸里，好心的田螺看到小伙子孤苦伶仃，没有父母和家人照顾，为人又那么善良勤快，总是乐于帮助他人，所以田螺每天就趁小伙子下田劳作的时候，变成姑娘给他做好饭菜。

"哎呀，好心的田螺仙姑，我不知实情，还以为这是村里好心的乡亲在照顾我哪！真是太感谢你了！"

田螺姑娘说："本来我还想多帮助你几年，等你以后过上了好日子，娶上了媳妇,有人照顾你了,我再离开你。不料你今天早早回了家,突然闯进来,得知了我的身份,从此我不能在人间待下去了。对不起,以后你只能自己好好照顾自己了。"

小伙子顿时心生愧疚和后悔,连连责怪自己的举动太冒失了,惊扰了好心的田螺姑娘。

"田螺仙姑,真的不能留下来吗?要是村里的乡亲们知道了这件事,大伙儿肯定也舍不得你走呀!"诚实的小伙子想挽留姑娘。

这时候,田螺姑娘指着水缸里的田螺壳说:"这样吧,我把田螺壳留在这里,你用它来盛稻米,每年就会有很多稻米出来。你用这些稻米,多多地去帮助那些需要帮助的善良和贫穷的乡亲吧。"

田螺姑娘刚说完,天空中就刮起了一阵大风,接着雨越下越大。风雨过后,田螺姑娘从此不见了踪影,只有那个美丽的田螺壳,留在小伙子的水缸里……

后来,小伙子心里一直怀着对美丽、善良的田螺姑娘的感念。他用姑娘留下的田螺壳来盛稻米,田螺壳里的粮食总是满满的,源源不断。小伙子一边继续辛勤地劳动,一边拿出这些粮食来接济村里和邻村需要帮助的乡亲们……

刘丹艳大姐说:"这是镇海版本的《田螺姑娘》,我小时候不知道听外婆讲了多少遍。所以,后来当我知道有人看到了'顺其自然'的录像,说她是位女士,我一下子就想到了民间传说中的田螺姑娘。你不觉得,'顺其自然'就像是生活在我们身边的田螺姑娘吗?"

"确实有点像哪!不过……"

"我晓得你想说什么。你是想说,田螺姑娘是从天上下来的仙女,

万家灯火

'顺其自然'是真实的人,对吧?"

"就是这个意思。'顺其自然'是生活在这座城市里的活生生的人,和大家一样,是食人间烟火的人。"

"你别忘了,如果很多人都怀着好奇心,暗暗地追踪他(她),寻找他(她),总想看到他(她)的'真身',这样会不会也像小伙子突然闯进家门惊扰了善良的田螺姑娘一样,也惊扰了好心的'顺其自然'呢?所以,你要让我说该不该继续寻找'顺其自然',我的看法是:不要继续找下去了!不惊扰,就是最好的尊重!应该让'顺其自然'平静地生活在我们中间,生活在我们每个人的敬意里。"

随着"顺其自然"一年年的捐款越来越多,"润物细无声"一般的感召力和影响力越来越大,每个宁波人只要一讲起"顺其自然"的故事,都会情不自禁地竖起大拇指,自豪地说:"'顺其自然'是阿拉宁波人的'代名词',是这座爱心之城的'城市标签'之一。"

甚至还有越来越多的市民走进宁波市慈善总会捐款时,都会微笑着效仿"顺其自然"的做法,不留下真实姓名,也不告知具体地址,实在被询问急了,就只好说:"勿要过细问啦,一定要写,那就写上'顺其自然'或者随便写个'然然''顺顺'好啦!"

"哇,原来您就是'顺其自然'啊?您让我们找得好苦啊!"遇到这种情形,宁波市慈善总会的工作人员会故作惊讶地回应对方。

"怎么啦?看着不像个有钱人吗?"捐款人当然晓得工作人员是在开玩笑,也就乐得接过话头说,"身上有铜钿,走路像神仙。多来捐点钱,多给自己积点德嘛!"

"那您到底是不是'顺其自然'呀?"

"别开玩笑了！我要真是'顺其自然'，会只捐这么一点够买几条'咪咪虾'的钱吗？人家'顺其自然'是棵参天大树，我充其量是根'小葱'。"

"那您也是一根'参天大葱'呀！您确定自己的署名一定要写'顺其自然'吗？"

"当然确定啦，这还有啥好犹豫的！宁波人，人人都以'顺其自然'为荣的哦！"

是的，在宁波人心目中，"顺其自然"早已不是"一个人在战斗"，而是成了无数"看不见的好人"的代名词。

宁波市慈善总会的人还陆续接触到了这样的事情：有不少在宁波工作的外地人，前来捐献爱心款的时候，也喜欢以"顺其自然"的名义捐出；甚至全国还有一些省、市，也涌现出了一些"顺其自然"，有的"顺其自然"可能就是宁波的这位，但有的"顺其自然"可以确认就是当地的爱心人士。

可见，"顺其自然"已然成为人间大爱的代名词。越来越多的人，在用各自的方式，向无私的人间大爱之心、向"顺其自然"致谢和致敬。因此，想找到当初的那位"顺其自然"，也已变得越来越不可能。

正是有感于这样的现实状况，宁波市慈善总会经过数次商量之后，通过媒体，郑重地向社会承诺，也向宁波市民建议：今后将不再寻找"顺其自然"。因为还有比寻找"顺其自然"更重要的事在等着他们，那就是：把"顺其自然"的每一笔善款用好，用到最需要帮助的人们身上；把属于宁波的每一件善事做好，"老吾老以及人之老，幼吾幼以及人之幼"；把"顺其自然"默默无私的奉献、助人为乐的大爱精神宣传好，像传递温暖的灯火一样，传递到更多需要温暖和光明的人们身边……

第四章

星星点灯

在宁波,几乎没有人不知道"张亚芬"这个名字,而这个名字还有另一个代名词:"宁波妈妈"。

53岁的张亚芬,是宁波市鄞州区供电公司客户服务中心营业班的班长,是一位常年在普通的基层服务窗口工作的女性劳动者,也是一位"最美奋斗者"。她热爱自己平凡的工作岗位,几十年来兢兢业业,任劳任怨,不断提升自己的专业技能,曾获得浙江省供电公司系统"十佳供电服务之星"的称号;作为班长,她带领的那个班组,也获得过"全国巾帼文明岗"荣誉称号。

然而,张亚芬更为宁波人乃至全国各地很多孩子熟悉的一个"身份",就是"宁波妈妈"。她像亲生女儿一样,照顾一对盲人夫妇十余年,一直照顾到为老人送终;她帮助和照料贫困家庭小佳奥一家长达13年,至今仍然不离不弃,视若家人;她省吃俭用,拿出自己获得的所有的奖励资金,常年"结对子"资助和帮扶云南、贵州、黑龙江等偏远省份的许多家境贫寒的学生娃。这些孩子虽然生活在祖国的天南地北,互不认识,也从来没有相聚过,但他们有一位共同的"亲人",有一个共同的可以作为依靠的温暖的"家",就是"宁波妈妈"和她在宁波的家。

很多人都熟悉这样一句话:一个人,做一件好事并不难,难的是一辈子都在做好事。人们也许无法想象,张亚芬一直在默默地做好事,不仅自己不离不弃地坚持了 30 多年,而且因为她的感召和带动,她的家人——从婆婆、丈夫到女儿,一家三代人,全都乐此不疲地投入到了默默奉献的慈善事业,成了宁波市有名的"爱心之家"和"慈善之家"。

那么,到底是什么原因,让张亚芬这样一位普通劳动者,30 多年如一日,风雨无阻地行走在爱心奉献的征途上呢?

故事要从 1986 年的那个秋天说起。

那一年,心地单纯、看上去还像个中学女生的张亚芬才 19 岁,刚到东吴变电所工作不久。人生的道路刚刚在她的脚下铺展开,眼前的一切,在这个青春少女看来都是那么明亮和美好,一颗纯净的心儿,时刻都在憧憬着未来的日子。

当时,根据作家王蒙的小说《青春万岁》改编的同名电影,刚刚上映不久,张亚芬很喜欢电影开头的那首诗:

> 所有的日子,所有的日子都来吧,
> 让我编织你们,用青春的金线,
> 和幸福的璎珞,编织你们。
>
> 有那小船上的歌笑,月下校园的欢舞,
> 细雨蒙蒙里踏青,初雪的早晨行军,
> 还有热烈的争论,跃动的、温暖的心……

 万家灯火

是转眼过去了的日子,也是充满遐想的日子,
纷纷的心愿迷离,像春天的雨,
我们有时间,有力量,有燃烧的信念,
我们渴望生活,渴望在天上飞。

是单纯的日子,也是多变的日子,
浩大的世界,样样叫我们好惊奇,
从来都兴高采烈,从来不淡漠,
眼泪、欢笑、深思,全是第一次。
…………

那时候,亚芬和同事经常要到农村去检查电力供应等。初夏的一天,刚把工作做完,走在村边的一条大道上时,天气骤变,一场大雨将至。

村边的大道上,摊晒着不少新收的稻谷。眼看着大雨就要落下来,要把老乡们辛辛苦苦打下来的稻谷淋湿和冲走了,亚芬和同事们二话没说,放下自己的工具,手脚麻利地帮农民抢收稻谷。

还好,因为抢收得及时,稻谷没有被大雨淋湿。事后,那家的农民夫妇再三向张亚芬和她的同事道谢,还硬要留他们吃饭。

张亚芬笑着摇摇手,说道:"老伯伯,不用客气哦,这是举手之劳的事,谁见了都会帮一下的,没什么呀!"

谁知,几天之后,这对农民夫妇竟然找到了亚芬和同事们下乡的驻地,送来了几个自家种的西瓜,非要他们收下不可。

正是这对善良、憨厚的农民夫妇的温暖举动,让年轻的张亚芬第一次真切地感受到,原来不经意地帮助一下他人,竟能换来这样的幸福和

快乐!

在那一瞬间,她还想起了自己中学时代读过的高尔基的一段名言——那是高尔基写给自己儿子一封信里的话:

> 亲爱的孩子,你走了,可是你种下的花儿留下了,花开得很好。我望着花,心里欢欣地想道,我的儿子在离开这里前,给人们留下了美好的东西——鲜花。
>
> 如果你这一辈子,随时随地给人们留下的都是美好的东西——鲜花、思想,还有对你的美好回忆,那么你的生活就会变得美丽、轻松和快乐。那时你就会觉得,自己已经是为大家所需要所欢迎的。这种感觉会使你的心灵变得充实。你要知道,"给"永远比"拿"愉快!

高尔基这段话里别的句子,亚芬记得不那么清晰了,但是,"'给'永远比'拿'愉快"这一句,一直记在她的脑海里,从来也没有忘记过。那一瞬间,这对农民夫妇的举动,一下子唤醒了她的记忆,也让她真切地感受到了这种"给"的"愉快"。

从此以后,只要遇见能帮助他人的事情,张亚芬总会及时伸出自己的手热心相帮。

渐渐地,"举手之劳""成人之美",就成了她平时生活、工作中的一种常态、一种习惯。她甚至从来没有觉得这是什么付出,相反,她从帮助他人的每一件小事里,获得了一种快乐和幸福。

"也许,这就是'助人为乐'这个词真正的滋味吧。"她常常在心里甜蜜地回味着自己的感受,"有了这种体会,我后来也渐渐理解了'顺其自然'为什么做慈善捐赠的时候,都要署名'顺其自然'的道理了。"

正是有了这样平和与自然的心态,2005年,一个偶然的机会,张亚芬与一对素昧平生的老年盲人夫妇认识后,从此再也放心不下。她就像是他们的亲生女儿一样,每周总要抽出时间上门去看望一下,哪怕帮忙做一顿饭、洗洗晒晒、清扫一下房间,都觉得这一周没有白过。

一连十几年下来,风雨无阻,无怨无悔。有一段时间,这对夫妇生病住院了,张亚芬一下班就往医院里跑,取药、送饭,跑前跑后,没有半点不耐烦。

医护人员一开始都把她当成了这对夫妻的女儿,后来老夫妇说出了真相,医护人员个个深受感动。张亚芬却微微一笑说:"这没什么,相处的时间一长,在感情上跟自己的亲人没有什么区别了。"

其中一位老人离世时,张亚芬又张罗了好几天,像家人一样为老人送完最后一程,使亡者入土为安。

2008年7月27日晚上,因为在公交车上给人让座时不慎摔倒而腰部受伤的张亚芬,正半躺在床上翻看着报纸。有一条报道,一下子揪紧了她的心:东钱湖韩岭村有个小孩名叫佳奥,才四个月大,爸爸突然病故,妈妈又摔成了椎体压缩性骨折。小佳奥还有一个姐姐,刚上幼儿园。

小佳奥一家的不幸遭遇,引起了全社会的关注,不少宁波人都默默地伸出了温暖的援手。

张亚芬打听到了确切的地点,顾不得自己的腰伤,连夜驱车30多公里,来到韩岭村,找到了这一家人。从此,她每月资助小佳奥姐弟俩1000元,还支付了小佳奥妈妈的全部医药费用。

佳奥的妈妈康复出院后,想出去找点事情做,可以挣点钱养育两个孩子。张亚芬觉得两个孩子这么小，需要照顾，当妈妈的怎么能走远？她寻思和谋划了一整夜，第二天决定自己出点钱，帮助佳奥妈妈就近找了一个地方，开了一个小小的卖馄饨的摊点。

有了这个小摊点，虽然收入不多，但两个孩子上学的费用就不用愁了。一晃十多年过去了，小佳奥已经读初中，佳奥的姐姐已经上大学了。

孩子们待张亚芬阿姨也像亲妈妈一样亲。张亚芬对姐弟俩说："艰难困苦，玉汝于成。你们好好念书，学好了本领，以后才有能力回报我们的国家和社会。至于上学的费用，你们不用担心，阿姨愿意资助到你们考进大学。"

2013年，海曙区陶家巷的一个14岁的脑瘫患儿，又引起了张亚芬的关注。这个不幸的少年名叫龚建峰，自从出生后就从来没有站立起来过，也从未走出过家门，一直由外公和外婆抚养和照顾着，而他的外公外婆也都是残疾人。

得知这祖孙三人的境遇后，张亚芬彻夜未眠，第二天就跟丈夫说出了自己的心思。

"小佳奥姐弟俩你还没有放手，还有外地的那么多孩子你都时刻牵挂着，要是再加上这一家，你负担得起吗？"丈夫心疼她，试图劝她一下，"就算经济上负担得起，你工作上又那么忙，什么事都生怕落人后面，哪里还有时间和精力顾得过来啊？"

"我自己顾不过来，不是还有你，还有婆婆吗？你们可都是我的坚强'后援'哦！"亚芬笑着说。

丈夫虽然在嘴上这样劝说亚芬，但一旦是亚芬决定的事情，全家人都会毫无怨言、全力以赴地支持亚芬。

就这样，张亚芬不仅动员了全家人，还联络了平时经常围绕在她身边的另外几位热心做公益做慈善的人，一起来帮助少年龚建峰和他的外公外婆，成了这位残疾少年的"阳光使者"。

细心的张亚芬还给大家做了分工，每个双休日，都安排了"值班"的人，轮流去陶家巷照顾龚建峰和两位老人。

在张亚芬的心目中，每一个孩子，都是上天送给这个世界的宝贝，保护和帮扶孩子们走在通往快乐、平安和幸福的成长之路上，"一个都不能少"，这应该是每一个成年人的神圣责任。

"当一个与我没有任何血缘关系的孩子，大声地、亲切地叫我'妈妈'，给我写信时称我'亲爱的宁波妈妈'的时候，还有什么比这更让我感到甜蜜和欣慰的呢！"在采访张亚芬的时候，她曾对笔者这样说道。

在张亚芬的许多故事里，一个名叫"晓枫"（化名）的女孩和"宁波妈妈"长达十多年的"母女情"，曾感动过全国无数的读者。在宁波，现在有不少人见到这位家喻户晓的"宁波妈妈"，都会顺口问上一句："晓枫那孩子还好吧？现在上大学几年级了？"

晓枫原是丽水市的革命老区景宁县的一个高中生，现在已经是杭州师范大学的一名学生。

说起张亚芬与这个"女儿"的缘分，要回到10年前张亚芬带着一支爱心团队到革命老区景宁去帮扶助学的那个夏天。

在那次公益帮扶活动中，张亚芬在众多的少年学子里，一眼就看到了一个总是低着头、不时拉一拉长头发遮挡一下脸部的女孩子。

身为母亲的张亚芬，一下子就看出来了，一定是有什么难言之隐，让这个女孩子产生了一种自卑心理，所以总是耷拉着头，不敢仰着脸去面对他人。

第四章　星星点灯

细心的张亚芬慢慢地走到这个女孩面前，微笑着递给她一袋零食，轻声说道："小姑娘，不要总是低着头呀，女孩子仰起头来才好看呢！"

"谢谢阿姨！我……"就在女孩子稍微一仰头向张亚芬报来一丝谢意的那一刻，张亚芬看到，女孩子的脸上，有一颗甚为显眼的黑色肉瘤。正是这处难看的"印记"，像深深的烙印一样，不仅印在女孩的脸上，也压在这个青春少女的心上，让她一直生活在自卑的阴影里，总也抬不起头来。

看到女孩子又深深地低下了头，张亚芬心里顿时一阵难受，立刻轻轻抚摸了一下女孩的头发说："小姑娘，不用难过，让阿姨来想想办法好吗？"

这个女孩就是晓枫。事后，张亚芬从女孩的班主任那里了解到，长在女孩脸上的"印记"是一颗血管瘤，原先还没有这么大，现在好像长得很快，让这个原本性格还比较开朗的女孩子，越来越不敢直面他人，自卑的心理也像这颗血管瘤一样，越来越大。

"她父母亲也不赶紧想想办法，尽早治疗吗？"张亚芬问，"女孩子嘛，哪有不爱美的？难怪孩子每天不肯抬起头来呢！"

"唉，这个孩子挺可怜的，家境不怎么好。我找她问过几次，每一次问，她只会默默流泪，说是家里根本拿不出做手术和治疗的费用，所以只好这么拖着，一直拖到了现在。"

"这样拖下去可不行，说不定会毁了这个女孩子！"张亚芬对晓枫的班主任说。

"谁说不是呢！这个孩子原本成绩挺不错的，学习上也很上进，可现在……真担心她产生自暴自弃的想法呀！"

"这样可不行，我们得帮帮这个孩子，帮她走出阴影！"张亚芬想也没有多想,就对班主任承诺说,"我要带这个孩子去治疗,要让她自信起来!"

"张大姐,您……我曾询问过,这需要一笔不菲的医疗费啊!"

"这个,我来想想办法吧。"张亚芬故意轻描淡写地对班主任说道,"也许,这就是我和这个孩子的缘分吧。"

临离开时,张亚芬再次走到晓枫身边,疼爱地搂了她一下,说:"小姑娘,你也许想不到吧,阿姨第一眼看到你,就发现你长得好像我的女儿呢!"

晓枫听了这话,脸上顿时有了一丝羞涩的笑容,小声地说:"阿姨,我……"

"孩子,你以后就做我的另一个女儿好不好?放学以后,你带我去见一见你的父母亲,我和你的家人商量一下。相信阿姨,会治好你的病的!"

当天,张亚芬就去了晓枫家,见到了晓枫的父母亲。"请你们放心,手术费、医疗费,我们来想办法解决。现在你们随时做好送孩子去宁波治疗的准备,到时候放心地把孩子交给我就好了!"晓枫的父母亲当时就像在做梦一样,怎么也没有想到,委屈了多年的孩子,突然遇到了贵人。

张亚芬离开景宁回到宁波后不久,经过仔细的咨询,很快就联系好了一家医院,也备好了一大笔医疗费用。她生怕自己备下的那部分费用到时候不够用,又发动一些爱心人士捐助了一部分医疗费用。

张亚芬是6月份去景宁遇见晓枫的,不到一个月,她就把晓枫接到了宁波,住进了她精心挑选的一家医院。

血管瘤的摘除手术做得很顺利。为了避免晓枫的脸上留下过于明显的疤痕,细心的张亚芬听从医生的建议,选择了分三次进行治疗,每一次晓枫都需要在医院住上十几天。

"不用说,分三次治疗,治疗费用上多出了不少,住院时间加长了,住院费用也增加了不少。但这都不是什么大不了的事情。"张亚芬说,"当时,我的心里只有一个愿望,那就是万无一失地做好这个手术,让这个孩子重新获得自信,无论什么时候都能够自信地抬起头来,笑着走进自己未来的生活。"

"从进入医院开始,到顺利地康复出院,昂贵的医疗费用且不说,你和家人一定也付出了很多的惦念和辛苦吧?"

"那是自然的,就跟自己亲生的女儿住进了医院没有什么两样呀。"张亚芬笑着捋了捋头发,说,"一想到晓枫今后可以像别的女孩子一样,大大方方地生活和跟人交往了,就是再多的付出也是值得的。"

"听晓枫说,手术后和治疗期间的好长一段时间里,她不能咀嚼任何食物,只能吃流质食品,当时你们全家人都出动了?"

"也没有那么夸张吧。"张亚芬笑着说,"一日三餐,都是先在家里做好,再送到医院来,这倒是真的。我和孩子的爸爸,都有各自的工作,没有那么多时间跑医院,实在抽不开身的时候,送汤送饭的事,就由我的女儿茂华代劳了。茂华当时正在上初中,可懂事了,帮了不少忙。"

因为张亚芬的慷慨资助和悉心照料,烙在晓枫脸上也压在晓枫心上的沉重的印记,终于消除了。经过两年时间的治疗,三个阶段的疗程全部结束,美丽的少女顺利地康复出院了。

但是张亚芬觉得,自己和晓枫的"母女情分"并没有就此结束,而是刚刚开始。她想到了,晓枫家境困难,如果没人资助,这个好学上进的孩子,在求学的路上也还是走不太远。所以还在晓枫住院期间,张亚芬又开始资助晓枫上学的费用了。

"要是没有'宁波妈妈'在经济上的资助,在精神上给予我的爱和鼓励,我绝不会拥有今天的乐观和自信,是'宁波妈妈'用她温暖和无私的大爱,改写了我的人生。"少女晓枫对笔者说着这些话的时候,明亮的眸

子里噙满了晶莹的泪花。

2015年夏天,晓枫凭着自己的努力,送给了"宁波妈妈"第一个喜讯:她考进了景宁当地的一所重点高中。

三年后,2018年夏天,"宁波妈妈"又接到了晓枫的第二个喜讯:"妈妈,我被杭州师范大学录取了!收到录取通知书后,我第一个想告诉这个消息的人,就是您呀,我最亲爱的'宁波妈妈'!"

"晓枫,祝贺你呀!种瓜得瓜,种豆得豆。付出一分努力,就会有一分收获呀!"张亚芬也高兴地在电话里说道。

"'宁波妈妈',您知道吗,我们校长跟我讲,说我是丽水市景宁畲族自治县标溪乡今年考上的屈指可数的几个大学生之一,我要拿着录取通知书到宁波来看您,看望阿婆和全家人!"

"好呀好呀,真不容易!你给你们的家乡,给你们的村子争光啦!了不起呀,孩子!我们全家都等着你来,到时候我和阿婆做你最爱吃的菜,祝贺你考上大学!"

几天后,晓枫带着她的妈妈,一起来到了"宁波妈妈"家。

一见到张亚芬,晓枫妈妈就禁不住流下了热泪。她说:"我这个当亲妈的,没有什么能力,孩子能有今天,全靠你这位'宁波妈妈',在孩子心里,你比亲妈还要亲呀!"

"哎呀,可不能这么说。"张亚芬笑着安慰晓枫的妈妈,"晓枫能有今天,是靠着全社会爱心人士的帮助,靠着她自己的发奋努力。我们都应该为孩子感到骄傲呀!"

这时候,晓枫的妈妈从包裹里拿出一块两米长的手工绣品,捧给了张亚芬,说:"这块绣品,孩子给起了个名字,叫'花开飘香',是我一针一线绣出来的。您对孩子的大恩大德,我们全家无以回报,就用这块绣品表达我们全家一点感谢的心意吧!"

"这个……我有点受不起呀,太感谢啦!"亚芬双手接过绣品,真诚地说道,"晓枫是个懂事和争气的好孩子,看到她有了今天,这是比什么都值得开心的事情。我相信,晓枫一定也会懂得,今后还要努力学习,等将来大学毕业了,就用自己学到的本领去报效祖国,去服务社会,也有能力好好孝敬你们老两口啦!"

"'宁波妈妈',您的话我都牢牢地记住啦!请您放心,我不会辜负您和阿婆、叔叔,还有那么多好心人对我的帮助和期望的!"

"这个,我当然放心啦!"张亚芬拉着晓枫的手说,"到了大学,你只管好好地用心念书,学费啦,生活上有什么困难啦,也不用找你妈妈,直接找我这个'宁波妈妈'就是了!"

也正是有了"宁波妈妈"这个闪亮的榜样和她的殷切鼓励,晓枫在填报大学志愿时,毫不犹豫地报读了"社会工作"专业。一进入大学校园,她就报名当起了大学生志愿者。

后来,晓枫对一位前来采访她的记者这样说道:"十年前,'宁波妈妈'的资助让我看到了希望,拥有了信心。'宁波妈妈'的爱心和来自社会的温暖,就像在我心里播下了希望的种子,我也希望自己能够像一株蒲公英,把爱心和希望的种子散播得更远更广。'宁波妈妈'就是生活在我身边的最好的'偶像',我经常在心里提醒自己,一定要像'宁波妈妈'一样,做一个对社会有用的人,有一分热就发一分光,为我们的国家和社会多奉献自己的爱心。"

转眼之间,又是三年时间过去了,现在,晓枫马上就要进入大四了。不久前,她又接到了"宁波妈妈"打去的电话。像往常一样,"宁波妈妈"仔细询问了她的近况后,又叮嘱道:"快大四了,喜欢读书就应该接着往下读哦,要读研的话就该准备起来,学费你不用有任何担心,有我呢!"

"谢谢'宁波妈妈'!不过,我也想过了,大学一毕业,我就去找一份工作,即使累一点、苦一点我也不怕,这样可以尽早地回馈社会……"

"晓枫,你记着,无论你做出什么样的选择,'宁波妈妈'都相信你,也会全力地支持你!"

"'宁波妈妈',这个世界,有您真好啊!"在电话那端,晓枫发自内心地说道。

张亚芬的本职工作是为千家万户供电,送去温暖和光明。而在公益爱心的路途上,她说,自己只是"一星灯火",微不足道。但是,随着她在公益爱心的路途上越走越远,她也越来越真切地感受到,一个人、一家人的力量毕竟是有限的。公益慈善事业需要全社会的磅礴力量的支持,需要千家万户点亮灯火,整座城市才能变得人心煦暖、四处明亮。

为此,张亚芬也做了许多"点亮灯火"的努力。

她开设了一个名叫"宁波妈妈张亚芬"的微博账号,不断地发布一些充满正能量的信息,以此感召和吸引社会上更多的爱心人士,敞开胸怀,伸出双手,去帮助遭遇困难的人们,尤其是帮助无助的孩子走出困境。

2016年8月,在一些志同道合的爱心人士的支持下,"宁波妈妈张亚芬爱心基金"正式启动,第一笔爱心款资助了9名急需帮扶的学龄儿童。

张亚芬还在自己供职的鄞州区供电营业大厅的一角,开设了一个小小的"爱心角"。可不要小看这个一般人不太会关注到的"爱心角",对许多来宁波打拼的外来务工人员来说,这个"爱心角"就像是寒冬里的一小团温暖、明亮的篝火,也像夏日里的一处小小的绿荫。按照张亚芬的设想,"爱心角"每月都会发起为外来务工人员子弟实现一些"微心愿"的活动,从小事和实事做起,积少成多,"星星之火,可以燎原"。

她的具体做法是：一一走访在宁波的几所外来务工人员子弟比较集中的学校,与一些家庭条件差又有迫切想实现的愿望的学生交谈后,再把这些孩子的心愿公布在自己的微博里,或者张贴在"爱心角"。帮助这些孩子去实现这些"微心愿",对很多人和家庭来说,往往只是"举手之劳"。但是有人牵头和落实,这些小事的实现就能积少成多。果然,借助这个小小的"爱心角",目前已有近700个孩子实现了自己的"微心愿",还有25个家境贫困的学生,得到了爱心人士的资助。

说起"点亮灯火",张亚芬很自豪地说,她已经亲手培养起了一个可以信得过的"点灯人"和"播火者"。"她比我能干,到底是年轻人,脑子灵多了！我手里的接力棒,到时候可以妥妥地交给她了！"张亚芬笑着对笔者说。

张亚芬口中这个年轻的"点灯人"和"播火者",不是别人,正是她自己的女儿林茂华。

小林今年才24岁,是真正的"后浪"。但她从小就跟着妈妈、爸爸和奶奶学着做公益,算起来,至今已有19年做公益的"资历",已然是个"公益小达人"了。

女儿是张亚芬心上的宝贝,她也是亲眼看着女儿怎样一天天变成一个"公益小达人"的。

2020年,林茂华大学刚毕业,不料一场严峻的新冠肺炎疫情席卷了全国各地。疫情初期,茂华看到医护人员最缺口罩,她就建议妈妈,当务之急,最应该做的公益,就是尽快想办法采购口罩和其他防护用品,帮助奋战在抗疫一线的白衣战士们。

正是女儿的提醒和建议，让张亚芬闻风而动，在防护用品极度紧缺的抗疫初期，及早着手，动用了所有身在海外的爱心人士的关系，四处采购，很快就落实了1.8万余只N95口罩，还有其他一些防护物资，并迅速地送到了一线医护人员手中。

第一批抗疫用品到位后，茂华又和妈妈联袂出镜，在宁波市慈善总会的平台上发布了一个"爱心征集令"的视频。母女俩都是知名的公益达人，她们一家又是在宁波家喻户晓的"爱心之家"，号召力自不必说。所以，张亚芬和女儿的"爱心征集令"播出后，仅仅四天之内就筹集了280余万元社会各界的爱心捐款，这些捐款全部用在了为抗疫防疫一线人员采集各类日常物资上。

这年2月9日，元宵节过后的第二天，张亚芬又接到一个农户的求助电话。女儿笑着说："妈妈，你现在成了'千手观音'啦，连农民伯伯都找你带货啦！"

为什么农户有了困难，也会想到找张亚芬求助呢？

事情还得从2019年9月说起。当时，有一位素不相识的中年女性，辗转联系上了张亚芬，恳求"宁波妈妈"动用她的影响力，帮她的花店"吆喝"一下，不然她的日子恐怕"过不下去"了。"先不要着急，你跟我讲讲，到底是怎么回事？"类似这样的事情，张亚芬几乎每周都会遇到好几次，她耐心地问明了情况，弄清楚了事情的原委。

原来，这位女士姓邬，一连串的不幸降临在她这个家庭：儿子是个脑瘫患儿，已经22岁了，还只有几岁大的孩子的智商，生活上根本不能自理。前两年，邬女士自己又查出得了癌症，她本来经营着一家小花店，是家庭主要收入来源，但这两年随着线上订花的兴起，她又不懂线上操作，这个小花店的生意日趋惨淡。她觉得，这日子简直没法过了，她已经陷

入了深深的绝望之中,所以就想到了"宁波妈妈",看看能不能在这里找到一线希望。

张亚芬听完对方的情况,仍然是想也没有多想,就一口应承了下来。

"妈妈,尽管你之前给很多人带过货,但还没有带过鲜花哦!"女儿茂华又提醒她说。

"这个……妈妈心里其实也没底呀!但那个家庭遇到了那么大的难处,我总不能一口拒绝吧。"张亚芬说,"你再帮一下妈妈,试试能不能行。"

在接下来的日子里,张亚芬和女儿花了不少心思,选择在助残日、春节、元宵节、七夕节前,在线上为花店带货。

精诚所至,金石为开。让张亚芬和女儿茂华倍觉欣慰的是,她们的努力没有白费,第一次带货鲜花,竟然效果还不错,不少爱心市民自发找到这个小花店去买花,母女俩每次上网带货的营业额,也都有1000多元呢!

为了帮这位邬女士鼓起战胜困难的勇气,早日走出困境,张亚芬还先后默默资助了这个家庭1万元。

随着张亚芬带货的名气越来越大,不少农户遇到了卖货的难题,就马上想到要向"宁波妈妈"求助。

"只要发现有人碰到了实际困难,我们就会自然而然地上前去搭把手,帮一把。就这样,不知不觉地,又走上了一条助农的路。"讲到这里,张亚芬笑了笑说,"这也让我想到自己19岁那年,在雷雨前帮农民收稻谷的情景。人生好像是一个圆,走着走着,就回到了原点。"

"这就叫'不忘初心,方得始终'嘛!"

"哈哈哈,你说得对,有好多事情,有前因,就会有后果。"

所以,张亚芬带着女儿林茂华,还有她的志愿者团队,在这两年时间里,通过朋友圈、微信群、直播间和公益摊位,线上线下互动,为很多农户助销、带货。"宁波妈妈"的美好名声,不仅在宁波城里,就是在周边的农村和田野间,也广为人知。

2021年农历大年初一的一大早,在宁波鄞州区林惠农场,又一场直播带货活动开始了。

"大家新年好!给小伙伴们拜年啦!农历新年第一场'爱心助农'直播,主打蔬果是新鲜采摘的西红柿,寓意着牛年红红火火……"

这场直播的主角有三位,除了54岁的"宁波妈妈"张亚芬,还有她的丈夫和女儿。一家三口对现场直播早已轻车熟路,茂华拿出自拍杆,打开手机调试好了角度,妈妈捧着新鲜的西红柿,满面笑容开始了推介……

"宁波妈妈"不仅是宁波人心中的"爱心达人",也是宁波人心目中的"好儿媳""好母亲"和"好妻子",所以张亚芬的带货能力不可小觑。这不,直播还没开始多久,一份份订单就隔空飞到了现场。

"我们的家乡宁波,被誉为'爱心城市'。我们开展爱心助农直播,就是希望能让我们的爱心之城变得更加明亮和温暖,把爱心传递到更多的人身边。"

这天,从清晨开始,到上午11时直播结束,一共成交了近100份订单,订走了价值约2万元的西红柿。

张亚芬一家来农场做直播前,已经准备好了一些年货放在车子上,准备做完直播后,就直接赶往海曙区,去给一个困难户拜年,顺便送点年货过去。

这时候,林惠农场的人"意犹未尽",还想留他们吃顿饭。

"吃饭就不必了,看你欲言又止的样子,是不是还有别的事?"张亚芬笑着问道。

"什么事都逃不过细心的'宁波妈妈'呀!事情是这样的……"

原来,在直播的同时,农场又接到了1000公斤的莴笋订单,可是,眼下正是春节假期,工人都放假回家了,1000公斤莴笋没有人收割,这么大一份订单,恐怕要泡汤了……农场的人心里如火烧火燎一般着急。

"这个事情……我来给你们想想办法吧。"就在赶往海曙区的路上,张亚芬在自己小区的带货群里号召了一下,很快就组建起了一个"助农8人小组"。这个小组的任务,就是在大年初一这天,务必赶到林惠农场,下地割莴笋,家中有小孩的,也可以把孩子带上,现场体验一下割莴笋的劳动……

有人曾粗略地计算过,张亚芬和她的志愿者团队助农一年,带货的总金额有180多万元。同时,她的志愿者团队也像吸铁石一样,吸引着爱心人士源源不断地加入进来。

"现在,人们一说到'宁波妈妈',可能就会想到我,一个名叫张亚芬的人,其实,'宁波妈妈'早就不是我一个人专有的名词了。刚开始是我,现在,也许是你,也许是她,将来茂华他们这些年轻人,还有比这一代更小的孩子,都可能成为'宁波妈妈'。"张亚芬说,"我相信,不论是萤火飞舞,还是星星点灯,总会照亮这座城市的每个角落。因为,现在这座城市里到处都有爱的种子……"

林茂华对妈妈的这番话也十分认同。"做公益,收获的是快乐,而快乐是会被传染、被传递的!"茂华这样深有感触地回忆说,"拿我自己来说,第一次体会到做公益的快乐时,还只有5岁。当时,妈妈带着我去了一个儿童福利院。因为我们的到来和陪伴,那里的小朋友个个都很开心,甚至舍不得我们走。那天回家的路上,妈妈手舞足蹈、快乐幸福的样子,直到今天还清晰地留在我的记忆里。"

也正是因为妈妈言传身教、潜移默化的影响,林茂华在读初中的时候,就在学校里带领着同学们成立了一个"小蜜蜂义工团",经常去学校附近的福利院,做一些力所能及的敬老爱老活动。

有一次,林茂华和"小蜜蜂"们跟着妈妈来到景宁县标溪乡中心学校开展"手拉手"活动,不仅在同学间为前面说到的那位晓枫姐姐募捐,还吸引了很多学生家长陆续加入献爱心的队伍。

后来,小茂华还组织"小蜜蜂义工团"再次去了丽水的乡村,与34个乡村小同学一对一地"结对子"助学,还为那里的乡村小伙伴建了一个小小的爱心图书馆。

进入大学后,林茂华有了更多的经验和时间组织志愿者活动了。"大学的第一个暑假里,我给自己安排了大大小小数十场活动。我把参加活动的成员组建了一个小群,取名'公益志愿者群'。大学四年里,这个群的成员已逾1000人,我们先后开展了各种义工活动百余场。"年轻的茂华讲起公益活动来,眉飞色舞,如数家珍,她说:"我们还有一个'小蜜蜂义工团一届成员群',还有今年4月份组建的两个'爱的路上与我同行'群。群里90%的人我都不认识,但大家志同道合,都以助人为乐,以做公益为荣。无论是举办义卖捐助活动,还是义工活动,只要我在群里'喊一嗓子',就会有很多人争先恐后地报名参加。可以毫不夸张地说,每个人在参与爱心公益活动的时候,都会真切地感受到,我们宁波就是一个有爱、有光、有温暖的大家庭,我们这座城市里的万家灯火,都闪耀着爱的光芒……"

小林还说道:"我在很小的时候就知道了宁波有很多关于'顺其自

然'和'爱心奶奶'们的故事。你一定也知道,'顺其自然'多次获得过各种慈善大奖和荣誉,但这些奖项从来没有人出来认领。对宁波人来说,'顺其自然'早已变成了宁波的一个又真实又朦胧的美丽童话……"

第五章

无人认领的荣誉

年轻的林茂华说的这个又真实又带着些神秘色彩的"美丽童话",每天都在宁波的大街小巷里上演着新的篇章。

在宁波采访的时候,一位给我引路的年轻女孩小菱,笑着指着从街边走过的路人说:

"宁波是一个有'童话故事'的城市,没准,每天从宁波街头微笑着与我们擦肩而过的人,甚至包括你和我,都可能是'顺其自然'!只不过,谁也不愿出来承认自己就是'顺其自然'。这已经成为这座城市的情怀,大家都在全心全意地追随和守护着……"

近几年来,小菱一直在做着爱心志愿者的工作,对宁波的爱心故事也是如数家珍。

"很多外地人一说到宁波,马上就想到'港通天下',说宁波人个个会做生意,有悠久的商业传统。这倒也是事实。但是很多人并不知道,宁波更是以'爱心'和'慈善'闻名天下的。不知道你留意过没有,在2007年'感动中国'人物的推荐名单上,曾出现过一个特殊的名字,不是某一

第五章 无人认领的荣誉

位个体的人物,而是'宁波慈善群体'。这是'感动中国'组委会从来没有遇到过的,也是全国人民都没有想到的。我记得当时有位主持人这样赞叹:这个慈善群体是宁波的市民送给全国人民的一份惊喜!"

"是啊,百万市民,齐心协力,共同参与慈善事业,以一个庞大的群体去'感动中国',这样的故事,好像在别的任何城市都不曾出现过,这可是宁波的骄傲啊!这证明了这座城市强大的凝聚力和万众一心的价值追求。"

说到这个话题,小菱意犹未尽,又说道:"'顺其自然'的故事,现在全国人民都耳熟能详了,但是还有一些后续故事,许多人就未必知道了。"

"哦?请说来听听,有什么'独家新闻',愿闻其详。"

"不是什么独家新闻啦!就是历年来各个机构颁发给'顺其自然'的各种奖项和荣誉,始终无人认领……"

从1999年到今天,22年来,无论是在宁波本地,还是在全国范围内,以"顺其自然"的名义获得过的各种奖项和荣誉,几乎每年都有,但是这些奖项和荣誉始终无人"出面认领"。

有人说,这在全世界的荣誉授予史上,也是极其少见的现象。像举世闻名的诺贝尔奖等,偶尔也会出现获奖者拒领或弃奖的例子,但获奖者姓甚名谁,大家都能知晓,不存在"无人认领"的问题。唯独"顺其自然",20多年来一直是个例外。

早在2004年,也就是"顺其自然"首次捐款后的第五年,8月15日,一场名为"20年,我们一起走过"的宁波十大新闻事件和新闻人物颁奖晚会,在甬江之畔隆重举行。

当时获奖的"十大新闻人物"里,就有"顺其自然"。然而,其他9位获奖的新闻人物都来到了晚会现场,登上台和市民们见了面,领了奖,唯有"顺其自然"的座位,始终是空着的。

这也不是"顺其自然"第一次缺席颁奖现场。同一时期,在浙江省"十大慈善之星"、宁波市慈善楷模表彰大会等授奖名单里,都有"顺其自然",但在颁奖现场,属于"顺其自然"的那个座位,也始终是空着的。

2004年宁波十大新闻事件和新闻人物颁奖不久,又一届"慈善一日捐"活动开始了。动员大会上,有一位民营企业主当场捐出了30万元,却不愿留下自己的真名。在场的市民们不禁纷纷猜想:难道他就是"顺其自然"?还有一位30多岁的女士,也默默捐出了10万元。30多岁的女士,这倒是十分符合当时宁波市民对"顺其自然"的年龄和性别的猜测。可是,工作人员微笑着请她留下姓名时,她只是轻轻笑了笑说:"就写'吴女士'好了。"

他们都不是"顺其自然",但他们的捐款方式,无疑都带有向"顺其自然"致敬的意思。

当时,有一种温暖的城市风气,已经在宁波流行:只要媒体上一报道哪里有突遭变故、急需帮助的困难群众,往往从当天开始,相关机构就会接到以"顺其自然"或是"然然""顺其""雨顺"等名义捐赠的爱心捐款。而这些以"顺其自然"等名义捐款的人,大都不是真的"顺其自然",而是受到"顺其自然"感召的人和"顺其自然"的粉丝。

到2013年,"顺其自然"已经出现第14个年头了,累计捐出的爱心善款已达1000万元。这一年,追随着"顺其自然"神秘而美丽的身影,陆续走进宁波市慈善总会,以化名和隐名的方式捐款的爱心人士,也累计达到3000多人次,爱心捐款总额已达3500多万元。

然而,无论是宁波市慈善楷模、宁波20年最具影响力的十大新闻人物、浙江省"十大慈善之星",还是"爱心中国——中国最具影响力的百位慈善人物特别奖"、2009年"胡润慈善榜"特别奖……所有这些大奖和荣誉,都授予过"顺其自然",但"顺其自然"从未现身。属于"顺其自然"的领奖座位,已经默默地空缺了14年! 14年了,还是没有一个人知道,真正的"顺其自然"到底是谁。

曾有这样一段文字,描述和记录了宁波市民对"顺其自然"又是期待又满含敬仰的感情:

> 在宁波一年一度的十大新闻事件和新闻人物颁奖大会上,多少次,人们都怀着强烈的渴望,敛声屏气地等待着"顺其自然"能够出现。但每次都是遗憾。面对授予"顺其自然"却无人来领的奖牌,多少次掌声过后,是刹那间的沉静,随后又是雷鸣般的掌声……

时间又过去了5年,到了2019年,由宁波市慈善总会、宁波市记者协会等单位推出的"2018·感动宁波"十大慈善新闻事件和新闻人物评选再次揭晓。算起来,这已经是第15届"感动宁波"十大慈善新闻事件和新闻人物评选活动了。

不出人们的意料,已经连续捐款20年的"顺其自然",再次入选十大慈善新闻事件和新闻人物。当然,"顺其自然"照例缺席领奖现场,同样也在市民们的意料之中。

屈指算来,"顺其自然"的非凡善举,就像润物无声的春雨一样,已经滋润了宁波这座大爱之城20年。这时候,所有的人都相信,20年来,大爱的种子无处不在萌芽和生长,有的已经开出繁花,结出硕果……

下面这些故事的"情节",几乎都是雷同的,甚至都无法继续追踪下去。因为,每一个故事的主人公,都像"顺其自然"一样"神龙见首不见尾",几乎无一例外,都是捐出一笔实实在在的爱心款,写下一个虚拟的名字,然后留给人们一个悄然远去的背影……

镇海区有一位爱心人士,先后分作两次,共捐出善款158万元,捐款人却是一个虚拟的名字:我想。

海曙区的一位爱心人士,通过银行系统,分三次捐出善款28万元,落款同样是一个子虚乌有的名字:胡坤。

鄞州区的一位90岁的老人,连续13年,每年向宁波市慈善总会捐款1000元,署名为"高者"。——每次老人捐完款,蹒跚着脚步慢慢远去的时刻,工作人员从背后望着老人的身影,总会投去一份真诚的敬意:谢谢您,老人家!在我们心目中,您是一位长者,也确实是一位"高者"——一位心地善良和高尚的老人!

还有一位女士,默默地捐来150万元的善款,落款为"鱼遥"。工作人员曾经怀着敬意猜测了好久,这两个字带有什么含义呢?

2005年春夏之交,为了挽救一位从青海来到宁波治病的女教师罗南英的生命——关于罗老师的故事,我们还将在后面的章节里详细讲述——2300多位宁波市民紧急捐款,累计60余万元。

罗南英的不幸遭遇,经媒体报道后,一时间引起宁波千家万户的牵挂。仅仅6天时间,先后有2300多位宁波市民,通过各种方式为这位连面都没有见过的青海女教师捐来60余万元的医疗费。不久,她的家乡青海省的乡亲们也为她募集了58500元善款。

"我做梦也没有想到,素不相识的宁波市民,在这么短的时间里,捐出了这么多的救命钱。我和我的家人将会永远记住,在宁波这座爱的城市,有这么多我的救命恩人。"

罗南英和她的丈夫胡先生几乎不敢相信这一切是真的。正如媒体当时描写的那样:"一扇在别人看来很普通的手术门,罗南英终于跨了进去,并开始了骨髓移植手术。"

有一位先生向为罗南英开设的爱心账户捐来 5 万元,当被工作人员询问姓名时,这位先生淡淡一笑说:"我只是一个普通的宁波人。"

还有一位市民,通过邮局给爱心账户汇来 3 万元,署名却是"顺其自然"常用的"顺顺",汇款地址是一个根本就不存在的"宁波市永丰路 3000 号"。

"孩子,在过去一个星期,妈妈被一座城市感动了,这座城市 2000 多位与我们素不相识的市民,用博大的爱心替你留住了妈妈,你一定要记住这座充满爱心的城市的名字,她叫 —— 宁波。"

这是罗南英在得知好心的宁波市民为她筹集了 60 余万元医疗费后,写给儿子鹏鹏的一封信上的话。

也就在这一年 —— 2005 年,宁波的 2300 多名市民以一个爱心群体的形象,获得了"浙江骄傲 —— 2005 年度最具影响力十大人物"的"最具感动奖"。

2300 多位市民捐款,累计 60 余万元,却只有寥寥几位捐款者留下了自己真实的姓名。一位私营企业主华先生的回答质朴有力:"60 万,2000 人,人均 300 元,如果 300 元可以挽救一条生命,可以还一个家庭以幸福和希望,我觉得,任何地方、任何一个有良知的人都不会有丝毫犹豫!"

市民王女士在一家超市工作,收入并不高,但一看到罗老师的遭遇,她也连夜捐出了自己力所能及的一点爱心款。她这样说:"我也是一位母亲,看了她写给孩子的信,我感同身受。我们的捐款就是对她最好的爱,也是对一颗母爱之心最好的呵护。"

像"顺其自然"一样隐名捐款,在宁波已经成为一种新的风尚,甚至成为很多家庭默默传递的家风。

吴福年老人是宁波市最早的一批向慈善总会捐款的爱心市民之一。老人临终前,特意嘱咐儿子吴永溥,不要忘了把他节省下来的5500元钱送到市慈善总会去,就算是杯水车薪,也能帮助一下急需帮助的人。2004年,吴老的儿子吴永溥因病过世了。吴永溥临终前,也给自己的儿子吴杰留下了遗嘱:一定要继承好祖辈和父辈这份特殊的"遗产",多多参与爱心慈善事业,尽己所能去帮助需要帮助的人。

"吴家的三代人,可以说是'慈善家风'在宁波许多家庭里绵延传递的一个缩影。"市慈善总会的一位工作人员对笔者说道,"有越来越多的慈善之家,正在用'愚公移山'一般的精神,演绎着宁波生生不息的大爱故事。"

农家孤女小朱,曾是宁波市慈善总会的一个帮扶和资助对象,连续5年间,慈善总会资助过她1.7万元爱心款,帮助她顺利地完成了学业。小朱大学毕业后,参加工作第一个月,领到了1500元工资,善良的女孩没有舍得花一分钱,把1500元全部捐给了象山县慈善总会。工作人员劝她:"你刚参加工作,应该先给自己买一些必需的生活用品,等以后有了多余的钱,再来捐一点也不迟嘛!"小朱笑笑说:"'吃水不忘挖井人',虽然我一个人的能力微不足道,但我应该及早地参与进来,和大家一起把这种爱延续下去。"

宁波市太平洋保险公司有一位名叫林萍的女职员,很多宁波人对她并不陌生。林萍献出了自己48%的肝脏,拯救和延续了一位与自己毫

无血缘关系的女孩徐洁的生命。林萍的故事传播开后,宁波市民满怀着敬佩,向林萍和徐洁伸出了温暖的手。市保险行业也慷慨解囊,捐出46万元,加上宁波市民的捐款,终于帮林萍完成了一桩心愿:设立了一个"林萍慈善帮困基金",用来帮助更多需要帮助的人。

还有一位女士,原本只是受人所托,来到宁波市慈善总会,替一位男士捐款10万元,设立一个"三江口慈善基金"。也许是一走进宁波市慈善总会的大门,就受到了一些前来捐款的爱心人士的影响,这位女士临走时,自己也悄悄捐出了1000元。

从此以后,这位女士每个月都会来慈善总会,替那位故意隐身的男士向"慈善基金"注入10万元。2010年初,又注入了30万元。而女士自己也每月捐出1000元,从未间断。

2010年11月初,又有一位隐去真名的爱心人士,通过宁波慈善网捐出了50万元善款,希望这些善款用于14个具体的慈善项目;11月25日,另一位爱心人士化名"圆木",捐来善款14.3万元,且注明希望用于一位大学生的母亲的白血病救助。

"佚名",是出现在北仑区的一位"顺其自然"。这位一直不愿透露自己真实身份和姓名的爱心人士,从2010年7月开始,每个月的10日前后,都会以"佚名"的名字,向北仑区慈善总会捐出200至450元不等的善款。

2018年12月11日,北仑区慈善总会负责财务的职员曹宁静,像往常一样,又接到了一笔来自"佚名"的电子汇款,金额是450元。

每月10日前后接到一笔"佚名"的汇款,这对曹宁静来说,早已是"意料之中"的事了。

"从银行单位客户专用回单上,我们根本看不出这个人是谁,来自哪里。"细心的曹宁静和同事们根据每一张回单上很多空缺的信息分析认为,这位爱心人士每一次都可能是现金汇款。

赵燕儿在北仑区慈善总会工作多年,最初也是从事财务工作,后来担任了会长助理。赵燕儿回忆说:"我们最早收到'佚名'的捐款,是在2008年四川汶川大地震的时候,那次'佚名'捐来的是200元钱。"

"事情已经过去十多年了,为什么还能记得这么清晰?"

"那是北仑区慈善总会收到的第一笔匿名捐款,一看'佚名'就知道,跟'顺其自然'如出一辙,所以印象深刻。第二次收到'佚名'的捐款,是2010年4月22日。你看这里——"北仑区慈善总会对每一笔捐款,无论数目多少,都会详细记录相关的信息,赵燕儿指着这笔捐款下的一个备注说,"我们根据捐款人的要求,在捐款类型里注明了'赈灾'二字。"

从2010年7月份开始,"佚名"二字每个月都会出现在北仑区慈善总会的捐款人士名单里,备注都是"退休金"三个字。由此可以想见,这是一位已经退休的老同志。

这位老同志的捐款数额,最初是200元,以后逐年递增一些,直到现在,每个月都会汇来450元。其间如果有哪个月没有汇出款,那么下个月肯定又会补上,所以从捐款记录里可以发现,有少数几个月里,一月内出现了两笔汇款。

"你们有没有过寻找'佚名'的念头呢?"

"当然有过啦!像'佚名'这样来区慈善总会捐款的人士不在少数,但多年来持续不断准时出现的捐款人,北仑区的这位'佚名'是最为著名的。一开始我们想过,应该找到这位'佚名',向他(她)献上全社会的敬意。寻找到他(她),其实比寻找'顺其自然'要容易一些,因为他(她)汇款的银行网点是固定的。但我们考虑再三,觉得还是应该尊重捐赠者本人的意愿，所以最终没有去寻找。'不打扰即尊重'，这几乎成了每一位在慈善总会工作的人对待所有匿名捐款者的一个共识，一条共同遵循的不成文的守则。"

"宁波城里人人都可能是'顺其自然'，那么北仑区里也可能个个都是'佚名'。"

"无论是先生还是女士，他（她）在我们心中就是北仑的'顺其自然'，是北仑人人尊敬的一位标志性的爱心人物。"

像"顺其自然"一样，"佚名"也获得过"慈善先进个人"等荣誉，但是因为找不到本人，授予"佚名"的奖杯、证书和那份大爱的荣誉，至今只能存放在北仑区慈善总会里。

2010年10月1日，《宁波市慈善事业促进条例》开始在宁波市正式实施。这是全国副省级城市里首个慈善事业促进条例。

目前，由宁波市民自发设立的各种名目的爱心基金已达39个。像"顺其自然"一样隐名捐款的人士，已经形成一个特殊的爱心群体，捐款总额已经超过5000万元。

无论是"顺其自然"这个神秘的公益使者，还是宁波市民爱心群体，这些年来不断获得过包括"全国十大社会公益之星"集体奖在内的许多荣誉。但这些荣誉，同样没有一个具体的人出来认领。宁波人有时会不无自豪地说："这样也好，无人认领的光荣，是属于宁波这座城市的。"

现在，再回到那位青海女教师——那位曾经牵动着宁波千家万户的罗南英的故事中来。

遗憾的是，我们得从一个伤心的日子讲起。2007年4月5日，农历清明节这天，在青海刘家峡水库边，罗南英的丈夫胡先生缓缓地捧起一捧捧有鲜花花瓣相伴的骨灰,撒向荡漾的春水之中……

　　胡先生是特意从一百多公里外的西宁市来到这里的。

　　他之所以选定这个地方,一是这片大地是妻子罗南英的故乡,这片厚土将会永安着她善良的、对温暖的人世恋恋不舍的灵魂,二是当她想念宁波这座让她魂牵梦萦的城市的时候,她的思念也许就可以随着从刘家峡流出的河水,漂到遥远的甬江边。

第六章

情系罗南英

罗南英是青海省乐都县高店乡河滩寨中心学校的一位语文老师，29岁的她，不幸患上了白血病。由于发现得太晚，她的病只能通过骨髓移植手术来治疗，并且随时都有生命危险。

2005年4月，经人介绍，她的丈夫胡先生决定带着她，从遥远的青海湖边到宁波求医治病。

4月16日上午，罗南英由丈夫陪同着离开西宁。那天，西宁的天阴沉沉的，高原的寒气尚未完全退去。婆婆抱着罗南英才3岁的儿子鹏鹏，送她到车站。

儿子说："妈妈再见，晚上早点回来。"幼小的儿子根本不知道妈妈要到很远的地方去治病，也许再也无法回来了。

听到儿子的话，罗南英的泪水唰唰地往下流。她不想在儿子记忆中留下一个哭泣的妈妈的印象，含泪笑着将儿子抱了又抱，亲了又亲。当婆婆抱着儿子转身要走的那一刹那，罗南英再也按捺不住，"扑通"一声向婆婆跪下，请求婆婆替她照顾好儿子："妈妈，我如果回不来了，请您和爸爸照顾好鹏鹏。我来生再做您的儿媳妇,报答您对我的恩情!"

到了宁波后,罗南英住进了宁波市第一医院。经过确诊,她患的是慢性粒细胞白血病。宁波市第一医院首先要为她找到骨髓配型。所幸的是,罗南英有一个姐姐,可以作为匹配的骨髓供体,但医院预计的60万元巨额医疗费用,让这名普通的小学老师和她的丈夫,顿时又陷入了深深的绝望之中。

作为一名小学教师,罗南英当时的年收入不到1万元,丈夫的收入还没有她的高,娘家和婆家经济也都不宽裕。她和丈夫算了算,60万元至少要不吃不喝积攒30年!

经过好几个夜晚的辗转反侧之后,年轻的罗南英忍痛选择了放弃治疗。她请求医生让她出院。但由于化疗导致了皮肤异样,医生建议她,等治好皮肤病后再出院。

罗南英的儿子还只有3岁。她从教8年,薪水本来就不多,仅有的一点点积蓄都用在求医治病上了。想到自己将不久于人世,想到还处在天真懵懂之中却将要永远失去母爱的儿子,她心如刀绞一般。

她的心里充满了对幼小的孩子的愧疚。她想把自己无力付出的母爱和无法表达的思念写下来,留给终有一天会长大的儿子。这样,在等待出院的日子里,罗南英开始给儿子写信。

鹏鹏,我亲爱的孩子:

当你能够独立看懂这封信的时候,妈妈也许已经离开你了。现在咿呀学语的你才3岁,妈妈不幸得了白血病,妈妈不能陪你很久了,可是妈妈多么希望和你在晨曦里、在晚风中嬉戏玩耍,看着你无忧无虑地成长啊!

第六章　情系罗南英

> 鹏儿，在提起笔的这一刻，妈妈有许多许多话要跟你讲，希望你能感受妈妈的心。妈妈的心里，也许有痛苦，也许有恼恨，但更多的是平静和感恩。
>
> 妈妈这一生最想感谢的人，是你的爸爸。你知道吗，在妈妈眼里，你的爸爸是一个善良厚道、情义深重的男人……
>
> 孩子，妈妈对不起你，在你这样年幼的时候就要离开你。但是妈妈会写许多许多信留给你，在你每个生日到来的时候，让爸爸读给你听，识字以后你也可以自己看。虽然那时我们可能阴阳两隔，但妈妈会在天上看着鹏儿一天天一年年快乐、健康地长大……

这是罗南英写给儿子的第一封信。

在此后的日子里，她陆续给幼小的儿子写了13封信。

就在罗南英和丈夫细心地收拾起这些写给儿子的书信，谢过了医生和护士们，准备返回青海老家的那天，她无意间看到宁波当地报纸上刊登的"给孩子的一封信"的征文。

"要是把这些信在报纸上刊登出来，留给长大后的鹏鹏，也许更有纪念意义吧。"

罗南英向丈夫表达了自己的想法。丈夫心里虽然十分难受，但这时候妻子说出的任何要求，他都不会反对。6月中旬，丈夫帮罗南英寄出了这些在即将告别人世的心境下写出的"亲子家书"。

2005年6月26日，当地媒体以《让母爱穿越时空成为永恒》为题，选登了罗南英写给儿子的4封信。这4封信分别是她写给儿子3岁、10岁、20岁和29岁时阅读的。

万家灯火

除了上面的第一封信,报纸还登出了下面的3封信:

鹏鹏:

当你读到这封信时,应该是你10周岁的生日了,妈妈祝你生日快乐!鹏儿,你现在上三年级了吧,你有多高了?你听话吗?你的学习好吗?你和你的同学们相处得好吗?……

因为这是妈妈提前给你写的信,所以你10岁的情况妈妈只能猜测和设想。写这封信的时候妈妈在病中每天除了打针、吃药,就是想你——我的孩子。

妈妈知道,亲人们会给你过10岁的生日,也许还有温馨的烛光和诱人的香喷喷的大蛋糕……可妈妈要对你说,先对每一位在场的人表示真诚的感谢——感谢他们的抚养,感谢他们的关怀,感谢他们对你无私的爱!说的时候,也代表妈妈,好吗?

过了这个生日,你就是一个小大人了。你要体谅亲人的难处,不要提出一些过分的要求,而且要在生活中学会关心别人、体贴别人。你会努力去做的,妈妈相信你!

鹏鹏:

亲爱的孩子,今天是你20岁的生日,你终于长大了,妈妈祝贺你!

正因为这是个特殊的日子,所以妈妈要和你说一个沉重的话题。因为我知道,它已困扰了你很多年。

因为你是个聪明的孩子,你会在懂事后去关注曾经夺去母亲生命的癌魔——白血病。

　　妈妈得白血病时，鹏鹏你才3岁。妈妈得了如此凶险的病，尽管可以做手术，我选择了放弃。

　　希望多年之后，鹏儿能理解这其中的苦衷！要怨，只能怨噩梦来得如此突然！将妈妈对你的许多企盼和心愿击得支离破碎。许多要告诉你的话在匆促之间变得杂乱无章，可是妈妈决意要将真实的爱留给你,请你理解并坚强地面对生活！

　　孩子，但愿爱能跨越时空的界限，把妈妈的殷殷关怀传递到你的身边！

鹏鹏：

　　这封信是写给你29岁生日的。写时心里有种难言的感觉，因为再过几天，也是病中的妈妈29周岁的生日了。

　　可能妈妈离开你已多年，孩子。幼年的丧母之痛可能你早已忘却，今天面对这发黄的信纸，你会更加怀念妈妈吗？

　　妈妈所住的病房刚好可以看到一段街道。在无法入睡的深夜，妈妈就会趴在窗台上观望街景。暗淡的夜色中，它不再车水马龙，只有间或闪过的车辆和行色匆匆的夜归人。他们或许是在赶往相聚的路上，或许正踏上回家的归途。人生就是这样不断地重复相见和别离，现在的你和妈妈有同感吗？

　　29岁，妈妈的一生短暂而又平凡，却因为活在爱和被爱之中而无憾。在这个无法入睡的夜晚，妈妈有许多话想对你说。

　　妈妈有幸成为一名人民教师，又幸运地遇到了你的爸爸。你知道吗? 爸爸和妈妈的爱情有些离奇。妈妈在偏僻的山区学校工作，而你的爸爸却生活在繁华的都市，就因为那么偶然的相遇，我们走到了一起，尽管只有5年时间，妈妈已知足！

而你的到来，更使妈妈快乐和幸福。儿时的你顽皮、可爱，在你的欢笑里，我和你的爸爸忘记了工作的烦恼和生活的艰辛。

孩子，活着就是幸福的！天边已出现亮色，黑夜即将结束，妈妈在与你的喁喁叙谈中又度过了一夜。

年年岁岁，花开花落，世间万象纷繁变迁，唯一不会改变的，是真诚的爱！

正是这4封痛彻心扉的、饱蘸着母爱的"亲子家书"和"绝笔信"，一夜间揪痛了整座城市的心；这位年轻妈妈的命运，引起了宁波千家万户的关注！

这4封信登出来的第二天，许多热心的读者就被罗南英信中所倾诉的泣血锥心般的母爱所感动，纷纷打电话到报社，希望了解罗南英的经历，帮助这位无助的妈妈。

一位读者在写给报社的信里说："这肝肠寸断的4封信，任谁读了都不能不动容，眼前仿佛出现了这样凄凉的一幕：一个10岁的小男孩在生日烛光中，打开了母亲写给他的信，信中充满了祝福，但写信的母亲已经和他天地两隔，小男孩边看着信边哭泣。如果小男孩还知道，他的母亲是因为缺少60万元钱而遗憾离去，他的内心该是多么酸楚呀！"

除了对儿子的爱，罗南英身上所散发出的深挚的教师之爱，还有对家人的质朴的感恩之情，也同样感人至深。

在高店乡河滩寨中心学校副校长王恒秀眼里，罗南英是一位乐于奉献又聪明能干的老师。1997年她从青海省乐都县师范学校毕业后，来到偏僻的山区希望小学——曲坛乡角营小学任教。作为6名教师中唯一一名女性,她在那里干了7年。

2003年,罗南英从角营小学调到河滩寨中心学校。她在这所学校仅工作了短短两年,就获得了许多荣誉,2003年、2004年连续被评为乐都县优秀教师,2004年又获得乐都县优秀辅导员和讲课能手的荣誉称号。

在高店乡河滩寨中心学校女教师张玉英眼里,罗南英是一位真诚和热情的同事。罗南英平时和同事亲如兄弟姐妹,大家都叫她"烙铁",因为她待人像烙铁一样热情。

在她任班主任的八年级二班27名学生的眼里,罗南英是一位富有爱心的老师。班里有几名离家远的学生,晚上要住在学校里,罗老师经常会多做一点菜,送来给学生吃。哪个学生晚上病倒了,她立刻掏出钱让孩子去看病。

班里有一名女生,学习成绩不太好,对学习失去兴趣,想要辍学。罗老师披星戴月地往她家里跑了5趟,劝说她珍惜读书的时光,赶快回到学校里来。最后,这名女生重返校园。

孩子们都说罗老师像妈妈一样,他们都深爱着她。知道她得了白血病后,孩子们把自己的零用钱全部捐给了罗老师,还自发组织了一个爱心捐助小组,到高店乡的地头村巷,流着泪为罗老师募捐。

罗南英的丈夫名叫胡志军,提起妻子,胡志军也满怀感激。5年前的7月,经人介绍,罗南英联系上了宁波的一所学校,打算到宁波教书。就在这时,她认识了胡志军。当时他在西宁市电信局工作,如果罗南英去宁波工作,结婚后他们将两地分居。在这种情况下,为了爱情,罗南英放弃了到宁波工作的机会。

5年后,胡志军陪妻子到宁波治病时,发现宁波这边为每一位教师都提供了更好的医疗保障。为此，他多次在病床前向罗南英表达了自己的内疚，后悔自己当初妨碍了罗南英的选择。

罗南英却笑笑说："我一点也不后悔当初的选择，人与人之间，美好的感情有时比生命更可贵。"

婆婆提起罗南英，更是直抹眼泪。罗南英怀孕时，怕路途颠簸动了胎气，一个人在地处偏远山区的希望小学里住了近10个月没下山，丈夫只能在周末到山上去看她。

罗南英的父亲提起自己的女儿，也是一脸内疚。罗南英自己收入不高，生病以前却还经常替上大学的弟弟支付学费。现在她病了，弟弟刚参加工作，却无力回报姐姐。罗南英虽然有医保，但由于当地经济情况不太好，教师报销医药费数额很有限，她几年前的药费都还没有报销。

罗南英的经历和不幸的命运，一夜间成了宁波市千家万户的牵挂。一场挽救罗南英的爱心大行动，在全市迅速展开了。在为罗南英捐款的日子里，每天都有太多感人的故事，不断撞击着人们的心……

  你是乡间天使

  为了一双双大眼睛

  驱赶着高原迷雾

  用你

  炽热的爱心

  以你柔弱的身躯

  描绘着希望的明天

  用你

炽热的爱心
以你柔弱的身躯
书写着美丽无比的飞翔

在与狂风的搏斗中
才想起自己还是母亲
一封封写给孩子的信
云朵一样飘了过来
我们伸出生灵般的手臂
接住的是泪雨
奉献的是绿叶
至于名叫金钱的花
更应该折叠成船和桨
听着潮涨
让梦想继续扬帆远航

提起这首诗,《宁波晚报》新闻热线的接线员记忆最深刻。

2005年6月28日晚上10点钟前后,有一位读者打来电话,希望接线员能为他记录这首名为《爱心 生命 金钱》的诗歌,他要将这首诗歌献给罗南英。

第二天,报社的记者将这首诗打印了出来,准备送到医院给罗南英看。到了医院一问罗南英,原来一大早,这位充满爱心的诗人已经委托妻子将诗和捐款一起送到了罗南英的病床前。

后来,记者了解到,这位深夜迫不及待传达爱心的诗人叫彭洪升,是海曙区委统战部的一名公务员。那晚他在《宁波晚报》上看到有关罗南英的报道后,心潮难平,当即挥笔写下这首诗,要送给罗南英,只为了让罗南英早点感受到一位普通宁波市民对她的祝福和鼓励,所以他连夜拨通了报社的新闻热线。

在为罗南英捐款的短短6天时间里,不知有多少心地柔软的宁波妈妈,为罗南英流过眼泪,也为罗南英奔走着。6月28日的报道刊出后,一位妈妈第一时间在"东方热线亲子论坛"平台上转发了这一消息。

一时间,"妈妈网友"们纷纷在网上表达了对罗南英的惦念、鼓励和问候。有的妈妈这样号召姐妹们:"让我们一起加油,我们一定会赢!"网上的帖子飞速增多,许多妈妈流着泪水开始给罗南英捐款和募捐。

住在宁波市第一医院附近的董琳,她的儿子和罗南英的儿子鹏鹏差不多岁数,她每天都会带着儿子到病房里来看望罗南英。她还将自己家在医院附近的一套房子的钥匙,交给了罗南英的丈夫,好让他有个休息的地方,也可以抽空给罗南英做点好吃的饭菜。董琳自己却住到父母家中去了。直到两个月后,一个偶然的机会,罗南英夫妇才获知,董琳的房子是她租来的,而她父母家的房子也并不算大。

还有一位妈妈,带着刚刚参加完高考的女儿,一起来到医院看望罗南英。这位妈妈说,之所以要带着女儿一起来,就是想让女儿"亲历现场",感受什么是母爱,什么叫坚强。

在报社为罗南英募集到的捐款中,竟然还有许多硬币。这些硬币来自宁波孩子们的存钱罐,来自孩子们衣兜里的零花钱。

6月29日,正是江东实验小学毕业班的孩子们参加毕业典礼的日子。这些即将告别小学时代的孩子,在毕业典礼之后做的第一件事,便是给素不相识的罗南英老师捐款。

当时，604班的班费还剩余了786.8元，班主任老师准备把这些钱退还给孩子们，不料孩子们异口同声地说："老师，把这些钱全部捐给报纸上刚刚报道过的那位罗南英阿姨吧！我们要为那个名叫鹏鹏的小弟弟留住妈妈！"

孩子们还让老师把他们的捐款收据复印了59份，一人收藏了一份。他们说，这是自己小学时代最珍贵的纪念。

同一天，也是慈溪市实验中学初三年级学生举行毕业典礼的日子。这些即将成为高中生的少年，也不约而同纷纷为罗南英捐款，共捐出1.6万元钱。他们特意派出学生代表，从慈溪来到宁波市第一医院，把这些捐款送到了罗南英的病床边。

少年们还在送给罗南英的花篮上写着："罗老师，我们代您的学生看您来了。"少年们说，他们希望能用这些钱，替远在青海河滩寨中心学校八年级二班的27名同学，留住他们最最亲爱的罗老师。

还有市区尹江岸幼儿园的孩子们，穿着"天使服"在广场上向晨练和路过的行人表演节目，用义演为罗南英募集捐款……

宁波市关工委的领导到医院看望罗南英时，还特意送去了一封慰问信。信中写道："山隔水隔，隔不开情，离不开心。你是一位伟大的母亲，是祖国的一位好青年、好教师。你信中的字里行间，处处闪耀着对祖国的爱、对社会的爱和对下一代的关爱。我们作为关工委的老人，将时刻关心你的身体，关注你的孩子的健康成长！罗南英老师，祝愿你早日康复……"

在病床上，罗南英淌着泪水，写了一封发自肺腑的感谢信，致全体宁波市民。她在信中这样写道：

"我的初衷只是想给孩子留下一些爱的纪念，却引来了你们如潮的爱心！一张张陌生却又真挚的笑脸消融了我绝望中的悲哀，一双双温暖和真诚的手扬起了我希望的风帆！几天以来，我和我的爱人常常是泪水纷飞如雨，因为深深的感动，因为强烈的震撼……"

为了隐匿真实的姓名，不少爱心人士都选择了从邮局汇款，因为如果通过银行将捐款汇入为罗南英设立的爱心账号，根据银行要求，是需要用实名的。有位市民通过邮局汇出3万元捐款，却化名为"顺顺"，汇款地址是一个根本就不存在的"宁波市永丰路3000号"。这次爱心大行动中，这些捐款人，个个都成了神秘的"顺其自然"。

在捐款期间，还发生了这样一件小事：

有一天，罗南英到检验室去做检查时，把一个小包落在了检验室门口。半个小时后，她找到包时的第一个念头就是，包里的东西可能被人拿走了。可是，她打开包以后发现，里面的东西不但一样也没少，反而多了300元钱。罗南英一看就明白了，这是好心人特意给她留下的，却没留下只言片语。

正是因为一件件、一幕幕这样的"奇迹"，不断地在自己身上发生着，所以罗南英在写给宁波市民的感谢信里，还这样感慨道："善良的人们啊，你们为什么不肯留下姓名？如果有一天我因为你们的爱幸运地活了下来，那除了记忆里您温暖的容颜，却再也没有文字可以让我叨念了。"

短短6天时间里，宁波市民就给素不相识的罗南英老师募捐了60万元爱心款。参与捐款的有老人也有孩子，有公务员、教师、医护人员，也有商界人士和普通市民，共计2300多人参与了这场爱心大行动。

这一举动不仅深深地感动着罗南英和她的丈夫，也感动着她老家的乡亲和全国各地的人们。

第六章 情系罗南英

罗南英无数次流着感激的泪水,对医护人员说:"我没有为宁波的建设做过一点贡献,只是一个慕名前来求医的外乡人,可宁波人却无私地帮助了我。宁波是一座有着多么博大胸怀的城市啊!"善良的罗南英还对医生们说,如果她得救了,捐款还有剩余,她将把这些钱捐给宁波的其他白血病患者。

宁波人挽救罗南英的爱心大行动的故事,很快也被青海省当地的媒体报道了出来。宁波人与这位女教师的真情故事,顿时在青海引起了强烈的震动。许多青海人表示,素不相识的宁波人都在为罗南英捐款,作为家乡人,更应该关爱罗南英!于是,罗南英的家乡人也纷纷解囊,为她捐款。

时任青海省人民政府副秘书长王胜德,把自己一个月的工资全部汇到了为罗南英筹款的账户里。7月17日,罗南英的家乡乐都县县委副书记马文选和教育局副局长周永善,一起来到宁波市第一医院,看望了病床上的罗南英,还送来了家乡人民捐赠的5万多元钱。

罗南英的公公、婆婆得知,是2300多位素不相识的宁波市民,为儿媳凑齐了高额的医疗费,两位老人顿时老泪纵横。罗南英的公公说:"儿媳到宁波治疗前,跪在我们面前说,如果她回不来了,就让我们一定要照顾好小鹏鹏。从那天起,我的眼泪就没有干过。现在有了这么多好心人的帮助,鹏鹏妈妈有救了!我们老两口的心里也踏实多了。"

在宁波工作的一些青海人,看到宁波人对罗南英的善意和关爱的故事后,也深受感动。十多位在宁波工作的青海人,结伴来到医院看望罗南英,给她送来了捐款,鼓励她要坚强,要有信心。这些青海老乡中有年过七旬的老教授,也有近几年刚刚来到宁波创业的年轻人。

几年前从青海湖边来到宁波北仑工作的裴发邦,是一位画家。他从报纸上了解到罗南英的处境后,立刻和马来西亚的一个慈善基金会联系,表示愿意将自己的3幅画作捐献出去,请求该基金会提前将这笔钱支付给罗南英。当画家拿着基金会的同意回函,赶到罗南英的病床前时,得知宁波市民已经为罗南英捐够了60万元,画家万分感慨地说道:"宁波速度,不仅表现在高速发展的经济上,而且也表现在高效率的爱心行动上!"

还有一位从青海来宁波工作的刘先生,看到宁波人给罗南英捐款的报道后说:"我已经深深地爱上了宁波这座城市,因为这是一座充满爱心的城市,这个城市的人对于需要帮助的外地人没有任何偏见,这太难得了。"

2006年4月4日上午,罗南英的姐姐罗南蓉被推出了手术室。医生从她的体内抽取了400毫升的骨髓血。下午3时许,罗南英被推进手术室。

这是千千万万宁波市民共同期待的一次骨髓移植手术。

手术的复杂程度难以描述,但罗南英和宁波市第一医院的主治医生们闯过了一次次难关。罗南英得救了!

2006年10月10日上午8点30分,得到2300名宁波市民爱心救助、已经在病床上度过了532个日日夜夜的罗南英,由丈夫搀扶着,来到血液科护士站,向她的主治医生欧阳桂芳献上了一束鲜花。

然后,她坐上了热心出租车司机夏慧星的车,出院了。

这个时刻,罗南英百感交集。她觉得,此刻的自己不是走出了医院,而是跨过了死亡的门槛,回到了温暖的、秋阳煦暖的人间。

是啊,从2005年4月21日起,她在宁波市第一医院住了532天。在这532天里,她用自己的母爱感动了宁波,而宁波市民回馈她的,是更加汹涌澎湃的满城大爱——2300人用6天为她捐出了60万元医疗费。

第六章　情系罗南英

在这 532 天里,她 4 次与已经走到身边的死神顽强搏斗。她胜利了!她没有辜负那么多好心的宁波人的期待。她用自己的胜利,抚慰了宁波千家万户为她揪紧的心!

罗南英出院后,一直住在热心市民董琳女士家里。董琳从 2005 年 7 月起,就把离宁波市第一医院不远的这套住房借给了罗南英夫妇居住。每隔两个星期,罗南英就到医院检查一次身体。

她满怀希望地憧憬着,如果一年后身体没有什么问题,她就可以重返青海老家,回到她热爱的教师岗位上去,和她日夜想念的学生们、同事们在一起了。

然而一个月后,2006 年 11 月 25 日,罗南英因上呼吸道感染,再次入住宁波市第一医院。

在这期间,虽经医护人员全力精心救治,但罗南英的病情多次出现反复,并持续恶化。2007 年 2 月 17 日,罗南英被诊断为胆道感染、肠道感染。医生为她采取了高等级抗生素联合应用的医治方案,但她仍然高热不退。

3 月 11 日,罗南英开始神志不清;两天后,又出现了呼吸困难、氧饱和度持续下降,处于病危状态。医院随即将她转入重症监护病区,给予各种脏器功能支持等综合抢救。遗憾的是,罗南英仍处于感染性休克、器官功能衰竭的状态,生命垂危。

2007 年 3 月 21 日,刚刚进入 30 岁的罗南英,平静地闭上了双眼,永远告别了她所感恩的宁波,告别了她日夜思念的儿子鹏鹏和家人,告别了她很想再看一眼却终究没能看到的故乡大地。

很多宁波市民得知罗南英去世的噩耗,都难过得流下了眼泪。不少市民自发地来到殡仪馆,为她送上最后一程。殡仪馆的工作人员得知送来火化的遗体是罗南英,还免收了所有的火化和殡仪费用。

罗南英去世前日夜念叨着好心的宁波市民,把宁波当成了自己的娘家。她的丈夫胡先生本想将南英的骨灰撒在甬江,但他想到,南英生前做梦都想再回到自己的家乡青海看一看,所以考虑再三后,还是把她的骨灰带回了青海。

于是就有了我们前面写到的那一幕:在青海刘家峡,丈夫把妻子的骨灰轻轻撒到了水库里,祈愿妻子的灵魂和思念,能随着刘家峡的水流到甬江边……

《宁波晚报》的记者团队,是最早"发现"和发起挽救罗南英的爱心大行动的团队,而且自始至终都在牵挂和跟踪着罗南英的病情和治疗进展。在宁波市民络绎不绝、默默地为罗南英捐款的日子里,出于职业习惯,晚报的记者们曾试图能多找到几位匿名的捐款人,跟踪采访一下,但最终他们发现,这跟想要寻找"顺其自然"一样,也是一个"很难完成的任务"。

大部分捐款的爱心人士都认为,做慈善、献爱心,已是宁波人的常态和本分,不值得特别讲述,因此也大都不肯透露自己的真实身份和姓名。不过,他们最终还是采访到了林晓晴、何瑞春两位捐款人。

于是,发生在罗南英和这两位捐款人之间的一些鲜为人知的细节,再次感动了无数的宁波市民……

第七章

人间自有真情在

林晓晴也是一位年轻妈妈,只比罗南英小一两岁。让我们从她写给罗南英的一封信说起。

阿罗:

这样称呼你,可以吗?

那天你在病房之外笑说,因我好久不来,都想我了。真觉有几分亲近。也是缘分吧,与你初识,却如故人。原思量着也就一面之缘,如今已记不清见了几次。以前也帮过一些人,用的都是化名,既有不愿张扬之心,也有潜意识里的自我保护。对你,我却是例外了。

几年前,我从《参考消息》上看到一篇文章:台湾地区的一所学校的老师,为学生布置了一篇命题作文——《假如明天死亡来临……》。我时常问自己,想把所思所感梳理成一篇文章,却终究未曾动笔,只是隐约觉得,如果人能够预知生死,并有时

间让自己支配的话,也未尝不是一种福气。我同龄的友人有数位已离世了,他们走得让人无法相信。有时候,我真觉得每个人都没有明天。这句话似乎太过悲观,而我并不这么看,我觉得淡看生死也就能淡看一切争名夺利之事,人活得简单,也就干净了。所以,我很少有普遍意义上的朋友,也没有什么可以利用的社会关系网,这在周围人看来是我最欠缺的资本,可要有心培植一些所谓建立在利益基础上的朋友,真是好为难我。所以我也就不做。

所谓"文如其人",你的书信、言语让我体会到一些内心相通的东西,因此近期,特别是前段时间,想你特别多。这些天少来了一些,因为知道你不会寂寞了,或许还太热闹了些,看你的人总是那么多。所以,隔天去看你,也不在中午来,让你睡个完整的午觉。你,还有你的爱人,都要注意好好休息,后面的日子还需要你们良好的精神和身体状态支撑。

手术的过程会很痛苦,忍不住的时候,把自己想象成一只破袜子,反正怎么揉、怎么摔、怎么踩,还是一只破袜子。这样能帮你放松,起码我觉得有效。

平平安安,一切顺利!

林晓晴

2006年7月18日,住在医院的罗南英收到了一封没有贴邮票的信,写信的人叫林晓晴,就在医院对面的一家单位工作。本来只需走几分钟的路,她就可以来到病床前,但她选择了给罗南英写信,是为了不影响罗南英休息,同时又想让她感受到自己对她的关注和鼓励。

第七章　人间自有真情在

林晓晴第一次看到"罗南英"这个名字，是 2006 年 6 月 26 日下午。下班后，她在报纸上看到一篇名为《让母爱穿越时空成为永恒》的文章，瞬间吸引了她。

这 4 封信，让同为人母的林晓晴彻夜难眠，信中的话久久荡漾在她的脑海里。

"当你能够独立看懂这封信的时候，妈妈也许已经离开你了。现在咿呀学语的你才 3 岁，妈妈不幸得了白血病，妈妈不能陪你很久了。"

"一位年轻的母亲，一位出色的教师，就因为没有钱，将失去活下来的机会，这太不幸了。60 万说起来是一个天文数字，但如果有很多人行动起来，都来帮助她，60 万也就是一个小数目了。我作为一个母亲，觉得自己应该帮帮这位母亲。"林晓晴语气平和地回忆着她在那个初夏的夜里辗转反侧、不时闪过的一些思绪。

在看到罗南英写给儿子的书信的第三天，林晓晴在一个信封里装了 1000 元钱，到医院去找罗南英。走到罗南英的病房门口，她发现里面有很多人。她站在门外等了一会儿，等人稍微少了些，便将捐款放在了罗南英的床头，只和她说了一声："好好养病。"她怕她太劳累，便离开了医院。

"以前，看到报纸上的一些困难者的报道，我也捐钱，但捐了钱后，都不留下真名。这里面多多少少有些戒备心理，怕救助者以后遇到什么事，比如就业，都来找我。我只是一个普通人，很难帮助人家。但那天我看了在病床上对来人道谢的罗南英，我产生了一种亲切感。而且，我隐约感到自己和这位来自青海的女教师的故事才刚刚开始。"林晓晴回忆自己第一次见到罗南英的感觉。

从见到罗南英的那天起，她就如同牵挂一位遇到不幸的亲人一样，日夜关注着她。捐款的那天晚上，她又迫不及待地在报纸上寻找有关罗南英的报道。她发现，照片中的罗南英穿着一件粉红色的衣服。在她的记忆里，报纸上的罗南英穿的始终是这件粉红色的衣服。善良又细心的林晓晴，设身处地地想道：会不会是从老家来宁波时走得太急，罗南英带的衣服不多，而到这里看病又花尽了所有的积蓄，没钱买衣服了？她觉得，这位年轻的妈妈，应该穿得漂亮一些。

第二天，林晓晴抽空上街给罗南英买了3件衣服，送到了医院。从这天起的很长一段时间里，她每天都要去看一看罗南英，和她说说话。如果哪一天不去看罗南英一眼，她会觉得放心不下，晚上睡觉都不踏实。

但没过多久，林晓晴发现，由于看望罗南英的人太多，罗南英显得很疲惫。于是，她只在门口看望一下罗南英便离开了。有时，她给罗南英买来了新鲜水果和别的好吃的，也怕打搅她。走到医院门口，就先给罗南英的丈夫发条短信，让他下来拿。

有一天，她又想和罗南英说话，便给她写了一封信，放到了医院门卫那里，让门卫捎给罗南英。

写信要让人捎，挺麻烦别人的，她便改用发短信的方式和罗南英沟通。只要一有空，她就将自己的所思所想和点滴感悟，编辑成短信发给罗南英。她在其中一条短信里写道："不论天气咋变，健康就好；不论发财多少，平安就好；不论顺逆几多，充实就好；不论是否常聚，相知就好；不论你在哪里，快乐就好。祝你快乐。"

另外还有一条短信这样写道："总有些事无法忘掉，总有些人在身边萦绕，相识是那么奇妙，生活是这么美好，工作固然重要，心情也要调好，偶尔发条短信，算是幸福的'骚扰'。"

而罗南英回复给她的短信也很"好玩"："念一场友情，淡淡温柔；看一朵花开，轻轻微笑；听一首歌唱，低低跟和；读一段文字，深深感动。"

第七章 人间自有真情在

林晓晴好像在用一条条短信,和罗南英分享着欢乐,分担着痛苦,也彼此交流和共享着由此产生的人生感悟。

和年轻的林晓晴不同,何瑞春是一位75岁的退休老人。何瑞春早年在青海师范大学任教,退休后定居宁波。他对青海有着深厚的感情,家里订有五六份报纸,只要看到"青海"两个字,何瑞春老人就会特别关注。

那天,他一看到关于罗南英的报道,就再也坐不住了,立刻起身去了第一医院。

离开家乡好久的罗南英,见到这位曾在青海工作过的老先生,就像见到一位从故乡来的亲人,瞬间有了亲切感。"君自故乡来,应知故乡事。"两个人虽然年龄相差很多,但一见如故,情同父女。临走时,何瑞春老人掏出随身带着的500元钱,塞给了罗南英。

回到家后,老人立即拿出自己的通信录,给自己曾在乐都县任县委书记的一位学生打电话,希望他能够和现任的乐都县领导出面,帮助一下罗南英。老人的学生当时正在家里养病,但也立刻前往乐都联系捐款之事,自己也率先捐了款。

由于乐都县是一个国家级贫困县,捐款数额有限,何瑞春老人就又给青海省的领导写了一封信。他在信中说:"青海的经济状况我是知道的,但众人拾柴火焰高哪。"

有一天,何瑞春老人又去探望罗南英时,正好撞见罗南英夫妇在吃饭,夫妇俩一人捧着一碗白米饭,碗里竟然没有任何菜。当时,老人虽然嘴上没说什么,心里却十分难过。临走时,他又将身上的1000元钱送给了罗南英。

2006年10月里的一个深夜,罗南英和丈夫突然接到远在青海的父母亲打来的电话：他们3岁的儿子鹏鹏高烧不退，住进了医院。医生怀疑鹏鹏可能也得了白血病，给他做了各项检查，检查结果要一个星期后才能出来。

罗南英和丈夫听到这个消息，瞬间都惊呆了。当晚，夫妇俩整夜难眠，几乎一夜白头。第二天一大早，罗南英的丈夫胡先生就赶去火车站，登上了前往西宁的火车。

何瑞春老人得知消息，赶紧安慰罗南英：莫急，莫急，大家一起想办法吧。那几天老人自己也得了感冒，怕传染给罗南英，便只好在家里翻着通信录，不停地给远在西宁的熟人打电话。

急中生智的老人，甚至还找到了鹏鹏就读的幼儿园的负责人的电话，恳求幼儿园的老师们能多关照一下鹏鹏小朋友。

万幸的是，检查结果出来，鹏鹏得的并不是白血病。罗南英夫妇、何瑞春老人，这才放下了一直悬着的心。

罗南英在患病前，参加了成人高考，正在攻读青海师范大学中文系本科文凭，现在只剩下一学期就能毕业了，所以即便是在宁波求医期间，她也没有放弃学习，随身带着书。但到了2006年10月临近考试时，她却因病无法再回青海参加考试了。这使她心里感到非常遗憾，又百般无奈。何瑞春老人得知情况后，不知道打了多少通电话，又和自己在青海师范大学任教时的同事取得了联系，详细告知了罗南英的境况，希望能给罗南英一次补考的机会。

在老人和许多热心人的关心下，学校同意罗南英病愈后再回西宁补考。

我们在前面引用过罗南英生前写给宁波市民的那封信中的文字。信写得情真意切，读来令人动容。完整的书信如下：

第七章 人间自有真情在

善良的宁波市民：

请接受我——一名普通教师，一名平凡母亲最诚挚的谢意！我和我的家人将永远铭记在宁波这座充满爱心的城市的所有经历。

自从6月26日《宁波晚报》副刊刊出我写给孩子的4封信后，我那小小的病房就几乎成了爱的海洋。我的初衷只是想给孩子留下一些爱的纪念，却引来了你们如潮的爱心！一张张陌生却又真挚的笑脸消融了我绝望中的悲哀，一双双温暖和真诚的手扬起了我希望的风帆！

几天以来，我和我的爱人常常是泪水纷飞如雨，因为深深的感动，因为强烈的震撼！哪一个人不是在勤勤恳恳地做着自己的工作？哪一个父母不怜惜自己的儿女？而我却因为这样朴素的理由获得了你们的资助和抚慰，我怎能不深深地感恩。

但是善良的人们啊，你们为什么不肯留下姓名？如果有一天我因为你们的爱幸运地活了下来，那除了记忆里您温暖的容颜，却再也没有文字可以让我叨念了。

那个让外婆把瓷娃娃储蓄罐带给我的幼儿园小朋友，谢谢你帮助鹏鹏弟弟挽留妈妈，我会把它一直带在身边，伴随我度过艰难的时期，因为那是一个孩子对一个母亲真诚的鼓励！那些年迈的叔叔阿姨们冒着酷暑专程来到医院给予我关怀和支持，就像父亲和母亲对待生病的女儿一样语重心长，细致入微。还有让我印象深刻的"特殊"的一家：父亲没有健全的身躯，但一家三口是那样甜蜜和幸福，他们的看望更加坚定了我战胜病魔、回到亲人身边的信心……还有太多太多的感动，我不能一一表述，更有那些未曾谋面的默默支持我的人，我该如何来报答您！

　　再一次感谢您，善良的宁波人民，感谢你们如此体谅一颗做母亲的心！你们送来的不只是救命的金钱，还有浓浓的情意啊！祝愿好人一生平安！您的善良，我将永远铭记！

罗南英

2005年7月1日

　　罗南英在治病期间，给儿子鹏鹏写了好多封书信。如今，这些充满了缱绻母爱和怡怡亲情的"亲子家书"，也成了罗南英留给这个世界最后的遗言。她生前最后一次给儿子写的一封信如下：

孩子：

　　在过去的一个星期，妈妈被一座城市感动了，这座城市2000多位与我们素不相识的市民，用博大的爱心替你留住了妈妈，你一定要记住这个充满爱心城市的名字，她叫——宁波。

　　妈妈写这封信时，妈妈的心情已经与以前给你写信迥然不同了，善良的宁波人一周为妈妈凑齐了治疗费。孩子，妈妈得救了！妈妈看到爱的花朵在绽放，听到了花开的声音！

　　60万元钱，对于一个普通农村教师是什么样的概念？是不吃不喝辛苦工作60年。与这样巨大的数字相比，生命显得多么苍白和微薄！但是善良的宁波人民，在见到妈妈留给你的那几封凄楚的信后伸出了温暖的友爱之手，他们想给你一个完整的家！

于是，那么多步履蹒跚的老人来到病房，给妈妈带来战胜病魔的勇气和信心；那么多年轻的父母顶着炎炎赤日赶来了，因为他们感同身受，不愿看到悲剧发生；那么多学生和小孩子也在父母的带领下捐出了自己的零用钱，来帮助鹏鹏留住妈妈……

一份真挚的母爱惊动了宁波人民的心！报纸、电视、电台及网络等媒体，大人小孩、老板职员，甚至自己也在病中的人都加入拯救生命的行列！真诚的年轻人走上街头去义卖，年幼的孩子在老师的带领下在广场募捐……怎能让人不感动，怎能让人不震撼！一个素不相识的生命被这么多人关注着，那是怎样的一种幸福！

每天来妈妈病房的人络绎不绝，宁波这些天气温竟达40摄氏度左右，是什么力量支持着这么多善良的人顶着烈日为我奔走、为我呼告？又是什么力量让许多身在异地的人专程赶来宁波看望我、鼓励我？——是爱，是一颗颗滚烫的不肯漠视生命的心！

家乡青海也传来了为妈妈倡议捐款的消息，虽然数目远远不能与宁波相比，但也是家乡人民对我们的爱呀，因为爱和关怀从来就是无价的，父老乡亲的情义也是与疾病抗争的重要理由啊！

今夜，炎热了许久的宁波开始凉爽下来，妈妈遥望星空，眼前出现一幅美丽的图画：明亮的灯光下，幸运逃过劫难的母亲拥着心爱的孩子，一起在翻看一沓发黄了的写给孩子的信件，父亲在一边含笑注视着母子俩，温馨动人的往事又一遍遍在脑海中浮现……

孩子，是爱创造了奇迹，短短几天凑足了巨额手术费用。接下来就让妈妈带着这些爱和期待，去迎接挑战吧！不管结果如何，过程，都是如此的美！

赠人玫瑰，手留余香。孩子，请你接过爱的火把，将爱传递！

2004 年 7 月 6 日　妈妈

母爱是人世间最神圣的感情，母爱也是足以照彻一切黑夜和痛苦的巨大的火焰。有一位教育家说过，母亲是子女们的"第一所学校"，而母爱不仅仅是指母亲对后代的爱，也应包含后代对母亲的爱。从罗南英写给儿子的"遗书"里，我们不难体会到这样的感情。

罗南英去世后，她的丈夫胡先生也含着泪水，代表他们全家人，给他们永远的亲人和恩人——宁波市民写了一封感谢信：

感谢所有关心和帮助过小罗的宁波市民。我和小罗曾经答应过很多人，如果病好了，要回青海，一定要亲口向他们告别。现在已经无法实现这个愿望，不过我也算是带着她一起回家了。

我们最早来宁波，是 2005 年 3 月，离现在正好整整两年。刚来的时候人生地不熟，我们两夫妻十分彷徨。当时小罗看见晚报上有个征文启事，就把自己对儿子的思念写了过去，没想到却引来这么大的爱心热潮。两年的时间里，无论是给我们物质上帮助的，还是精神上帮助的热心人，我都十分感激他们。宁波市民的爱心捐款，帮助小罗完成了移植手术，虽然最后的结果很遗憾，但整个过程并没有让我感到遗憾。我们两个外乡人，能在一个陌生的城市得到这么多人的关爱，得到这么多人的帮助，已经十分幸运。在整整两年的时间里，我们一直都感受着这种温暖，无论小罗手术前还是手术后，总有人过来看看我们，嘘寒问暖，在我的眼里，这种温暖比其他任何东西都宝贵。

除了热心的宁波市民，我更要感谢市第一医院的医生和护士们。来宁波的两年，我们几乎是一直住在医院里，都以医院为家了。市一院的医护人员尤其是血液科的医生和其他同志为了小罗的病情，真的是竭尽全力。我陪伴在小罗旁边，都目睹了医护人员的努力，无论是手术前、手术后，还是到最后时刻，他们从来都没有放弃过，都在尽最大的努力。特意进口药物，请来省里的专家，举行全院会诊，他们付出的努力太多太多。就是在小罗走的最后一刻，医院依然在准备院会诊，他们付出的努力太多太多。就是在小罗走的最后一刻，医院依然在准备血液，准备给小罗输血抢救……

小罗走了，但她并不会感到凄凉孤单。出殡那天，自发赶过来的出租车爱心车队的夏慧星师傅和其他大哥大姐，按照宁波的风俗，热热闹闹把她送走了，小罗在宁波的最后一站也让人感到温暖。

以前我和小罗答应过很多因此结缘的朋友，如果把病看好了，要回青海老家，一定要上门或是打电话向他们亲口作别。现在是无法实现这个愿望了，我只能代表全家人通过晚报向所有曾经关心过，帮助过小罗的人深深道谢。感谢你们，我带着小罗回家了。我永远都不会忘记这片宽厚的土地，这么多热情的人们。祝愿所有好心人都有好报。

万家灯火

2006年1月,献出自己温暖的爱心,倾力救助罗南英的2300名宁波市民,获得了"浙江骄傲——2005年度最具影响力人物"中的"最具感动奖"。

不久,宁波市民救助罗南英的爱心大行动,又被评为"2005年度宁波市十大新闻"之一,还被搬上了舞台,写进了教辅读物里。

"罗南英"这个名字,不仅凝聚着宁波人的大爱,也是留在宁波人心头的永远的惋惜、疼痛与怀念。虽然罗南英于2007年3月21日下午4点20分,终因病情恶化、抢救无效而不幸去世,但宁波全城救助罗南英的故事,从此成了这座爱心城市的又一座永恒的、闪耀着善爱之光的丰碑;罗南英的故事,也将会永远铭刻在宁波这座爱心城市的记忆里。

在罗南英去世14年后的今天,宁波的市民还会时常念叨起"罗南英"这个名字,大家依然牵挂着罗南英撇下的那个幼小的儿子鹏鹏。14年来,《宁波晚报》的记者们也时常在惦念着鹏鹏的成长。

的确,鹏鹏是罗南英在世时最放心不下的人。鹏鹏生于2002年,妈妈去世时,他还只有5岁。2005年4月16日,罗南英离开西宁前往宁波治病那天,婆婆抱着3岁的鹏鹏,送南英和小胡到车站,儿子甜甜地对妈妈说:"妈妈再见,晚上早点回来。"不料,这一天成了她和儿子的永别。

南英不在了,但生活的路还要继续,鹏鹏更需要健康、平安地长大。为了照顾病中的妻子,已经两年多没有上班的小胡,从刘家峡回来后,掩藏起自己的痛苦和孤独,整理好自己的情绪和状态,开始一步步适应新的生活。

小胡本想等鹏鹏稍微长大一点,等他问起妈妈时,再告诉他妈妈已经去世的事实。但是,很长的时间里,这个倔强的孩子从来没有向爸爸问过妈妈去了哪里。或许,他早就通过周围人的举动,感知和明白了,自己的妈妈不在人世了,懂事的孩子已经在心里默默接受了这个残酷的事实。

一直到鹏鹏上初三时,他的父亲觉得儿子已经长大了,就鼓足勇气,将罗南英留下的信件,还有《宁波晚报》及全国其他地方一些报道过罗南英的报纸,一一交给了鹏鹏。

在身为父亲的胡先生看来,这是一种严肃和沉重的人生交接,交接的是一堆物品,也是一份沉甸甸的母爱,一份生死相依的瞩望和期许。

已经成为少年的鹏鹏,伸出双手,默默接过这些东西,没有多说什么话。作为父亲的胡先生,也没有再多说什么。他觉得什么也不用说了,现在网络这么发达,儿子一定早就"百度"了有关他母亲的所有报道。

事隔14年,当《宁波晚报》记者再次拨通胡先生的电话时,记者明显感受得出来,胡先生已经走出了失去爱妻的痛苦,重新回到了坚强和乐观的状态。

14年来,千头万绪,不知该从哪里说起。电话那端,小胡的一句"整天为生活奔波,也没联系大家……"让记者顿时感受到,这些年来,作为一位背负着失去爱妻的痛苦的丈夫和父亲,他的生活一定也很不容易。

最让小胡感到欣慰也足以告慰罗南英的是,儿子鹏鹏已考入了一所高校,填报的是中文专业。鹏鹏对自己的班主任说:"我要像妈妈一样,毕业后去当一名语文老师。"

2021年,适逢《宁波晚报》创办25周年,晚报打算举办一场纪念活动,记者征得小胡的同意,联系上了鹏鹏,试探性地征询了一下这个年轻人的意见:"鹏鹏,你是否愿意录一段视频,在纪念活动上,通过视频对宁波市民说几句话?当然,如果你不愿意,没关系。"

记者当然明白,这样做,有可能会让少年想起那些痛苦的往事,就像重新揭开早已愈合的伤口。

想不到,这个性格开朗的小伙子,没有太多的犹豫,立即答应了。他说,自己也一直想对当年救助过母亲的宁波人道一声深深的感谢。母亲在书信中写下的对宁波的感念,让他总是难忘。

几个小时后,鹏鹏发来一段自拍的视频,背景是在简洁的学生宿舍。镜头里的鹏鹏,皮肤白皙,看上去斯斯文文,眉宇间还能看出有几分罗南英的影子。

"刚才去参加了辩论赛……""刚才在开班会……"在与鹏鹏的微信交流中,记者感觉到,这是一个积极奋进向上的青年,他的大学生活很充实,也很丰富。

在视频里,鹏鹏还说到,他对宁波市民当年捐出60万元救助他的母亲的爱心举动,更会永远心怀感激,心怀深深的敬意。他也期待着,以后有机会一定来宁波看看,看看母亲当年获得了倾城之爱的这座美丽的城市。

鹏鹏还告诉记者,他对现在的学习、生活很满意,专业是自己喜欢的,每天学习知识锻炼身体,过得十分充实。

如果罗南英活着的话,她今年应该是44岁了!假如她泉下有知,看到儿子今天的样子,看到儿子充实的大学生活,她该有多么开心啊!

多年前,《宁波晚报》一名采访过罗南英的记者曾去青海看望过小胡和鹏鹏父子俩。那时鹏鹏还在上小学,见到陌生人时还有几分怯生和羞涩。但在这次通话和视频中,这位记者发现,鹏鹏上进平和、善解人意、阳光开朗,已然成了母亲罗南英信中所希望的样子。

罗南英在写给儿子的信中这样写道:"人的一生,都要经历许多挫折和坎坷,但是经过自己的努力,总会有云开日出的时候。妈妈不希望你一帆风顺,因为那不是正常的人生。去经历风雨,你才会长成一个真正的男子汉,才会有一番作为……"

鹏鹏在大学里读的是中文系,他对哲学家康德的这段名言应该不会陌生吧:"我永远不会忘记我的母亲,因为她在我的心底种植和培育了第一颗善良的种子。她打开了我的心扉接纳自然的千百种印象;她唤醒并扩展了我的理解力。母亲的教诲,将会持续不断地影响我的一生。"19岁的鹏鹏正当青春,未来的路尚长。我们相信,母亲生前为他留下的一句句忠告,一定会伴随他走好自己的人生之路。

让我们重温罗南英当年留给儿子的叮咛和期望,和她一起祝福鹏鹏在以后的人生中,不畏风雨和艰难,乘风破浪,快乐向前。——这是母亲对儿子的叮咛和期望,也是宁波和整个世界对年轻的大学生鹏鹏的瞩望和祝愿。

小鹏鹏长大了,宁波人民放心了。

可是,就在宁波人民满怀惊喜和欣慰,夸赞和祝福着远在青海的鹏鹏的时候,在贵州纳雍县昆寨乡的一所民族小学里,一个名叫阳阳的男孩突然中途辍学的消息,又让宁波的一位 72 岁的顾雅芬奶奶牵挂得彻夜难眠……

"阳阳这个孩子今年才 15 岁,不上学太可惜了!无论如何,我一定要让他重返课堂……"

顾奶奶心急如焚,第二天一大早就开始忙着打电话、找人了……

那么,在顾奶奶和远在贵州的这个居住着苗族、彝族、白族兄弟姐妹的山寨之间,在这位"助学奶奶"和 15 岁男孩阳阳之间,又有着怎样的故事呢?

第八章

无远弗届的温暖

72岁的顾雅芬奶奶，住在宁波鄞州区钟公庙街道都市森林社区，是一名已有50年党龄的老党员。她也是闻名遐迩的宁波"爱心奶奶天团"里的"著名奶奶"之一，被人们誉为"助教奶奶"。

说起这位"助教奶奶"结对资助贵州山区孩子的故事，我们得从2014年秋天报纸上刊登的一篇关于"宁波好人"潘焕军的新闻报道说起……

2014年9月10日，一年一度的教师节那天，报纸上报道了"宁波好人潘叔叔"潘焕军助学贫困山区孩子们的故事。

潘焕军是浙东新昌县人，20岁时来到宁波打工，不知不觉就人到中年了，2014年这一年他已进入不惑之年。天道酬勤，他的努力没有白白付出，在事业上还算有成，有了自己的一家效益不错的企业。更重要的是，宁波人乐善好施、爱心怡怡的城市风气，如同春风细雨，润物无声，潘焕军耳濡目染，"近朱者赤"，一直也在寻找合适的机会，想做一点力所能及的好事，感恩和回报社会。

2012年,潘焕军通过朋友的介绍,资助了甘肃贫困地区的3名小学生。他的资助方式跟当时宁波大多数爱心助学人士的做法一样:每年定时给孩子们寄去学费和一些衣帽、鞋子,还有书和文具等。

这3名小学生学习上都很上进,也十分懂事,每隔一段时间就会写一封信给潘叔叔,汇报一下各自的生活和学习成绩,尤其是取得了什么进步,得到了什么奖状,都会第一时间向潘叔叔"报喜"。渐渐地,孩子们从远方的来信,成了潘焕军平凡生活中的一种期待;孩子们字里行间透露出来的纯真、梦想和天真未凿的天性,也总是让潘焕军回想起自己的童年时光,他从与孩子们的交往和交流中感受到了说不出来的快乐。他对朋友们说:"哪里是我在资助孩子们哦,孩子们带给我的幸福感和快乐,远远胜过我寄去的那点学费和衣物。"

第二年,潘焕军去贵州出差时,当地的朋友和教育界人士得知他是一位热心于公益助学的爱心人士,就半开玩笑地"怂恿"他说:"贵州十万大山里,也有不少贫困山区和贫困家庭的孩子呀,甚至比甘肃贫困地区的孩子还要苦呢!'潘叔叔'的温暖也要多播撒一点给贵州的小朋友啊!"

说者无心,听者有意。不久,潘焕军就通过贵州省助学促进会,联系上了贵州当地一位负责希望工程报道的记者赵惠,询问贵州有哪些贫困山区的孩子最迫切需要帮助。

赵惠告诉潘焕军,贵州纳雍县西北部有一个昆寨乡,是苗族、彝族、白族等多民族聚居的山乡,因为处于偏僻的山区,山路崎岖,信息闭塞,加上山高林密,田地稀少,当地很多家庭的生活都在贫困线以下,失学的孩子也多。

2013年12月6日,潘焕军和朋友一起,带上精心准备的30箱助学物资,包括衣物、鞋子、书包和各类文具等,从宁波出发,踏上了前往贵州十万大山深处的助学之路。

昆寨乡长丰村有一所民族小学,名叫大德小学,是内陆地区的一些爱心人士援建的一所希望小学。小学校里共有167名学生、6名老师,还有4名支教志愿者。潘叔叔和他的朋友带着那些实实在在的助学物资,翻山越岭来到这所小学,让老师和孩子们欢呼雀跃起来,都说是"山外飞来了金翅鸟"。

校长从学生中反复筛选,最后选出37名家庭贫困的小学生,开列了一个名单,给了潘焕军和他的朋友。

"请校长和老师们放心吧,这37个孩子,一个都不能少!"潘焕军当场对校长说,"我和我的朋友们回到宁波后,会分一下工,我们一定把这37名贫困学生,一直资助到大学毕业。"

"娃娃们真是幸运啊!遇到了你们这些宁波好人!"校长、老师和孩子们都感激地拉着潘叔叔和他朋友的手,舍不得他们离开。

离开长丰村后,潘焕军和他的朋友又在昆寨乡其他村寨转悠了两天,依然是翻山越岭,走访了另外几所学校。最终,他们带着一份共有200多名需要资助的贫困学生的名单回到了宁波。

有人说过,潘焕军做每一件事情都是认真和务实的,所以他做企业也能做得好。对爱心助学这件事,他也同样如此对待。回到宁波后,在一次企业年会上,他特意增加了一个环节:请大家观看了他和朋友在贵州山区小学拍摄的视频,然后把那200多名需要资助的小学生的名单公布了出来,请大家"认领"。

他还笑着解释道:"我知道,在座的每位企业家朋友平时都很忙碌,时间都很金贵,不可能亲自去贵州考察和了解这些孩子的具体情况,我这次贵州之行,就算是去给大家'摸情况'和'打前站'了。"

潘焕军的真诚打动了在场的每一个人,不到一个小时,这200多个贵州山区的贫困孩子,就一对一地都有了资助者。

在这之后,潘焕军又多次去过贵州。他的一个朴素的想法是:要尽自己最大的力量,把助学的阳光雨露洒到纳雍县更多的贫困学子身上。

潘焕军每次去贵州山区,赵惠都会与他同行,全程陪同,见证潘焕军在一条条崎岖的羊肠小道上留下的足迹、付出的艰辛。

宁波的记者边城雨曾采访过纳雍县昆寨乡民族学校的饶校长。潘焕军给饶校长留下了这样温暖的印象:"潘先生是一个很负责任的人,每次来,连一口水都顾不上喝,就踏上了走访的路。有一次,我们过意不去,想请他吃个饭,最终还是他自己悄悄买的单。每次来他都要把身上带的现金发完了才离开。现在孩子们都知道宁波有一个好人潘叔叔,有什么心事也愿意和他交流沟通。作为山区学校的校长,我代表孩子们真心感谢他和那些好心人。"

饶校长还说,潘先生对山区小学的资助,每件事都想得周到细致。比如,他给学校负责资助对接的老师,每人买了一部智能手机,还一一教会老师们怎么使用微信联系,这样,老师们就可以和那些跟贫困学生结对子的资助人,用微信及时传递学生的情况,减少了书信来往时间较长等麻烦,也避免了一些可能会出现的质疑和误会。

潘焕军也知道,自己一个人的时间和精力是有限的,所以他把爱心助学的事情,当作一份严肃的、长期的"事业"在做。

"我不是一个人在做这些事,我的背后有一个爱心团队,我只不过是离孩子最近的人,我是和宁波众多的朋友一起,给远方的孩子们送去温暖、希望和梦想的。这些孩子,是贵州山区的孩子,也是宁波人所牵挂的孩子，更是国家的孩子。所以，我非常感谢团队里的朋友，在爱心助学这一点上，我们都是志同道合的人。"

因为在公益助学这件事上花费了不少的时间和精力，更不用说每年都要付出大笔资金，潘焕军对自己的生意和企业，就难免有些顾此失彼。家人偶尔也会劝他："像这样长期下去，要是自己家的地荒了，还哪来的钱助学啊？"

潘焕军自信地笑笑说："放心吧，天道酬勤亦酬善，老天一定不会亏待每一个喜欢做好事的人。你们又不是不知道，我小时候家里条件不好，没有读过几天书。现在自己能尽一点能力，让更多的孩子好好念书，这是多大的福分啊！"

潘焕军在爱心助学的道路上越走越远，也越走越开阔。他建了三个爱心助学微信平台，聘请了专门的志愿者打理。在这几个平台上，聚集了500多位宁波的爱心人士，前后共资助了900多名贫困孩子，仅仅是贵州山区的孩子，就一对一地资助了300多名。助学的范围已经由贵州扩大到了湖南、云南等省份。

潘焕军对每一个受资助的学生，每个学期都要跟踪了解，经常叮嘱那些捐助的朋友，一定要确保孩子们"一个都不能少"。所以，走进潘焕军的工作室就会发现，那里堆积如小山一般的"文件资料"，不是他的企业财务年报，全是各个学校受助学生的资料，光是孩子们的照片就已经数以万张计了。

2014年9月11日，顾雅芬奶奶从报纸上看到潘焕军的爱心助学故事，这已经是潘焕军第5次去贵州了。这一次，潘焕军去了贵州省另一个贫困县——普安县山区，根据事先拿到的一份有150名需要资助的

第八章　无远弗届的温暖

贫困学生的名单，一一走访，然后像前几次一样，要把详细了解的学生资料带回宁波，继续发动周围的朋友来资助孩子们，帮助这些山里娃实现上学求知的梦想。

2014年9月10日早上6点多，潘焕军从普安县城出发，整整一天，可以说是马不停蹄，几乎没有停下过。当地一名熟悉路况的志愿者听说"宁波好人潘叔叔"又来贵州了，就主动报名来为潘焕军开车。

然而，这里的山区很多地方根本就不通车，只能依靠徒步行走。潘焕军当天走访了60多名贫困学生。这些学生的家，几乎都是散落在离普安县城五六十公里的大山里，很多小村寨，小得就像散落在大山深处的一粒纽扣。潘焕军和那名志愿者只能步行前往。下午走访一个学生的家，他们竟然爬了一个多小时的山路才到达。"累，那是不用说的，肯定很累！"潘焕军说，"不过，老远就看到了那些早就等候在村口的家长和孩子，看到了他们眼神里忽闪出的欣喜和渴望，那一瞬间让我觉得，再苦再累也值了！"

顾奶奶戴着老花镜，仔细地阅读着报纸上登载的潘焕军的助学故事。其中有几个细节，深深打动了顾奶奶，她反复地看了好几遍。

有一个细节讲到在贵州的每一天，潘焕军都不可能休息好，前一天他在纳雍县贫困山区走访了两所小学的贫困学生后，赶到普安县城住下时，已经是第二天凌晨时分了。

还有一个细节，是潘焕军组建的微信群里的一位爱心女士对潘焕军的评价：他是我所接触到的一个最为实在的人！这位女士是一家酒店负责餐饮的老总，她说，等孩子们在那边收到了资助的钱物后，潘焕军还会让孩子们的老师用手机拍下来，把图片发送到微信群里，让各位爱心人士可以放心。这些事情虽小，但做起来十分琐碎费时，更需要一种特别的耐心。但潘焕军总是那么耐心，每件小事都做得很到位，细节上想得非常周到。

顾雅芬奶奶退休后，一直想找一个信得过的渠道，在自己的有生之年多参与一些爱心助学活动，多帮助几个贫困山区的孩子去实现他们求学的梦想，但她一直没有找到合适的渠道和机会。从报纸上看到潘焕军的这些故事后，顾奶奶笑着对家人说："不用再去打听别的渠道了，就找这位实实在在的潘先生吧。"

顾奶奶看报纸的时候，就觉得照片里的潘焕军，怎么看着有点眼熟？仔细一打听，原来这位潘先生是她孙女在幼儿园的一位同学的父亲。

从那天起，顾奶奶就把那张报纸一直揣在身上，想着哪天接孩子放学的时候，兴许能碰上潘焕军。

还真是心想事成，不久，顾雅芬果真在学校门口碰到了潘焕军。

"潘先生，这张报纸上写的是你吧？"顾奶奶笑眯眯地掏出那张叠得整整齐齐的报纸，一边打开给潘焕军看，一边真诚地请求道，"我姓顾，我的孙女和你家的小朋友是这所幼儿园的同学。我也想结对一个山区的孩子，能不能请你帮我联系一个？"

"顾奶奶，您这么大年纪了，也在想着参与助学的事啊？"潘焕军笑着说道。

"你不会是嫌我老了吧？"顾奶奶故意笑着说，"献爱心做好事也不分老幼嘛！你看宁波的'爱心奶奶天团'里，哪位奶奶的年纪小呀？"

"我懂了。那您就是'爱心奶奶天团'里的'助学奶奶'啦！"潘焕军爽快地答应了顾奶奶，"那我尽快为您寻找一个合适的结对学生。"

不久，通过潘焕军创建的爱心助学团队，顾奶奶顺利"结对"了第一个贵州孩子——家住纳雍县昆寨乡的14岁小女孩龙璞。

第八章　无远弗届的温暖

2017年的暑假,顾奶奶不顾年老体迈,特意带上自己的孙女张海末,跟着潘焕军的爱心助学团队,翻山越岭,去了一趟贵州省纳雍县昆寨苗族彝族白族乡,看望了那个叫龙璞的小女孩和她的家人。

这次贵州山区之行,不仅让顾奶奶感触良深,在顾奶奶的孙女小海末的心里,也引起了强烈的震动。

贵州之行,让顾奶奶这位有着近50年党龄的老党员真切地感受到,中国共产党带领全国人民正在努力进行的脱贫攻坚战,是一项多么艰辛、多么伟大的事业!

是啊,2020年,在全国范围内完成脱贫攻坚目标任务,使现行标准下农村贫困人口全部脱贫、贫困县全部摘帽,这是党对全国人民做出的一个庄严承诺,也是全面建成小康社会的重要标志。完成这一目标任务,在中华民族几千年的历史上具有划时代的意义,无论在中国历史上还是在全人类历史上都是了不起的前所未有的大事件。这个庄严的承诺,这个艰巨的任务,将会使千百年来压在中国人头顶的贫困问题在2020年彻底画上一个大大的句号。想想看,这是一场多么伟大的"攻坚战"啊!每一个中国人,都应该为完成这个艰巨的任务和伟大的目标去添一把力才对呢!包括献出自己一点力所能及的"助学之力",不也是在为这场脱贫攻坚战做贡献吗?

从贵州回到宁波后,顾雅芬带着自己的孙女海末,动员了身边的其他人,更加热心地投入到助学贫困山区孩子这件事情上。顾奶奶全家人,她自己就不用说了,她的儿子和孙女各结对了两个学生;儿子的朋友,也结对了一个学生;顾奶奶原单位的一位同事和她的侄子,也受到顾奶奶影响,加入了助学行列。

掰着指头一算,顾奶奶和身边的家人、朋友,一对一地共结对了7

名贵州山区的学生。其中孙女海末结对的,是跟她自己同龄的一个男孩,名叫阳阳。

按照助学团队的相关规定,每一位参与助学的爱心人士,每一个季度都应该给结对的孩子寄去一套衣服和一双鞋子,再加上少量的助学款。顾奶奶自己和身边的人已经结对的这7个孩子,有男孩也有女孩,从弄清楚每个小孩的衣物和鞋子的尺码,到每个季节要采购的衣物和鞋子,分别包裹好寄送出去,然后做好记录……所有这些涉及7个孩子的烦琐事务,都由顾奶奶张罗,顾奶奶生怕哪个环节没有做到位。

我们可以想象一下,远方的每个孩子,每年都在一点点地长高,每个季节的衣服尺寸、鞋子尺码,都需要不断地更换和调整,这是多么琐碎的事情,需要多大的耐心呀!

除了物品,还有每个学期要汇去300元钱作为助学金,几年下来,7个孩子,顾奶奶家里的各类汇款单,已经积攒了厚厚一沓。

光是这些,顾奶奶还总觉得不够。她平日里省吃俭用,但对结对的孩子,从不吝啬,就跟对待自己的亲孙女一样。每年春节,顾奶奶总是记着给每个孩子发一个红包,有时候还要寄去一些宁波的特产、点心,还有漂亮的文具等。

顾奶奶说:"这些东西,对城里的孩子来说不算什么,可是对贵州的山里娃来说,就是难得一见的稀罕物了。"所以,顾奶奶经常要给快递小哥打电话,或者往邮局跑,每次都要寄走四五个包裹。

2020年11月14日,中央人民广播电台向全国和全世界播送了一个好消息:云南省人民政府14日正式公告,经过一级级的申请、审核、核查和第三方实地评估检查、公示等严格的程序,云南省最后9个贫困县

第八章　无远弗届的温暖

(市),彻底退出贫困县序列。至此,云南全省的88个贫困县,全部退出贫困县序列;11个"直过民族"和人口较少民族,实现了整族脱贫。

9天之后,11月23日,贵州省人民政府新闻办也对外宣布了一个振奋人心的消息:紫云、纳雍、威宁、赫章等9个县,彻底退出了贫困县序列。至此,贵州全省的66个贫困县,全部实现脱贫摘帽。这个消息也标志着,全国832个贫困县全部脱贫摘帽,全国脱贫攻坚目标任务已经完成!

2021年2月25日上午,全国脱贫攻坚总结表彰大会在人民大会堂隆重举行。习近平总书记在大会上庄严宣告:经过全党和全国各族人民的共同努力,在迎来中国共产党成立一百周年的重要时刻,我国脱贫攻坚战取得了全面胜利,现行标准下的9899万农村贫困人口全部脱贫,832个贫困县全部摘帽,12.8万个贫困村全部出列,区域性整体贫困得到解决,完成了消除绝对贫困的艰巨任务,创造了又一个彪炳史册的人间奇迹!这是中国人民的伟大光荣,是中国共产党的伟大光荣,是中华民族的伟大光荣!

在表彰大会上,张桂梅、夏森、白晶莹、黄文秀等10人当选全国脱贫攻坚楷模。其中,张小娟、姜仕坤、黄文秀3人英年早逝,把各自的一腔热血,洒在了脱贫攻坚的征途上。

当习总书记在讲话中念出年轻的"黄文秀"的名字时,人们从电视镜头里看到,坐在台下的黄文秀的父亲黄忠杰,眼睛里噙着泪水,忍不住抬起手按了按发酸的鼻子。黄文秀生前在广西百色的贫困县乐业县百坭村担任驻村第一书记,因为遇到山洪暴发,牺牲在了脱贫攻坚的道路上,年仅30岁。

电视上的这一幕,让全国无数电视观众眼睛湿润。是啊,艰巨的脱贫攻坚终于胜利了,可是年轻的文秀书记却看不到了!她的青春,她的生命,已经化作了百色群山之上的彩云，化作了家乡百坭村山岭上的红杜鹃……

顾雅芬奶奶作为一名已有50年党龄的老党员，几十年来养成了喜欢读报、听新闻、关心党和国家大事的日常习惯。这一天，她从头至尾看完了全国脱贫攻坚总结表彰大会直播，一边看，一边不时地擦着禁不住湿润的眼睛。

"我们的党，我们的国家，多不容易呀！从832个贫困县，到最终全部清零，这中间经历了多少艰辛，要付出多少流血牺牲啊！"顾奶奶对身边的家人感叹说。

是的，在这场伟大的脱贫攻坚战中，有多少奋斗在山乡的好儿女，翻山越岭，走遍大地，风餐露宿，对口帮扶。贫困县一天不摘帽，他们就一天不收兵。

"海末，你看哦，连云南这样贫困县数量曾居全国第一的省份，如今也全部清零了！真是了不起呀！"

"是呀奶奶，贵州山区的那些学生和他们的家人，往后的日子肯定会越过越好啦！"海末说，"对啦奶奶，那天我从同学的作文里，看到了中央电视台为那位黄文秀姐姐获得'2019年度感动中国人物'时写的授奖词，真是好感动哦！"

"哦？那是怎么写的呀？你念给奶奶听听。"

"有些人从山里走了，就不再回来；你从城里回来，却再没有离开。来的时候惴惴，怕自己不够勇敢；走的时候匆匆，留下最美的韶华。百色的大山，你是最美的朝霞；脱贫的战场，你是醒目的黄花。"海末翻开自己的阅读笔记本，大声地念给奶奶听。

"嗯，写得很有感情！可惜的是，这份授奖词，黄文秀姐姐再也听不到了。她还那么年轻啊！"

"奶奶您看,我在这段授奖词后面,还抄写了冰心的一首小诗:成功的花,人们只惊羡她现时的明艳,然而当初她的芽儿,浸透了奋斗的泪泉,洒遍了牺牲的血雨。"

"写得好,写得好呀!我们国家的这份'成绩单',浸透了多少奋斗的汗水和泪水,甚至还有多少生命的代价啊!太不容易了!我们的党,我们的国家,真的是太了不起了!"

"奶奶,我前几天又给昆寨乡的阳阳发了条短信,说等他小学毕业开始念中学了,我就和奶奶再去一趟贵州,看望和祝贺他们。"

"嗯,这个主意好!"顾奶奶对海末说,"阳阳这孩子,勤奋好学,很有上进心,就是每天上学的路程太远了,要来回走上好几个小时,而且都是弯弯曲曲的山路。"

"等他进入中学,就可以住校学习了,再也不用每天在山路上奔波了。"海末安慰奶奶。

就在顾奶奶和孙女海末一起惦念着、憧憬着阳阳即将迎来初中生活的日子里,2021年4月20日下午,顾奶奶从邮局回到家里,又给阳阳就读的那所民族小学的李润华老师发去了一条短信:

"这学期的衣服和鞋子,昨天已经从邮局寄过去了,麻烦李老师转交给他们,谢谢!"

在寄衣服、鞋子的同时,顾奶奶照例又通过微信转了1000元助学金过去。

可是,没过多久,顾奶奶收到了李润华老师这样一条回复:

"顾奶奶,阳阳辍学了,我把钱退回给您,行吗?"

"怎么会这样?"顾奶奶一看到信息,就着急得不得了,赶紧向李老师询问，阳阳为什么辍学了。

顾奶奶说："阳阳这个孩子，和我的孙女海末同龄，也是海末结对帮助的，已经帮了4年多了。海末还憧憬着等他上初中了，就去贵州看他呢！正是该上学念书的年龄，怎么可以辍学呢？！"

顾奶奶一边给李老师发去短信："我来想办法！"一边跟家人商量，该怎么帮助阳阳重返学校。

"要是我们就这样放弃不管了，这个孩子的前程就毁了！"顾奶奶心急如焚地说道。

4月21日一早，顾奶奶就找到潘焕军，着急地说："我孙女结对的阳阳辍学了，不知道是什么原因，你们能不能联系当地学校的老师，让他们去他家里了解下情况。这么小的孩子不上学，以后怎么办？我一晚上都没睡着……"

在接下来的一个多月时间里，顾奶奶想方设法去联系阳阳的家人，但阳阳家的电话已经停机了。她拜托李老师和阳阳的班主任，再去阳阳家劝说，但最终还是没有劝回来。

最后，潘焕军帮着顾奶奶，又给贵州的记者赵惠打了电话，希望借助当地媒体的力量，帮助阳阳重返课堂。

顾奶奶的这份用心，让潘焕军深受感动。事后他说道："在我们的爱心团队里，有900多人与山区孩子结了对子，但像顾雅芬老人这样年纪这么大，又这么认真负责的，还真是少见。有些人多次沟通未果，可能就放弃了，但老人却不肯放弃，无论如何都要让孩子回到学校，她真的把阳阳当成自己的孙子了！"

经过多方询问和了解，顾奶奶终于弄清楚了阳阳辍学的原因。原来，不久前，阳阳的爸爸不幸去世了。爸爸是家里的顶梁柱，爸爸不在了,家里只剩下妈妈和哥哥,没有劳力了,加上家里离学校远,每天上学要走好几个小时,这些可能都是造成阳阳辍学的原因。李老师还告诉顾奶奶,发现阳阳没有来学校了,李老师和班主任曾多次上门劝导过,但都没有把阳阳召唤回来。

"海末,你给阳阳写一封信吧,跟他讲一讲这么小就辍学等于是自己毁了未来的道理。让学校老师带着这封信去找阳阳,劝他早日回到学校。"

"我懂的,奶奶,不仅要晓之以理,还要动之以情。"海末当晚就给阳阳写了一封亲笔信。信里写了这样一段话:

"阳阳,只要你自己不放弃,一定会有无数的好心人向你伸出援手,相信你可以熬过这段艰苦的日子,柳暗花明的那一天总会到来!如果你继续上学,不用担心经济上的困难,我和我的家人会尽力帮助你的……"

信寄出去好一些日子了,可是没有任何回音。

顾奶奶等不及了,又求助赵惠,请求赵惠看看有没有什么办法,能帮助阳阳重返校园。赵惠除了发动贵州本地的媒体,还联系了宁波的媒体,大家一起来关注这个贵州男孩的辍学问题。

一个月后,5月27日,顾奶奶又收到了李润华老师发来的一条短信。这条短信,送来了顾奶奶这些日子里一直在急切期盼着的好消息:阳阳在各位爱心人士的帮助下已经返校,爱心物品和助学款都已经妥妥地交到这个少年的手上了!

在李老师的帮助下,顾奶奶还特意和阳阳通了一次视频电话。

"阳阳,你这个任性的孩子,你差点把顾奶奶给急出病来呀!"

"顾奶奶,对不起哦,真没想到,原来一直在帮助我的,是一位满头银发的老奶奶哦!"阳阳在那边愧疚地说道,"奶奶您放心,今后我一定会安心地好好读书,报答奶奶!一定替我向海末小姐姐问好呀,我会牢牢记着小姐姐对我的帮助和鼓励!"

听了阳阳的这番话,顾奶奶悬着的心总算放下了。顾奶奶还在电话里和阳阳约定,争取每个星期四晚上,都能通一次电话,好让顾奶奶和海末姐姐放心,生活和学习上如果遇到了什么困难,就跟奶奶直说……

海末放学回家后,顾奶奶给海末描述了和阳阳通视频电话的情景,也转达了阳阳对海末的感谢,还仔细地叮嘱海末:"往后呀,我们可不要以为仅仅按时寄去衣物、鞋子和助学金就完事了,还是得多多关心他的日常生活变化,你也要经常给他写写信,鼓励他。"

"知道了,奶奶。"海末笑着说,"您已经把阳阳当成自己的亲孙子啦!"

几天后,媒体报道了顾雅芬奶奶和她的孙女海末与贵州辍学男孩阳阳之间的故事。一时间,宁波的大街小巷都在传颂着顾雅芬奶奶助学的故事……

2021年6月10日,"阿里巴巴天天正能量"第388期周评奖结果出炉,经全国媒体评委和"正能量合伙人"评委投票、网友点赞,顾奶奶高票获得该期"正能量奖"。评委会为顾雅芬奶奶撰写了这样的颁奖词:

"从一张报纸的留意,到寻人牵线结对,再到张罗身边更多人助学,这位七旬老人用满腔善意和满怀期许,给千里之外的异乡学子送去温暖和希望。得知结对男孩辍学,老人急了,她想尽千方百计,奔走助力。那个素未谋面、毫无血缘的孩子,让她牵肠挂肚。不抛弃、不放弃……老人的信念和付出,让孩子终于重返校园。相隔千里,默默守护,老人就像一束遥远的温暖的光,陪伴这些困境中的孩子,重新找到方向。"

顾奶奶获奖后,新闻媒体自然不会放过采访顾奶奶的好时机。但是面对记者,顾奶奶却不断地摇着手说:"我只是做了点力所能及的小事,没啥可以多说的啦。不过,你晓得的,宁波人做好事,总是像接力棒传递一样,你传我,我传你,一传十,十传百的。这也是'顺其自然'给宁波树立起的好榜样。"

顾奶奶说,她助学的事情被报道出来后,有不少"失联"很多年的同学和朋友,竟然辗转找到了她,向她致敬。有一天她在小区里晨练时,一个住在同一个小区却素不相识的人认出了她,惊喜地说道:"原来您就是'助学奶奶'啊,我看到了您的故事,太受感动了,您真了不起啊!"

顾奶奶表示,最近有好多朋友在联系她,相约找个时间来看她,请她好好和他们说一说结对助学的事,看来,他们也非常有意参与爱心助学活动。

"扶贫不如扶智,能帮助山区的孩子好好念书,获得知识,这也是在为我们国家的扶贫和乡村振兴添砖加瓦嘛!只要有能力去扶上一把,那些山里娃总会有出路、有希望的!"

"您的故事,感动了很多宁波市民,现在,全国各地都有您的粉丝,大家都称赞您是宁波'爱心奶奶天团'里的新成员——'助学奶奶'。"记者在采访时说,"您也是我们宁波人的骄傲啊!"

"哪里哪里,不敢当呀!"这时候,顾雅芬老人又赶忙摆着手说,"比起'顺其自然',比起'支教奶奶'周秀芳,我做的这点事,不算啥,不算啥哦!对了,'支教奶奶'的故事,你们一定要多写写呀!这位'支教奶奶',可是我的偶像呀!"

"顾奶奶,原来您也在追星呀?"

"要追的,要追的。'支教奶奶'比我年纪还要大,可人家一个人就筹资援建了30所希望小学。她和自己的儿子、儿媳常年结对资助16名贫困生,把自己的养老钱都用得精光,却乐在其中。你看,比起'支教奶奶'来,我做的还远远不够哦!这样的人,才是全社会都应该追的'星'哟!"

是的,"支教奶奶"周秀芳,是宁波的另一张闪闪发光的"爱心名片"。周奶奶在古稀之年,一心一意地扑在爱心支教事业上,她的故事,早已飞出了宁波,在全国各地被传颂着。

第九章

偏向远山行

2021年农历大年三十晚上,海内外亿万观众,在央视春晚上看到了宁波市73岁的"支教奶奶"周秀芳老人慈爱的形象。周奶奶是应邀出席央视春晚的四位"全国道德模范"之一。虽然她在春晚镜头里的时间不长,但她在古稀之年心系远方的孩子,奉献全部爱心,倾力从事支教事业的幕后故事,却很长很长——

因为登上了央视春晚,周奶奶爱心支教的故事,如今无论在浙江宁波,还是在全国各地、在海外华人中,都被传为美谈。从"支教奶奶"身上,人们看到了一个人的涓涓爱心,是如何汇集起一座城市的滚滚暖流,聚成整个时代的磅礴力量的。

在一次次去往远方的支教征途上,周秀芳老人有一句打动了无数人的近乎"遗嘱"一般的话语——

"如果我倒下了,就把我埋在这片土地上。"

其实,在登上春晚之前,"支教奶奶"筹资援建了30所希望小学的非凡故事,就先后赢得过湖南、浙江两省省委书记的称赞。

2019年12月23日下午,正在怀化市调研的时任湖南省委书记杜家毫,驱车前往溆浦县北斗溪镇宝山天三希望小学,看望了正在那里支教的周秀芳老师。

一下车,杜家毫书记就快步上前,紧紧握住周秀芳老人的双手,向老人表达了由衷的敬意。杜书记说:"过去都是在报纸上、电视上看到您的优秀事迹,今天总算是见到您本人了。"

虽然是第一次见面,但对这位来自宁波的退休老人在湖南乡村支教的故事,杜家毫一点也不陌生。周秀芳老人用了4年时间,在宁波筹集了1098.76万元,为溆浦县建起了30所希望小学,也为430余名溆浦县贫困生,一对一地找到了具体的资助人,还一趟一趟地为溆浦县带来了大量的教学用具和学生生活用品。杜家毫书记也曾在多个会议场合,向与会人员讲述过周秀芳老师的感人故事。

"您的事迹让人深受感动,我们更没有任何理由懈怠……"与周老师分别时,杜家毫再次真诚地说道。

而时间再往前移3个多月,9月20日,时任浙江省委书记的车俊在杭州看望新当选的浙江省道德模范及他们的亲属代表时,也满怀敬意地对周秀芳老人说:"宁波是一座爱心城市,您将爱心搬运到了最需要帮助的地方,为您点赞!"

据统计,周秀芳老人从宁波"搬运"到溆浦县的建校款、助学款,再加上捐助的实物,总价值就有3400余万元。车俊书记见到她时又得知,经她牵线搭桥,有一所由宁波爱心人士出资150万元捐建的希望小学,即将在贵州省黔西南布依族苗族自治州册亨县的一个山村落成。

媒体记者把车俊书记"爱心搬运"的说法登载了出来,"支教奶奶"因此也被很多人敬称为"爱心搬运工"。

第九章　偏向远山行

周秀芳奶奶退休前是宁波市李惠利小学的一名教师。

1948年,周秀芳出生于四川泸州,1955年回到鄞县(今鄞州)老家生活,家里有兄妹四人,日子过得紧巴巴。

上小学四年级时,家里已无力支付她的学费,母亲准备让她辍学回家。这时候,是班主任鲍安勋老师替她交了3.5元学费,她才得以继续念书。

周秀芳上初中时,家境依旧没有好转。初中毕业后她再次辍学,来到宁波市东胜路小学校长徐志慧老师的家里当了小保姆。徐志慧不愧是一位为人师表的教育工作者,她知道周秀芳是因为家境困难而早早辍学的,不禁为这个女孩子感到惋惜。

徐校长鼓励周秀芳说,学知识是一辈子的事,不能坐在教室里学习了,平时也可以多看点书,增长知识。她叮嘱周秀芳,白天好好带小孩,晚上等小孩入睡了,就多看点书,反正家里有的是可读的书。

住在徐志慧家隔壁的黄静宜老师,也很喜欢这个勤快、懂事的小保姆,她对周秀芳说:"你性格好,有爱心,又爱读书,说不定以后可以当一个好老师哦。"

"我一个小保姆,也能当老师?"黄老师的话,就像在周秀芳心头点亮了一盏灯。有了徐校长和黄老师的关心与鼓励,周秀芳从此更加勤奋努力了,只要一有空闲时间,就捧着书本学习。

天道酬勤。在当保姆的两年时间里,她竟然自学完成了师范学校的课程。

1971年,周秀芳来到象山县石浦镇东门岛上担任代课老师。走上讲台的第一天,她就许下一个心愿:是因为得到两位热心老师的帮助和鼓励,我才站到了小小的讲台上,走上了教书育人的道路,当我有能力的时候,也要像她们一样,去帮助那些需要帮助的孩子。

1998年，宁波市江东区教育局招募去贵州支教的老师。50岁的周秀芳很快就报了名，但因年龄超过要求，她未获批准。于是，这一年，她选择用结对帮扶的方式，开始资助好几个贫困山区的学生。

2003年，周秀芳从宁波市李惠利小学退休。当时，有一所私立学校高薪聘请她去当老师，她便去了，一干就是多年。虽然拿着不菲的薪金，但她的心里一直惦记着多年未实现的支教心愿。

2014年8月，时年66岁的周秀芳，开始了一次较长时间的"西北自助游"。她的心里有个打算：利用这个机会，一边旅游一边看看，有没有到西北贫困地区支教的机会。

当她行至甘肃省张掖市时，有一天偶尔看到一个小孩因为作业做不好，正被家长训斥着。到底是小学教师出身，出于一种职业习惯，她很自然地走过去，笑着帮那位家长稍稍辅导了一下。

没有想到，周秀芳的这个举动，引起了一位曾在贵州支教过的大学生的注意。这位大学生告诉周秀芳，贵州省惠水县现在特别需要有教学经验的老师去支教，年龄不限。

周秀芳一听，顿生向往之意，便立即与当地取得了联系。电话里一拍即合。于是，周秀芳提前结束了在西北的旅游，自然也放弃了高薪返聘的工作，毅然前往惠水县蛮纳村小学，开始了艰辛的支教生涯。

在贵州的日子，她遍访了自己代课班级学生的家庭，还发动宁波的家人和朋友，为当地学生筹集了大量爱心物资。

2015年春节时，周秀芳听一位朋友说起，他的老家湖南省溆浦县北斗溪镇九溪江片区桐林村急需支教老师。周秀芳稍微了解了一下那里的情况，便与宁波另外一位支教志愿者孙绍富一起，结伴去了溆水和沅江边的桐林村。

第九章　偏向远山行

那时,从宁波到溆浦的高铁还没有开通,周秀芳和孙绍富坐了24个小时绿皮火车到达怀化,在怀化下了火车,又坐了两个小时大巴到了溆浦,还要再坐一个小时的中巴,才能到九溪江片区。没想到,后面的路更艰难。小面包车在狭窄的之字形山路上摇摇晃晃地颠簸和"爬行"了一个多小时,总算到了桐林村。

车子在山路上不停地摇晃颠簸,周秀芳感到严重不适,一路上呕吐不止,手脚冰凉。

来到桐林小学,周秀芳一看就傻了眼:三间木结构房子没有玻璃,里面也没接通电,黑咕隆咚的屋子里,十多个孩子围着三个火盆,正在听一位拄着拐杖的老人讲课,老人说的全是难懂的湘中方言。

周秀芳仔细一打听才知道,桐林小学建于1970年,由于山高路远又不通水电,没有教师愿意来。前些年,村民们出资请了退休在家的舒有彪老师,来给学校的16个孩子讲课。

当天,周秀芳就给孩子们上了第一堂课。课上,她问孩子们:"爸爸或妈妈在村里的小朋友,请举手。"让她吃惊的是,16个孩子中只有一个人举起了手。也就是说,这些孩子,几乎全部是留守儿童,爸爸妈妈都到外地务工去了,孩子们就在村里跟着家里的老人生活。

周秀芳看着这些像在山野上乱飞的小山雀一般的孩子,真是又心疼又心酸。她决定留下来,就在这里支教。她在桐林村租了一套主人外出打工闲置的房子,安心住了下来。

周秀芳原本还只是想,先留在这里,给桐林村的孩子们上上课,也帮一帮那些家庭困难的学生。可是没想到,她在发了一次微信朋友圈后,竟然不由自主地走上了一条比讲课更艰难的道路——筹资建校。

当时,周秀芳将桐林小学的照片配上文字,发到了微信朋友圈里。

没过多久,她早年在象山县石浦小学的一个学生——上海弘盛阀门有限公司董事长张刚看到后,竟然很快赶到了桐林小学。

张刚来到小山村,实地看到学校的境况后,对周秀芳说:"老师,这样简陋的小矮屋,哪里像一所小学啊。再说,您在这儿教课,学生在这儿上课,多不安全啊!拆了吧,我来造一所新的。"

慷慨的张刚当即决定出资 40 万元,委托周秀芳老师在当地找建筑工人,重建桐林小学。

新的学校开建了。为了节省一点经费,周秀芳老师拿起镢头和工人一起修路,系着围裙在工地做饭,什么活儿都干过。有一次在修路时,因为路上坑坑洼洼的,她一失足摔倒了,腿上鲜血直流……

周老师后来说,在那一刻,她一度产生了放弃建学校的念头。她把在山村建造一所新学校的事,想得太简单了。

但是,一想到张刚的信任,特别是看到山村孩子们一双双黑亮的小眼睛里饱含的期待,她立刻就按下了自己想打退堂鼓的念头,重新鼓起了勇气和信念。

功夫不负有心人。从周秀芳在微信朋友圈里发出那几张最初的图片,到新建成的桐林小学投入使用,屈指一算,只用了 5 个月的时间。

2015 年 9 月,新学期开学的第一天,桐林村的孩子们像叽叽喳喳的小鸟飞进了新巢一样,开心地坐进了明亮的新教室里。

从宁波来的一位周老师,为桐林小学盖起了漂亮的新教室,这个消息,立刻就在桐林村周边的村子里传开了。邻村的村干部和村民连夜跑过来找到周老师,说:"真是了不起咯,周老师!您能不能再发动一些朋友,也帮我们村改造改造小学校啊?"

周秀芳不忍拒绝这些村干部和村民的央求,就抽空去各村看了看。

第九章 偏向远山行

她发现,有一些村子条件比桐林村还要差。

有一次,她随溆浦县两丫坪镇平安村的干部来到该村,才知道这个村的小学因校舍年久失修,在8年前就已经停办了,村里的学龄儿童不得不到两公里外的九溪江中心小学去读书。

"每天要走这么远的路程,而且还要过沟爬坡的,谁能保证孩子们在上学路上的安全?"周老师心里焦急,就在微信朋友圈里披露了自己的感受:"这里的孩子们太不容易了,有的一大早就要从家里出发,要走上两个多小时才能到达学校。"

同时,周老师仍然把当地这些破旧学校的照片,发布到了微信朋友圈,寻找有意向的爱心捐建者。

这一次,微信内容发出去不久,很快就有了一些反馈,正如周老师所言,"爱心扑面而来"。

于是,她一家一家地牵线搭桥,一所一所学校地寻找和安排对口捐建者。我们在此列举一些对口援建的成果:上海交通大学安泰经济与管理学院EMBA班的同学们,筹集了40万元资金,援建了一所前进小学;宁波女企业家王娴出资31万元,援建了搭溪小学;上海的企业家苏书超出资28万元,援建的是凤型小学;象山县教师傅萃出资20万元,援建了来凤小学……

有一天大清早,北斗溪镇红花小学退休多年的老校长向德山,跑来找到周秀芳,说他原来执教的那所学校太破旧了,特意请她过去"看看"。周秀芳明白,一所破旧的学校,自然没有什么好看的,这位退休多年的小学校长的目的,当然是想让她帮帮红花村的孩子们。周老师去看了以后,心里好一阵难受。

因为一时找不到捐助这所学校的个人和单位,周老师便在宁波发起了一次网上众筹。这原本是她的无奈之举，本来只抱着试一试的想法，可是没有想到，仅仅三天时间，就有5000余名网友参与，共筹集到了50万元爱心款。

"这真是滴水也能汇成潺潺的小溪，寸草也能汇成无边的春色呀！"周老师心里暗喜，自己的这次"化缘"成功了！

2018年10月26日上午，北斗溪镇红花希望小学新校舍落成。这是周秀芳唯一一次通过众筹方式建成的一所学校。在新校舍落成典礼上，周秀芳老师感动得当场泪流不止。

越来越多的爱心人士，从最初仅仅是敬佩周秀芳，转而信任她并拿出实际行动来支持她——通过她来捐建学校。宁海县一位九旬老人王文春，个人出资250万元，一口气在溆浦捐建了5所希望小学！

后来，又有一位爱心人士找到周秀芳，想出资150万元捐建一所希望小学，并有意选择捐到贵州去。这时候，已经年逾70岁的周秀芳老师，不顾自己年老体迈，对是否还能吃得消去贵州的长途跋涉，也没有多想，就毅然再赴贵州省黔西南山区，到了布依族苗族自治州册亨县为希望小学选址。这是周秀芳筹资建设的第30所希望小学。

要"扶贫"，就要先"扶志"和"扶智"。这个道理，时刻装在周秀芳心里。她认为，在小山村里，仅仅建起明亮的校舍是不够的。明亮的校舍里如果没有孩子琅琅的读书声和欢笑声，就像大树上的鸟巢空荡荡的，那又有什么用呢？

在溆浦县建造一所所希望小学的同时，周秀芳一有空就到九溪江片区的学校，去给当地孩子上课。每逢双休日，她就翻山越岭，一家家去家访，了解山区孩子的家庭状况。

第九章 偏向远山行

在溆浦4年多的时间里,周秀芳给九溪江片区十多所学校的学生上过课、送过物资,足迹踏遍了每个村坞,看望过所有的贫困家庭的学生。所以,虽然周老师是"外地人",但整个九溪江片区的乡亲几乎都认识她。这里的每一个孩子,也都把周秀芳当作自己的亲人。

周秀芳也把每个孩子当成自己的孙子、孙女一样看待。

"跟你妈妈说,摔伤的地方要敷点儿药。"

"给你爸爸捎个话,你们家这种情况可以申请低保。"

"告诉你爷爷,以后可不能轻信那些卖假农药的啦!"

每天,周秀芳对孩子们也总有叮嘱不完的话和放心不下的事。

上课或家访时,一遇到什么问题,她也总是会马上想方设法去解决。九溪江中心小学的张扬小同学在外打工的父亲患了重病,周秀芳得知后,除了帮着解决了张扬的生活费,还多次翻山越岭去看望和张扬相依为命的张奶奶,送去一些钱物,并叮嘱张奶奶,要照看好张扬,有什么困难,就让张扬找老师。

来凤小学的学生张金林生病住院,还差5000多元费用。得知张金林父亲过世、母亲是残疾人后,周秀芳从自己的工资卡里取出钱,为这个学生补齐了医药费。最后她发现,自己卡里的钱仅剩下3.76元。

有一天去上课时,周秀芳又发现,安泰希望小学的学生张子歌,眼睛不太对劲,就带着她去医院检查了眼睛。检查结果是,这个孩子患有弱视和斜视。周秀芳二话不说,就把几千元钱塞给了张子歌的奶奶,嘱咐她一定要带孩子去做手术。

周秀芳知道,自己那点退休工资毕竟是有限的,杯水车薪,不可能照顾遍溆浦县的贫困孩子,所以更多的时候,她会将需要帮助的学生的情况,通过微信等方式发给长三角地区有助学意向的爱心人士,让他们和孩子们结对助学。

4年的时间走过来，周秀芳已经为溆浦县的430名家庭困难的孩子，找到了结对的资助人。

溆浦县是个山区县，很多学生的家都在半山腰上。周秀芳自己患有风湿性关节炎，走山路本来就很费力，但她硬是拖着病腿，一次次地翻山越岭去做家访。遇到山路陡峭处，她就双手抓着芭茅之类的野草往上攀爬。

有一次家访途中，她不小心摔倒了，险些滑下山崖丧了命。当她被村民救起后，她告诉身旁的人："如果我倒下了，就把我埋在这片土地上。"

那次摔跤后，她的腿上留下了一处很重的伤疤，一到冬天，伤疤处就会疼痛难忍。每次痛起来时，她只能半夜坐起来用拳头不停地敲击伤疤处，似乎这样可以稍微减轻一点疼痛。

明知山路远，偏向远山行。

周秀芳老师所选择的支教路，全是一些布满困苦和艰辛、弯弯曲曲的伸向遥远深山的山路。山路两边倒不是没有美丽的风景，但她却没有时间，也没有心思驻足欣赏。好像每时每刻都有一些新的难题在等待着她去解决。而那些事情，往往也算不上是什么大事，更多的是毫不起眼的琐碎的小事。

周秀芳走在支教路上的每一天，也都在做着一些细小琐碎的，甚至在一些人眼里还有些"不屑"的事情。但是，这些琐碎的事中都体现着博大的爱。

她在一些山区学校里发现，小学老师对教育工作的热情和水平高不高，直接关系着学生能不能读好书甚至愿不愿意读书。所以，她不仅要观

第九章　偏向远山行

察和关心那些学生,也经常观察和关心着山村老师们的日常生活状况。

凤型小学有一位民办教师,名叫张在目,身有残疾。因为没有交过"五险一金",面临着退休后无法领取养老金的窘境。周秀芳得知后,心里老是装着这件事。她几次联系爱心人士,最终帮张在目老师补齐了"五险一金",解决了这位老师的后顾之忧。

宝山小学唯一的一位教师,名叫张艳香。张老师因为担心长期在山区当代课教师,可能考不上教师编制,所以就想离开宝山小学,到山外去工作。

"本来这所学校就你一个老师,如果你也离开了,那这所小学就名存实亡了,这些孩子咋办呢?"周秀芳鼓励张老师留下来,说,"有什么困难,我们一起想办法嘛!办法总会有的。"

既然把人家张老师劝留下来了,周秀芳心想,那总得为人家的未来负点责吧?于是,在后来的日子里,周秀芳不仅经常去宝山小学指导张艳香教学,还出钱送她去北京参加了小学教师的暑期培训。后来,张艳香老师如愿考取了正式的教师编制,安心在山村小学教书了。

"每一位老师都是小山村里的点灯人,也是文明和知识的播种者。再偏远的小山村,也不能缺少最起码的师资力量啊!"

为了提升溆浦县小学的整体教学水平,周秀芳数度牵线联系,促成了宁波市鄞州区与溆浦县两地教育部门的"结对帮扶"。为了这件事,她多次和鄞州区委、区政府、区教育局联系,穿针引线,铺路搭桥。最终,鄞州区在溆浦县建起了一个"支教基地",选派了好几批优秀教师"送教上门"。溆浦县也先后选派了29名教师到鄞州区的优秀学校学习。

宝山小学的那位张艳香老师,也是到鄞州区学习过的29名教师里的一员。她深有感触地说:"周老师对我们的帮助真是太大了!我能有机会到宁波学习,多亏了周老师的铺路搭桥。我在鄞州学会了如何做一个好老师。比如说吧,以前我对学生说得最多的是'你不要这样做',现在呢,说得最多的是'你可以试着这么做',这就是改变。我越来越感到,小学教育真是一门精深的、无止境的学问。"

在张艳香的进步过程中,周秀芳付出了大量的心血。张艳香曾写过一篇谈教育体会的文章,题目是《最温暖的事,就是有周老师在》,讲述了周秀芳怎样关心他们这些到鄞州学习的溆浦老师的故事。

她在文章中写道:"在确定我们来宁波挂职学习后,周老师便拖着自己不大灵便、不能长时间爬楼梯的双腿,在学校附近跑了三天,只为了给我们找到合适的房子。2018年4月12日,距离我们下火车还有半个多小时,周老师已经在出站口等待我们,见到我们就像见到久未见面的亲人一样高兴⋯⋯"

溆浦的老师们不少是从偏远的山村小学来的,有的几乎从来没有出过远门和到过大城市。他们在鄞州学习期间,每到双休日,周秀芳就带他们到宁波各地游览参观。包括宁波博物馆、天一阁藏书楼在内的许多宁波名胜,都留下了他们的身影。

当然,随时随地动员和吸收宁波的志愿者去溆浦支教,也早已成了周秀芳的一项日常工作。

2016年3月,周秀芳得知桐林小学的教师佘国强要下山照顾生产的妻子,她就通过微信朋友圈发布了支教信息。很快,金樱、冯宁煦两位宁波志愿者,就在第一时间赶到了桐林小学,在那里支教半个多月。之后,在周秀芳的介绍下,又有几位宁波志愿者,风尘仆仆地前往溆浦,踏上了去偏远山村小学支教的山路。

下面的一组统计数字,看上去只是一些简单的数字,但是它们的背后,却浸透了周秀芳的汗水和心血,甚至是泪水。因为这每一个数字,都意味着多少次来来回回的奔波,多少次晓之以理和动之以情的交谈。

她在筹集资金,为溆浦县建学校的4年间,溆浦县为周秀芳募集的资金配套了1275万元,为学校配套建设了11座教学楼和厨房、厕所、运动场等,还配备了54名教师。这些都有力地提升了溆浦乡村学校的校舍硬件水平和教学水平。

周秀芳在宁波和溆浦之间"搬运"爱心的同时,也倾尽自己的所有,奉献了自己全部的爱心。除了她自己每月7000多元的退休金基本上都用作了为助学奔波的路费和为贫困山区邮寄爱心物资的邮费,她还发动自己的两个儿子,都参与了爱心助学活动。

为了多节省下一点钱来帮助溆浦的孩子们,周秀芳在溆浦县过着极其简单和清贫的生活,一碗米饭、一盘素菜、一碗紫菜汤,是她平时的餐食。8年前,医生就建议周秀芳,要赶紧做一下膝盖手术,以免留下后患。但一听需要6万元手术费,她觉得太贵,就对家人说:"这么大一笔钱,还不如拿去助学呢。"

在她的心中,好像没有什么比助学和支教更重要的事情,包括自己的健康。至今,周秀芳在宁波也没有自己的房子,一直和儿子住在一起。

从溆浦回到宁波的日子里,周秀芳也很节俭。她出门办事,从来都是搭公交车、坐地铁,舍不得坐出租车。

无论是在助学支教的山路上,还是在扶贫脱贫的战场中,只有身处其中的人,才能深切地体会到什么是奋斗的艰辛,什么是奋斗者的快乐。

"位卑未敢忘忧国"。在助学支教的山路上走得越远,周秀芳就越加深切和清晰地意识到,单单从教育方面去解决溆浦遇到的困难是不够的，还需要拓宽思路，采取更多的方式，加入更为艰巨和伟大的扶贫与脱贫这场攻坚战中。

周秀芳发现，从地理条件上看，溆浦县和宁波市象山县的纬度差不多，气候、土壤等条件也相似。于是她萌发了一个想法：溆浦的很多山村并不富裕，农民们脱贫致富的门路也不太宽广，能不能联系一些宁波的专业人士，把象山县的特产"红美人"柑橘等引种到溆浦县呢？

她还观察到，溆浦这边多的是山地丘陵，常年云雾缭绕，茶叶品质很好，却大多是"养在深闺无人识"，结果只是成了当地人自产自销的东西，没有产生应有的经济价值。

于是，周秀芳又通过自己的学生张刚，联系上了浙江茶叶集团董事长毛立民。毛立民觉得周老师提供的这个信息不无价值，就多次带领茶叶专家走进溆浦宝山云溪茶叶加工厂，手把手指导当地村民采茶、制茶、包装，甚至教他们如何营销。最终，浙江茶叶集团与宝山村签订了一份长期的茶叶供销合同。

宁波有不少石斛培植专业户，周秀芳又想到，能不能把石斛等中药材的种植、培植技术，也引进到溆浦来呢？事不宜迟，想到就做。于是她又牵线搭桥，还特意陪同北斗溪镇干部到鄞州区铁皮石斛培植基地去学习考察，准备引进宁波的铁皮石斛培植项目，为带动贫困户脱贫多开拓一条路子。虽然最终由于气候等原因，引进石斛这个项目暂时搁置了，但此事对北斗溪镇干部启发不小，也使他们很受感动。

2019年7月，经周秀芳多次协调，在溆浦建立了沪杭甬研学实践基地，当月就有300多名宁波学生前往溆浦研学。

"宁波的孩子们来到山区，吃住都在当地农民家，不仅增加了当地农民的收入，也磨炼了这些过惯了城市优越生活的孩子们的意志。陪同孩子的家长们的到来,也给当地农家带来了旅游收入,是一件一举多得的好事。"周秀芳谈到研学活动时,不禁喜上眉梢,颇有点自豪感。

2019年12月23日下午,时任湖南省委书记杜家毫来看望周秀芳时,听她说到了研学活动给当地农家带来的好处,也高兴地叮嘱当地干部说,要多多支持周秀芳老师组织的活动,和周老师一起做好、做大这个研学项目。

现在,溆浦县每年都有上百名乡亲来到宁波务工,这其中也有周秀芳的一份铺路搭桥的功劳。溆浦县职业高中毕业生黄俊豪是个聋哑少年,周秀芳给黄俊豪和他的父亲黄金甲寄去了路费,介绍他们父子俩一起到象山一家纺织企业工作。这样,父子俩月收入共有8000元,家里经济情况有了很大的改观。

在平时的生活和工作中,周秀芳处处留心,总是惦记怎样为溆浦的脱贫多找到一些门路。2018年10月,她因为获得"全国脱贫攻坚奉献奖",到中央电视台参加扶贫攻坚表彰特别节目录制时,认识了安吉白茶生产基地的一位专家。周秀芳是有心人,节目录制一结束,她就马上邀请了这位专家去溆浦县,给当地茶农传授种茶技术。一个偶然的机会,她认识了玖龙纸业的董事长张茵,也马上向张董事长提出了一个恳请,请她以出厂价向溆浦县的一名残疾人供货,让这名残疾人开了一家网店,使一家人的生活有了收入来源。

宁波市有的单位请她去作报告,讲述自己的扶贫和支教故事。作完报告,邀请方要付给她一点讲课费,她从来不收,但一定会附加一句:"你们单位如果有合适的物品,请一定捐一些给溆浦。"

她受邀到鄞州区白鹤街道讲课后,白鹤街道工作委员会听她说了自己的希望,二话没说,马上就给溆浦的15所学校送去了一批多媒体机和电脑。这些学校的孩子们从此就可以通过视频连线,和全国各地的老师互动了。

支教、助学、建希望小学、产业扶贫……周秀芳帮扶的方式越来越多,范围也越来越大,路子也越走越宽。除了湖南和贵州,2018年8月1日,她还远赴吉林延边朝鲜族自治州和龙市建立周秀芳爱心驿站,帮助当地的贫困学生完成学业。不管到哪里播撒爱心,周秀芳都会说:"最应该感谢的是那些捐款的爱心人士,我只是一个'爱心搬运工'而已,微不足道。"

爱心的大潮在甬江两岸奔涌;爱的种子也在溆水和沅江两岸生根发芽,开花结果。

在"支教奶奶"周秀芳老人言传身教的感召下,现在溆浦县默默奉献、助人为乐的人越来越多。比如桐林村的村民们,都会自觉地效仿周秀芳老师,默默地、争先恐后地做好事、做善事。村里要修路,在外务工的村民何青云一听到消息,立刻就捐出了2万元;村民龙开成也不甘落后,随即捐出了3万元……这样的事情,可是以前的桐林村从未有过的。

"在周秀芳老师的感染下,我们镇不少教师主动投身山区教育,还有不少教师也默默地走上了助学之路。"九溪江中心小学校长向延志说。有一次,周老师说到一个心愿,希望能有年轻的老师到桐林小学去任教。九溪江中心小学的佘国强听到了,便自告奋勇踏上山路,去了桐林小学;周老师在给搭溪小学筹集重建资金时,该校的教师张在善第一时间就捐出了5000元。

"现在,全溆浦县的人都知道,有位来自浙江宁波的周奶奶,在我们溆浦山区支教。以前,很多教师都不太愿意到山区教学点去教书,山区教学点就只能聘任代课教师。如今,十几位老师受到周老师的影响,自愿申请到山区来教书了。三年来,溆浦县共向乡村教学点补充了215名教师,这也是以前很难想象的事情。"溆浦县教育局局长严安民这样感慨。

是的,"支教奶奶"的事迹,在溆浦县已是家喻户晓。溆浦的乡亲在感动之余,也纷纷为周秀芳奶奶出谋划策、尽心尽力。她要为学校筹集物资,九溪江卫生院医生阳照主动帮忙联络;她要给学生定制校服,溆浦县一家服装厂负责人只收了最低的成本费……

"支教奶奶"周秀芳的爱,如同蒲公英的种子,飘落在辽阔的溆水和沅江两岸,也飘落在清澈的九溪江边,生了根,发了芽,也开出了洁白的花球。

"我本来到这儿是想为遇到困难的孩子们做点力所能及的事情,没想到收获了这么多的感动。"周秀芳也从内心里深深感谢溆浦的乡亲们对她的尊敬和爱戴。

2018年重阳节,桐林村的十多位老人,特意来邀请周奶奶一起去村里过节。她一走进聚会的地点,老人们同时起立,用最热烈的掌声向她表达敬意。还有的村民提议,要在村头或村小学给周奶奶树立一块功德碑。

"这可万万使不得!乡亲们的深情厚谊我心领了,但我为溆浦的乡亲们所做的,还远远不够哪!"周秀芳反复劝说,树立功德碑的动议总算被劝住了。

"支教奶奶"周秀芳,先后获得过全国最美志愿者、浙江省道德模范、宁波市道德模范、2018年度"浙江骄傲"人物、"感动中国"之"感动湖南"人物等荣誉,还荣登了"中国好人榜",她的家庭也荣获了"全国最美家庭"称号。

继 2020 年她荣获我国扶贫工作最高奖——"全国脱贫攻坚奉献奖"之后，2021 年又获得了我国精神文明建设领域的个人最高荣誉——"全国道德模范"称号。

今天，"支教奶奶"的故事已经成为宁波市民津津乐道的又一桩大爱故事和美德故事。但在宁波，这样的故事早就不是"一花独放"，也不是"一星灯火"，而是万紫千红的满园春色，是熠熠闪耀的万家灯火。

他们，正是他们，和周秀芳一起，共同奏响了一曲名为"大爱宁波"的交响乐。这支交响乐不仅飘荡在甬江两岸，也让无数远方的山岭，让全国人民都听到了它那温暖人心、最瑰丽的旋律……

第十章

最美的钢琴奏鸣曲

让我们先讲一位法国"钢琴奶奶"的故事。

在法国,有一位名叫柯莱特·梅兹的老奶奶,1914年6月16日出生在巴黎,2019年时已经105岁了。她被法国人尊称为"最酷钢琴奶奶"。

柯莱特·梅兹从四五岁时就学习弹钢琴,钢琴和她相伴了整整一个世纪。"我两三岁的时候,手指就常在钢琴上比画,幸运的是小时候家里就有钢琴,所以听到楼上的男孩们在练琴,我就能弹出他们的曲子。"她这样回忆童年时的"琴缘"。

柯莱特·梅兹15岁进入巴黎高等师范学院,跟随阿尔弗雷德·科尔托、娜迪亚·布朗热等钢琴家学习钢琴演奏。后来,她成了一名钢琴教师。

她曾回忆说:"我父母不太支持我成为职业钢琴家,但我拿到了教师资格证,可以继续以弹钢琴为生。"她在巴黎市内和郊区的一些学校教授过数千小时的钢琴课,也给一些琴童上过一对一的课程,还曾给一位舞蹈家当过专职的钢琴伴奏师。"我这一辈子,几乎每天都要弹奏4个小

 万家灯火

时以上的钢琴。"

法国《巴黎人报》曾报道过,梅兹住在巴黎15区报社附近的一幢楼房里,住了50多年。她的公寓里有各式各样的钢琴。在楼道入口处,有一架可以放进汽车后备厢的小钢琴;再远一点,是一架普雷耶尔四分卫钢琴,和一架带有消音器的钢琴。梅兹说,这样做主要是为了弹琴的时候不吵到邻居。

这位钢琴奶奶很小的时候曾见到过大音乐家德彪西。她后来回忆说:"我从小就弹德彪西的曲子,我喜欢他音乐中细腻的感觉,我们在乐曲中可以感受到自然,大海,降落的雨滴。"除了德彪西,她还非常喜欢费德里科·蒙波、阿斯特·皮亚佐拉、阿尔贝托·希纳斯特拉这些音乐家的作品。

曾有人问这位"钢琴奶奶":"钢琴给您带来了什么?"

老奶奶笑着回答:"一切。你该知道男人们会是什么样子(她的意思是,男人有时候会背叛爱他的女人),而你的钢琴永远不会背叛你。你向它求索,它就会给你回应……呃,至于年龄,去它的吧。我没数过年头,我数学不好,数了也白数。我进学校的时候大概15岁吧,可我觉得我现在比那时年轻多了。"

直到105岁高龄,这位老奶奶仍然与钢琴不离不弃。为了纪念她从小最热爱的作曲家德彪西逝世100周年,她发行了自己的第四张钢琴音乐专辑。

对了,这位"钢琴奶奶"还是著名电影导演法布里斯·梅兹的母亲。法布里斯·梅兹说到自己的母亲时,满怀仰慕和自豪地说:"我们从1990年开始为母亲录制专辑,因为如果不将她细腻的音乐保存下来,我们将会很遗憾。我母亲可能是法国年纪最大的钢琴家了吧。她用自己

第十章 最美的钢琴奏鸣曲

的一生证明了,即使是 105 岁,还是可以继续弹钢琴,这对所有音乐家来说都是一个很好的榜样。"

你也许想象不到,宁波也有一位家喻户晓的"钢琴奶奶"。

自 2019 年由"钢琴奶奶"莫志蔚发起并捐赠的 10 架钢琴在宁波的公共空间落地以来,已有越来越多的"爱心钢琴",在宁波各种公共场合落地安家。"让城市上空琴声飘荡",莫奶奶这个美好的心愿,在不到两年的时间里,就变成了日常现实……

让我们回到 2019 年 8 月 29 日这一天。

这天上午 10 时许,很多路过宁波鼓楼地铁站的市民,都被一位举止优雅的老奶奶弹奏的悦耳钢琴声所吸引。

这位奶奶就是莫志蔚,已经 80 岁了,人们都叫她莫奶奶。

这天,她捐赠的最后一架公共钢琴落地鼓楼地铁站,然后她从容地坐在这架钢琴前,为大家弹奏一曲,答谢帮她圆梦的人们。至此,在这个夏天,莫奶奶一共捐出了 10 架钢琴。在 600 余名热心市民和志愿者的帮助下,50 天的时间里,大家分头精心选址,将这些钢琴妥妥地安置到了一些人流密集的公共场所,同时还组建起了公共钢琴管护队伍,制定了一套公共钢琴长效管理机制。

优美的钢琴声,对宁波这座有着书香、艺术和人文传统的城市来说,当然不是稀缺和陌生的。但很多市民称赞说,在 2019 年的夏日,宁波城市上空的钢琴声突然多了起来。偶尔走到某个地方,空中突然飘来了若有若无、优美悦耳的钢琴声,心情顿时就变得愉悦许多,甚至能感到这座城市正变得越来越浪漫了!

当然,一时间,很多人还不知道,这是一位 80 岁的老奶奶和帮助她

万家灯火

圆梦的人们一道,用大爱谱写和演奏出的这座城市最美的一支钢琴奏鸣曲。2019 年的甬城之夏,也因这支独特的钢琴奏鸣曲的故事,而显得更加浪漫,更加诗意轻扬。

"我学习钢琴时,很享受弹琴的过程,如果弹得流畅起来,内心会感到很快乐,忧愁、郁闷都被赶走……我想让更多的人感受到这种快乐。"在莫奶奶捐赠的第 10 架公共钢琴落地启用仪式上,当主持人问起捐赠钢琴的起因,莫奶奶动情地说道。

也许,莫奶奶未必读过罗曼·罗兰、肖贝尔的那些关于音乐的名句,但是爱音乐的心是相通的,他们拥抱音乐的胸怀,都是一样温暖和宽阔的。

莫奶奶和老伴相识于在北京邮电学院求学的青春时代,之后两个人又一起在新疆工作多年。他们把自己的芳华,全部献给了祖国大西北的建设事业。

1982 年,这对伉俪相伴回到宁波,在电信系统工作,两个人都是这个专业的高级工程师。他们是一对志同道合、热爱生活的老人,几十年来,平常生活中的每一天,都离不开书籍、音乐、花草。退休后,两个人相依相伴,依然保持着对日常生活、对文学和艺术的热情与热爱。他们相信,只要生命不息,就应该时时刻刻享受生命的丰饶、坚韧与温暖。

莫奶奶与钢琴的结缘,要从 2009 年说起。那一年,莫奶奶的老伴被查出患有癌症,而且已到了晚期。莫奶奶为了让老伴心情好起来,就在老年大学给老伴报了诗词班,自己报了钢琴班。每当夕阳西下、晚风吹来的时候,莫奶奶总会给老伴弹上一曲,哪怕刚开始时弹得不太流畅,老伴也不在意。

莫奶奶发现,每次她弹起钢琴来,老伴在她的琴声中总是很放松,甚至有点沉浸其中的感觉。有时,她弹完一曲,一抬头,发现老伴已经斜倚在床上安静地睡着了。

钢琴声,不仅让莫奶奶忘记了日常生活中的烦恼,也让老伴平静地度过了患病的日子。

2017年,一个偶然的机会,莫奶奶看到一则报道:四川宜宾市的一个公共空间里,摆放着一架琴身涂着凡·高《星空》图案的公共钢琴。发起人是一个大学生。

这则消息让莫奶奶心里好一阵温暖,她特意在手机里收藏了这条新闻。不料,隔了一段时间她又去网上检索,发现第二年之后就没什么音讯了。莫奶奶想,这架钢琴可能是坏掉了。

后来,莫奶奶看到一段国外的公共钢琴的视频:一架钢琴摆放在街头,谁想弹就坐上去弹奏一曲,路人不急着赶路,都可以暂且驻足聆听。听一会儿不想听了,也可以安静地转身离开。

这种氛围是多么浪漫,多么富有艺术雅趣呀!从此以后,走在宁波街头或者是一些公共场合,莫奶奶就会暗自观察,甚至对亲友说:"你看这里,要是能摆放一架三角钢琴,多高雅啊!"

2019年6月,莫奶奶动了一个念头:自己不是还有一些积蓄吗?如果用这些钱,去买一些钢琴,安放在宁波的公共场所,让那些或高兴或忧伤或平静的路人,在想弹琴时就能驻足弹上一曲,那该多好啊!那不是可以让音乐的优美与浪漫,去抚平更多人劳累、疲惫甚至烦恼的心情吗?

但她一说出自己的想法,就被身边的人泼了冷水。一位大学同学在电话里对她说:"要是你能做成这件事,我也买台钢琴支持你,可惜你做不成。"

莫奶奶对老伴说出了自己的想法。老伴一听,笑笑说:"从年轻的时候起,你就一直有这样一颗浪漫的心哦,如今80岁了,依然浪漫如初!"

"这不也是'不忘初心'吗?"莫奶奶笑着说,"这么说,你支持我的想法啦?"

"当然非常支持!宁波不是出现了好多'毛衣奶奶''棉鞋奶奶''支教奶奶'吗,你这样做,那就是宁波的'音乐奶奶'啦!"

"我愿意成为宁波的一位'钢琴奶奶'!"

不过,老伴还是有点担心,说:"你把捐赠的钢琴摆放在哪里好呢?"

"这个,慢慢地想一想,找一找,会找到妥当的摆放位置的。"莫奶奶胸有成竹地说,"我想过的,公共钢琴嘛,只要能让市民看得见、听得到、摸得着就可以了,所以安放点最好是平时人流量大一点的地方。"

"在慈湖中学的惜今亭里摆放一架如何?"老伴故意笑着问道。

"那不行,那里不算是公共场合,也没有人流,再说啦,大多数学生也不会弹钢琴。"莫奶奶回答说。

"跟你开个玩笑的,你还当真啦。"

原来,莫奶奶的老伴也特别热心公益事业,他不仅资助过两名大学生,还给自己的母校慈湖中学捐建了一座可供避雨、乘凉和读书的凉亭,取名"惜今亭",告诫年轻的学子们要珍惜今天的幸福时光。

2018年底,莫奶奶的老伴安详离世了。莫奶奶忍痛送走了相伴半个多世纪的老伴,等到自己的情绪平复下来之后,她就开始着手去实现自己的愿望。

进入2019年春天之后,莫奶奶就由几位琴友陪同着,四处物色合适的地方。由于不知道看中的那些地方业主单位愿不愿意摆放钢琴,所以她只能抱着试一试的心态,先上门询问一下。

事情刚开始不久,她就发现,老伴生前所担心的不是没有道理,要找到钢琴安放点,还真不是那么容易。

就在莫奶奶出师不利、一筹莫展之际,宁波的媒体向她伸出了援助之手,他们从微信朋友圈得知莫奶奶想要捐赠公共钢琴的愿望后,迅速联系上了她。2019年7月11日,记者在媒体上报道了莫奶奶想捐10架钢琴安放到公共场所的心愿。

宁波从来就是这样一座城市:只要有人划燃一根温暖明亮的火柴,立刻就能点亮满天繁星。

果然,消息一出来,很多热心人就向莫奶奶伸出了援助之手。他们联系上媒体和莫奶奶,有的直接说明愿意提供场地,有的热心市民提供了场地线索。

有一位市民向莫奶奶提供信息说,宁波音乐港所在的星街坊,很适合放置公共钢琴。宁波音乐港总经理方斌听说了这件事,非常赞同和支持莫奶奶的想法,立刻腾出了放置公共钢琴的理想空间。方斌说:"莫奶奶以个人名义捐赠公共钢琴,这在全国是第一个,很有意义,我们都应该支持她。"

宁波书城的负责人看到这个消息,也立刻联系到媒体,表示愿意腾出最佳的位置,给莫奶奶安放公共钢琴……

最后,莫奶奶精挑细选,确定了10个公共钢琴的最佳安放点。

钢琴安放点找到了,莫奶奶接着又为公共钢琴如何管理犯了愁。她从媒体上看到过一件事情:南方的某一个城市,曾在一条步行街上摆放了8架公共钢琴,但没过多久,这些钢琴竟然遭到不文明的涂鸦,有的钢琴也因琴键受损无法弹奏。

"我相信,宁波是一座爱心城市,是全国闻名的文明城市,宁波的市民素质、文明修养,是值得信任的。但毕竟是一些公共钢琴摆放在那里,日常谁来管理？如果坏了谁来维修？万一钢琴丢失了或受损了，谁来负责呢？"

想到这一连串的问题，莫奶奶急得睡不着觉。她把自己想到的这些恼人的问题，也说给了媒体的记者听。媒体记者把莫奶奶的这些担心也报道了出来。

这时候，一些公益慈善机构和志愿者团队，向莫奶奶伸出了援助之手，表示愿意和她一起解决这些问题。

7月18日，来自全市艺术教育界、志愿者管理机构、公共钢琴安放单位的代表齐聚一堂，探寻解决之道。最后，大家决定成立一个公共钢琴公益基金，该基金主要用于公共钢琴的启动工作和后期公益音乐活动的举办。

大家还通过媒体招募了公共钢琴志愿者。仅两天时间，就有500多人报名。他们大多数是钢琴爱好者，有的是和莫奶奶年纪相仿的老人，有的是只有十多岁的孩子。

这些志愿者的任务，就是利用空余时间，轮流在公共钢琴安放处值班；如果长时间没有来往的路人坐下弹钢琴，志愿者们也会坐到钢琴前，"抛砖引玉"，弹上一曲，吸引大家驻足倾听或是也上来演奏一曲。

因为有了社会各界的出谋划策和共同努力，莫奶奶捐赠的10架公共钢琴顺利落地了。

有的市民找到莫奶奶说："真的很感谢您这位'钢琴奶奶'呀，让我们在自己家门口就能听到悦耳的钢琴声。"

莫奶奶笑着说："不，不要谢我，我们应该感谢每一位高素质的宁波人，是全体市民，包括那些年轻的志愿者，是大家一起打扮着这座城市，让她变得越来越文明，越来越可爱了！"

第十章　最美的钢琴奏鸣曲

莫奶奶还讲述了这样一件事：

8月19日，她捐赠的第一架公共钢琴，安放到了宁波书城的大厅里。当天晚上，她正在想，书城里最多的是放了暑假在那里看书的孩子，这架钢琴会不会成为孩子们的"玩具"呢？那样不就难以实现"让过往的路人也能驻足弹一弹钢琴"的初衷了吗？

第二天，负责宁波书城那架钢琴的志愿者，就在公共钢琴管理微信群里，发出了一段路人在弹奏钢琴的视频。视频中，一名年轻女子坐在公共钢琴前即兴弹奏，流畅的音乐从她指间滑出，弥漫在整个书城，周围许多人都在驻足倾听，大家都沉醉在钢琴声里，平时比较喧闹的书城营业厅里，似乎没有任何嘈杂声。

莫奶奶看到这段视频后，激动地在微信群里留言说："我的心情会随着这个女孩的琴声而波动，想象以后公共钢琴上会经常出现这种场景……"

2019年8月19日至29日，仅仅11天时间，莫奶奶捐赠的10架公共钢琴，分别被安放在了宁波书城、宁波市图书馆新馆1001 PAGES艺术空间、宁波栎社机场出发大厅、银泰百货东门店等人来人往的公共空间里。莫奶奶美好的心愿妥妥地实现了！

北仑区的读一书店里也放了一架公共钢琴。有了这架钢琴，书店负责人张蔷头一次发现，原来宁波有这么多人会弹钢琴。

"其实，宁波这座城市，市民的素养，已经到了可以接受、尊重公共钢琴的程度，宁波应该有更多的公共钢琴。"10架公共钢琴各归其位之后，莫奶奶满怀欣慰地说，"真像是做了一场莎士比亚笔下的'仲夏夜之梦'一样啊！如果不是亲身去行动、去尝试，用美好的音乐去唤醒，你可能永远不知道世道人心中的美好都隐藏在哪里，你也不会深切地体会到这座城市究竟有多么温暖！我现在每天都能看到志愿者发来的一些视频，录的都是过往的路人欣然坐下来弹奏一曲的场景。这不正是我无数次在心里憧憬过的场景吗？生活在这么好的城市和市民中间,我知足了！"

罗曼·罗兰在他的经典名著《约翰·克利斯朵夫》最后一卷《复旦》的卷首语之前，引用过音乐家舒伯特的一行不朽的乐谱，以及肖贝尔为这行乐谱所配的歌词：

"你，可爱的艺术，在多少暗淡的光阴里……"

肖贝尔后面的歌词里还有这样抒情的句子："你安慰了我生命中的孤独和痛苦，使我心中充满了温暖和热情，把我带进美好的世界中……可爱的艺术，我衷心感谢你！可爱的艺术，我感谢你！"

钢琴被人们誉为所有西方乐器中的"灵魂乐器"，也是普通民众心目中能够代表高雅艺术的一个标志。

毫无疑问，由一位80岁的老人发起的一场让高雅的钢琴之声进入甬城街头的行动，对宁波今后的城市文化建设和城市文明风尚，也是一次巨大的推动。对此，宁波市委宣传部谢安良处长深有感触地说："在公共场所放置几架钢琴，这是美和诗意的传递，会让我们这座城市更富有艺术气息，更加浪漫动人，也将会加快推动'音乐宁波'的建设进程。"

宁波人对生活品质、艺术品位的追求在不断地提升。公共钢琴，也正在成为宁波的一张"城市文化名片"。宁波音乐港负责人方斌欣喜地说，莫奶奶捐赠公共钢琴的新闻，已经传到了波兰，波兰肖邦音乐学院的艺术家在听到莫奶奶的故事后，打算派人来宁波考察和学习经验，还计划邀请莫奶奶前往"钢琴诗人"肖邦的故乡去访问和交流呢！

在莫奶奶的第10架钢琴落地仪式上，公共钢琴公益基金同时成

第十章 最美的钢琴奏鸣曲

立,宁波两家单位向公共钢琴公益基金捐款25万元,用于公共钢琴后续维护运营工作。加上之前莫奶奶捐赠的款项,当天基金总额已达45万元。

看到莫奶奶圆了公共钢琴之梦,宁波市的一位资深音乐人、市音乐家协会名誉主席陈民宪认为,公共钢琴使宁波的人文气息和艺术氛围在国际上有了新的"符号",再一次唤醒了整座城市的公共文化意识,也必将以音乐的力量推动音乐之城、爱心之城的建设走向更高水平。他说:"莫奶奶和宁波市民共同谱写了一支叫'甬城之夏'的宁波公共钢琴奏鸣曲,这支奏鸣曲火热而浪漫。"

2020年夏天,央视《夕阳红》栏目推出了一期讲述莫奶奶与公共钢琴故事的《莫奶奶的琴》。

原来,莫奶奶捐赠10架公共钢琴的故事被报道出来后,《夕阳红》栏目组第一时间就看到了,他们立即设法与宁波本地的媒体记者取得了联系,了解莫奶奶和公共钢琴的进展情况。

8月下旬,《夕阳红》栏目组赶到宁波。摄制组的记者甬一落地,就获知第9架钢琴即将落地银泰百货东门店。两位记者顾不上休息,立即赶到了安置现场。

《夕阳红》编导朱静宇说:"《夕阳红》栏目有20多年的历史,对节目质量要求很高。莫奶奶捐赠这样的题材十分适合《夕阳红》栏目。"在甬采访期间,央视记者深度挖掘了莫奶奶的故事,采访了莫奶奶周围不少与钢琴有故事的人,其中有小学生、志愿者、钢琴售后服务人员,甚至还采访了搬运公共钢琴的工人等。

节目播出后,许多老年人都被莫奶奶用钢琴帮助老伴与病魔做斗争,继而捐赠公共钢琴在全宁波落地的故事感动。《夕阳红》栏目主持人、在多部影视剧中扮演过邓颖超形象的黄薇说:"高尚的情怀,超越金钱,超越时空。她从一个人的内心萌发,滋润着大家的心灵。在莫奶奶人生最艰难的时刻,是琴声抚慰了她的心灵。如今,她用琴声抚慰更多的人。"

莫奶奶讲到,当她的第一台公共钢琴在宁波书城落地时,在热闹的活动仪式上,她心里异常平静,"因为这个情景在我脑子里出现过太多次了"。可是,晚上回到家里,没有人的时候,这位80岁的老奶奶,竟然像一个小姑娘一样哭了起来。是梦想实现后的幸福,还是想到了这些日子付出的不为人知的焦急和辛劳,心里有了一点点委屈?抑或是触景生情,想到了去世的老伴?……莫奶奶自己也说不清楚。总之,那个夜晚,她悄悄地哭了好长时间。

当莫奶奶看到,公共钢琴志愿者队伍的微信大群里已经有接近500人的时候,她对大家说了一句绕口令似的话:"现在有志愿者,是为了以后没有志愿者。"

莫奶奶的意思是:"这个阶段,大家还不太了解公共钢琴,有的人还不敢大大方方地上去弹琴。那么,志愿者的作用就是引领他们。估计半年之后,就不需要那么多志愿者来引领了。"

"钢琴奶奶"和这座城市的"互动",一发而不可收。更多的人,接过了莫奶奶奏响的音乐接力棒,继续往下传递。

汪筱萍也是一位74岁的老人了。莫奶奶捐赠的钢琴出现在公众视野里之后,汪奶奶也被公共钢琴重新点燃了音乐火花。

她曾学过6年钢琴,自从家中发生一次变故后,就再也没弹过琴。

现在好了,有了公共钢琴,汪奶奶不仅又开始在家里练琴了,而且还兴致勃勃地去4个公共钢琴的放置点弹奏过。

2019年9月5日晚上,暮色刚刚降临,汪筱萍就带着乐谱,来到离家不远的月湖盛园,一架公共钢琴就摆放在广场入口处。

她为大家弹了一曲耳熟能详的名曲《月亮代表我的心》。很多在这里游玩的人一听到优美的钢琴声,纷纷掏出手机,围绕着演奏者拍起了视频。

"这位奶奶,就是有名的'钢琴奶奶'吧?"听到有人在窃窃私语,汪奶奶赶紧扭过头,笑着解释:"我可不敢冒充莫奶奶啊!莫奶奶是宁波的名人,我只能算是莫奶奶的粉丝哦。"

在这个初秋的夜晚,汪奶奶一口气弹了四五首曲子,然后合上琴盖,心满意足地回家去了。"我现在是一个人生活,但有音乐相伴,我不会感到孤独和寂寞。"

2021年初夏时节,北京理工大学一位在读博士生杨宝焱,从媒体上看到宁波"钢琴奶奶"的故事后,利用"五一"小长假,专程来到宁波,不为别的,只为了亲身体验一番宁波公共钢琴演奏的气氛。为此,这个会弹钢琴的小伙子,竟然一天转移好几个地方,弹遍了宁波所有的公共钢琴。

小杨是辽宁铁岭人,从小就学会了弹钢琴,也喜欢弹钢琴。但童年时期家庭条件不是那么宽裕,家里买不起钢琴。他只能瞅机会在商场、琴行或学校的音乐教室里,偶尔弹奏一曲,"过过钢琴瘾"。

考入北京理工大学后,小杨加入了学校的艺术团。因为能弹一手好钢琴,他多次代表学校参加大学生和青年艺术节的文艺演出与交流活动,曾到中国香港和美国等地演出过。

"公共钢琴",也是小杨很早的时候就在心中悄悄憧憬过的一个美梦。他对一些大型商场、酒店、书店、展览馆等公共场所放置一架公共钢琴,不设任何门槛,任何人只要会弹,都可以坐下来弹奏一曲的做法,印象特别好。但有时他也发现,有些地方摆放的钢琴,实际上只是一件摆设,未经特别的允许,是不能擅自去弹奏的。这种做法,让他感觉不太好,觉得失去了公共钢琴的意义。

有一天,他从网上看到莫奶奶在宁波市里放置了10架公共钢琴,而且来往的路人都可以自由弹奏。这正是小杨理想中真正的公共钢琴。于是,"五一"小长假一到,他就兴冲冲地来到了宁波。

5月1日到宁波后,他先是直奔鼓楼地铁站那个钢琴放置点。让他颇感意外的是,竟然有不少人在排队等着弹琴。后来的几天里,他每天跑两个公共钢琴放置点。每到一处,都有不少站在那里一边欣赏别人弹琴,一边等着上前一展身手的人。原来,宁波市民的艺术素质这么高啊!这是宁波留给他的第一印象。

有的市民听杨宝焱说自己是慕名远道而来为宁波公共钢琴点赞和打卡的,就纷纷和这个小伙子攀谈和交流起来。5月5日上午,有几位公共钢琴的志愿者,特意相约着赶到儿童公园地铁站那个公共钢琴放置点,与小杨见面交流。几个人一边弹琴一边切磋,不知不觉错过了吃午饭的时间。

让小杨感到惊喜的是,在鼓楼地铁站,他见到了十分敬慕的宁波公共钢琴的发起人和捐赠者莫奶奶。

"莫奶奶,谢谢您,您是我们年轻人学习的榜样啊!"小杨真诚地说道。

"不敢当,不敢当!奶奶老了,世界是你们的呀!"莫奶奶笑着说,"听说你是专程从北京过来的,跑遍了所有的钢琴点?"

"是呀,每个钢琴点,都有人在排队等着弹琴呢!"

"怎么样,小伙子,如果不嫌奶奶年纪大,跟奶奶合奏一曲?"

"哎呀莫奶奶,这正是我求之不得的呢!"小杨大喜过望,立刻上前,把莫奶奶搀扶到钢琴前,"能和'钢琴奶奶'一起演奏,这个小长假真是过得太有意义啦!"

于是,这一老一少,就像祖孙俩一样,合奏了《青花瓷》《我和我的祖国》几支乐曲。

"哇,配合得太默契了!""珠联璧合呀!"……在场的听众不时地发出啧啧称赞声,给这一老一少报以一阵阵热烈的掌声。

一曲终了,意犹未尽。莫奶奶热情地邀请小杨去她家里做客。

在莫奶奶家里,小杨详细了解了公共钢琴的情况,也谈了自己的一些感受。事后,他说:"莫奶奶发起和捐赠公共钢琴的做法,真是太让人感动了,非常棒!我去过很多地方,都没有碰到这么好的钢琴弹奏氛围。我也曾详细调查过全国的公共钢琴,只有宁波的模式是最完善的。因为有了定期的维护,才能保持钢琴良好的状态;因为有了一批热心的公共钢琴志愿者,才有了这么好的音乐氛围。"

他还说:"宁波这座城市干净整洁,既繁华又不闹腾;宁波市民素质很高,在我去过的所有城市里,过马路好像都是人让车,但宁波的每个路口都是车让人。这几天也是我的一次音乐享受之旅,宁波的音乐氛围很好,会弹琴的人很多,而且不仅限于年轻人和小朋友,很多上了年纪的人,都能在公共钢琴上弹琴,可见,这是一座富有魅力的'音乐之城'。真希望宁波运营公共钢琴的经验,能够在全国更多的城市推广开来。"

5月6日傍晚时分,杨宝焱在栎社机场的公共钢琴上弹奏了半个多小时后,依依不舍地踏上了返京的飞机。"美丽的宁波,慈爱的莫奶奶,请等着我,我还会再来的!"他说。

宁波市朗读大赛开始于 2017 年，举办两届之后，已然成为"书香宁波"建设的重要品牌活动之一。5 月 16 日晚，2021 年宁波市第三届朗读大赛启动仪式，在鼓楼地铁站甬城惠客厅举行。当晚，这里作为大赛启动仪式主会场，与全市 20 个公共钢琴放置点的分会场同时联动，一场全景式的诗歌朗诵表演，共同拉开了"朗读宁波"的序幕。

> 写下我的名字，
> 写下一座城的名字，
> 如同用爱写下爱的深蓝；
> 写下我的名字，
> 写下"宁波"，
> 这是我所挚爱的城市啊，
> 我一生挚爱的家园。

数百位朗诵者，在 20 个分会场上，分别朗诵了《我被一座城邀请》《甬上观雨》《致我的成长，我的城市》《城市之声》等献给家乡宁波的诗篇。

让亲临现场的市民和听众激动不已、大感惊喜的是，80 多岁的"钢琴奶奶"莫志蔚老人，也来到了启动仪式主会场。她和搭档用钢琴伴奏的形式，与朗诵者一起完成了声情并茂的《城市之声》的演绎，赢得了观众的阵阵欢呼。

钢琴演奏和诗歌朗诵结束后，莫奶奶说："我是第一次参加这样的朗诵活动，朗诵与钢琴伴奏结合，形式和效果都非常好。这样的活动，也让宁波的公共钢琴发挥出了积极作用。宁波是一座爱心之城，城市的特质也得到了很好的体现。"

哦，伟大的音乐——你，可爱的艺术！你仅仅是一架钢琴、一首乐曲吗？不，你代表着人间无限美好的感情，你也代表着一座城市的优雅气质。你在寻找那些善于倾听的耳朵，供你栖息的地方不是器官，而是心灵。对于孤独和忧伤的人们，你是欢乐的朋友、温暖的巨手、仁慈和善良的女神；对于漫长和寂寞的黑夜，你是不可思议的白昼和光明，是天宇中的星辰，是人人渴望的那一片浪漫的月光，是一阵阵充满智慧和激情的心灵钟声……

第十一章

总得有人去擦亮星星

宁波这座大爱之城每天都在上演的爱心接力故事,就像是整座城市对所有市民发出的邀请。层出不穷的、微小的暖心故事,默默邀请着每一个生活在宁波的人:你不必像"顺其自然"那样,每年都拿出很多钱来捐献给有需要的人,你也不必像"支教奶奶"那样,付出大半生的时光去成就一个美好的梦想,但是,"我们一定要为美好的生活而努力。不为大而爱,只为琐细而爱,从细微的小事中体现博大的爱"。没错,一些细小的事情,比如一个微笑,一次握手,一声问候,一口干净的水,一件温暖的衣服……这些都是人人可以做到的。

正是一个个火热的、温暖的,还带着日常烟火气息的小故事,如闪亮的碎钻一样,映照出了整座城市的亮度……

这是2020年9月27日早晨7时15分,上班早高峰的时候,发生在海曙区通途西路长乐路口的一幕——

一位年近八旬的老人正在蹒跚地通过路口。因为老人腿脚不便,行

第十一章　总得有人去擦亮星星

走十分缓慢，40多秒的绿灯结束时，老人还没走过马路的一半。这时，所有的车辆都非常自觉地停在斑马线前，耐心地等候着老人一步一步往前迈动。等到老人走到中心绿化带时，绿灯再次亮起。老人稍作休息后，又一次挪动步子。交通指挥中心的值班交警也从监控视频里看到了这一幕，为此指挥中心特意在后台延长了这个路口的绿灯时间，好让老人安全地通过。

可是，就在老人好不容易快走到马路对面时，天不作美，突然下起了一阵骤雨。这时，从一辆等候通行的小轿车上下来一名女司机，她迅速地从后备厢拿出一把雨伞，快步跑上前，递到了老人手里，搀着老人朝路边走去。

不过，这暖心的一幕还没有结束。就在这位女士上前送伞的时候，指挥中心立即通知在该区域的巡逻铁骑留心观察：如果发现这位老人还要过马路时，请立即提供必要的帮助。

果然，3个小时后，约10时20分，这位老人又一次颤颤巍巍地出现在一个路口。在附近巡逻的一名铁骑队员立即赶上前去，一边搀扶着老人过马路，一边通知指挥中心再次控制南北绿灯时间。铁骑队员最后问清楚了老人的住址，一直把他安全护送到家中。

当天下午，媒体记者从这位名叫崔斌的铁骑队员那里了解到，老人姓钟，家住路口附近一小区，今年已经79岁了，因为中风过3次，双腿行走不便，出门必须拄着两根拐杖。每次过一个路口，都得花上两三分钟时间。把老人送回家时，崔斌还仔细叮嘱老人，今后出门要尽量让家人护送，以确保自身安全。

像这样暖心的一幕，宁波城的大街小巷里，每天不知会有多少。就在那位女司机在大雨中小跑着为老人送伞的那天下午5时，在联丰中路与学苑路口,有一家三口行至斑马线上,大雨倾盆之时,一位停车等候绿灯的司机,也赶紧从车窗里递出一把雨伞,请执勤交警送了过去……

雨伞虽小,却撑起了一座城市无处不在的爱的晴空。笔者在采访时和两位女中学生说到了这件小事,一位中学生给我念了一首诗——大诗人艾青写的《伞》:

早晨,我问伞:
"你喜欢太阳晒,还是喜欢雨淋?"

伞笑了,它说:
"我考虑的不是这些。"

我追问它:
"你考虑些什么?"

伞说:"我想的是——
雨天,不让大家衣服淋湿;
晴天,我是大家头上的云。"

"'雨天,不让大家衣服淋湿;晴天,我是大家头上的云。'雨伞的品格,就跟我们宁波人喜欢奉献爱心一样,早已是生活中的日常习惯了,不值得大惊小怪的。"另一个女孩也爽朗地笑着说。

然而事情虽小,却可以"滴水观海",显示了城市的文明与道德风尚。雨中送伞这件小事,竟然还引起《人民日报》官微、央视新闻的关注,央视主持人白岩松还特意做了一期连线海曙交警的新闻节目,为这件事点赞。

因为这期节目,在雨中给老人送伞的那位女司机,还有在雨中给一家三口递伞的那位男性司机,都被找到了。

那位女士名叫章超群,是宁波海曙外国语学校五江口校区的一名数学老师。当记者采访她的时候,她笑着说:"举手之劳的小事,人人都能做到的。'老吾老以及人之老'嘛!关爱老人是我们每个人都应该做的。"这位章老师平时在学校里,就对自己的学生们言传身教,润物无声。她默默地关心身边人,已成为一种很自然的习惯。比如,她每周都会带上几扎美丽的鲜花,插在办公室的角角落落,这样可给同事们带来几分好心情。

那位男性司机姓罗,是一名33岁的转业军人。他说:那天,他正好接妻子回家,因为出门时下起了雨,就特地拿了把雨伞放在车里。当时雨越下越大,他正准备左转时,看到左前方斑马线上站着一家三口,爸爸拎着东西,妈妈手里抱着一个一两岁的小孩,孩子头上还套着一个塑料袋。

"我家孩子也就两岁多,看到这么小的孩子淋雨很不忍心,所以顺手就拿起车里的雨伞,托交警交给他们。"

"那一家三口的户主姓周,我们也找到了。是否可以将手机号码告知周先生?他也想表达一下感激之意。"记者问道。

"哦,电话就不必了,实在是很小很小的一件事情,这份谢意,已经收到了。我想,每个宁波人遇到这种情况,都不会袖手旁观的。"这位司机笑着说。

雨伞情未了,暖心的故事还有后续。不久,宁波的媒体记者们联合市交警部门,发起了一次更广泛的送"爱心伞"行动,由象山横店影视城捐赠的500把雨伞,被陆续送到宁波城区主要路口的交通岗亭——若是再逢下雨天,岗亭里的值班交警可将它们送给有需要的人。

雨中送伞和500把"爱心伞"的故事,经过媒体平台陆续报道后,留言区里收获了上千条市民留言。有的说:"小小的善举,背后彰显的是城市的文明。"有的说:"宁波之所以是一座美丽的城市,是因为有无数可爱的人每天都在谱写爱的篇章。"有的说:"爱心满满!这才是文明城市最亮丽的风景。"还有一位孕妇留言说,那天她在印象城等待红绿灯通行时,也遇到一个女孩,跑过来给她撑伞……

正是因为这些每天都在上演的暖心小事,让更多的"新宁波人"为选择这座城市感到无悔和自豪:"我喜欢宁波,是因为这座城市浓浓的人情味。"

最美的青山,都是一叠一叠堆积起来的。

在宁波,笔者曾向一些市民问起"徐志忠"这个名字,不少人都茫然地摇了摇头。可是,当我说到,就是那位来宁波从事美发工作20年,20年来每个月都要抽出一天时间到社区去义务给老人们理发的那个小伙子时,很多人笑着说:"哦,你说的是'解忧理发店'那个小师傅呀?晓得的,晓得的!"

2000年,16岁的少年徐志忠从老家衢州来到宁波,在一家美发店里给客人洗头,当小学徒。当时店里有好几个跟他差不多大的小哥小妹。渐渐地,师傅发现,志忠为人实诚,待人热情,手脚也最麻利和勤快。每次有客人来了,都是志忠抢着给人家洗头、吹头发,有时一边洗头,还一边跟客人聊一点开心的事情。

客人多的时候,他不停地给客人洗头、吹干头发;空闲的时候,就默

第十一章 总得有人去擦亮星星

默地站在一边,仔细观察师傅给人理发、美发的手法和技艺。

但最让志忠难忘的是,学徒期间师傅在每个月的固定时间,带他去一些社区,给老人们义务理发。每一次去,老人们都早就等候在那里了,一个个欢天喜地地说笑着,像过节一样。

不过,当学徒时,还有一个发现,让细心的徐志忠记在了心里:有一些老年人心疼钱,走进美发店一问价格,扭头就走了。是呀,20元左右的价格,是当时大多数美发店的基本价格,对年轻人和中年人来说也许不算什么,但对大部分退休老人来说,就是奢侈了。

当学徒那几年里,志忠也一次次亲身感受到了宁波人的温暖。有几个老主顾曾笑着鼓励他:"小伙子,好好跟着师傅学手艺,把手艺学好了,以后就可以自己开店当老板了。"

师傅也时常鼓励他:"志忠哪,要记住《增广贤文》里的话,'师傅领进门,修行在个人'。你脑子灵,又勤快好学,以后肯定比师傅有出息。"

有一次,他在给一位阿姨洗头、吹发时,无意中提起这天刚好是他的生日。没想到,这位好心的阿姨把这件事记在了心上。剪完发回到家后,阿姨竟然亲手烧了几个好菜,特意送到理发店,为这个衢州来的小伙子庆祝生日。

"我记得,阿姨烧了好几个特别好吃的宁波菜,还烧了一条大鱼。阿姨笑吟吟地把菜放在店里,临走时还不忘跟我说:'小伙子,生日快乐!'"阿姨的这个暖心举动,让孤身在宁波打拼的徐志忠心生温暖,一直记到现在。

没过多久,徐志忠就把理发、美发的全套手艺学到了手,师傅也允许他执掌理发推子,给客人理发了。因为对宁波这座充满善意的城市有着说不清道不明的好感,徐志忠铁了心想留在宁波,即使手艺学好了,也不愿意回衢州了。

2007年,他得到师傅的支持,自立门户,在华侨城社区引凤花园小区附近,开了家美发店,取名"解忧理发店",开始了自己的美发工作。

他在心里一直记着从师傅那里学到的另一个传统:每个月拿出固定的一天时间,带上各种洗头和理发用具,到社区里去给退休老人们免费理发。

不久,志忠又加入了鄞州区个体劳动者们组织的一个名为"银剪刀"的志愿服务队。从此以后,整个团队在社区提供定点定时服务。志忠的美发店每月休息四天,他就抽出两天时间,分别在华侨城社区和太古城社区为老年居民提供义务理发服务,风雨无阻,乐此不疲。

也曾有人问过他:"你这样每个月出去免费理发,不会影响自己的生意吗?"志忠却笑笑说:"有的老人出门理发不方便,平时可能是节省惯了,一看到店里的理发价格就默默离开了。我的手艺是师傅教会的,尽点社会义务,来给老人们剪剪头、理理发,也是师傅教给我的。这也是手艺人应该具备的美德吧。"

"解忧理发店"这个名字,大约是受到东野圭吾的畅销小说《解忧杂货店》的启发。一把电推子,几把剪刀,几把梳子,再加一块理发围布,志忠把"解忧理发店"免费开到了两个社区里,每个月两次给老人义务理发。

小小的理发店虽然面积不大,但每个月的第三个星期一,这里却门庭若市,老人们都在排队等理发,就跟志忠当学徒时,跟着师傅去社区里义务理发时的情景一模一样。志忠每次去都是一边理发,一边跟老人聊天、唠家常:

"老伯伯,天气冷了,要不要稍微留长一点?"

"小徐,没事,出门我会戴帽子。"

第十一章　总得有人去擦亮星星

"叔叔,今年过年,你回老家吗?"

"今年不回去啦,就在宁波过个热闹年。"

你问我答,笑语朗朗,人情怡怡。来这里理过发的老人都夸赞说:"解忧理发店,真的好解忧呀,剪去了烦恼丝,也理掉了不少烦心事。"

有一次,志忠来小区理发时,无意中听说,有一位80多岁的老伯也想理发,可是因为行动不便,下不了楼。

志忠听了,连忙说:"怎么不早说呢!这有何难!"说着,他就带着徒弟找上门去。

原来,这位老人的子女不在身边,他长年一人在家,因为腿脚不便,平时很少下楼走动。志忠得知这些情况以后,每次到这个社区来,都记得上门看看老人,需要理发时就理理发,不理发时就陪老人说一会儿家常话。

日子一久,老人把志忠师徒俩当成了自己的子女,每次他们来了,老人都开心得好像有说不完的话,还不断地塞些零食给志忠和他的徒弟吃。

有时候到了社区,排队等理发的老人较多,志忠得连续工作几个小时,腿脚都站麻了,甚至连喝口水的时间都没有。

到了吃饭的时间点,有的老人热诚地邀请志忠师徒俩去自己家里吃饭,志忠会半开玩笑地说:"这可不行啊老伯,这不成了有偿服务吗?我师傅可没这么教我呀!你看,我们自己带了盒饭。"

还有一次,徐志忠收到了社区的老人们联名写来的一封感谢信,信上说:"你们所做的善事,是关爱老人、关爱社会的表现,也是我们宁波爱心城市的一个闪光点。"

志忠特意把这封信念给徒弟们听,又真诚地叮嘱说:"说是闪光点,有点不敢当啦,但是义务给老人理发,是我当学徒学艺时,我的师傅连同手艺一起教给我的一个好传统,这是手艺人的美德。今后,你们也应该把这个传统传承下去,为更多老年人服务,同时也是为这座城市增添自己的一点光彩。"

徐志忠来宁波20年,坚持为老人义务理发20年,每年服务的人数超过800人。他带领的一支义务理发队,也成了在宁波家喻户晓的"明星志愿服务队"之一。

有市民说:"好师傅带出好徒弟,相信徐志忠也会像他的师傅一样,带出自己的好徒弟。这种优良的师风传承,也与宁波那些好家风一样,不正是整个城市风气的一个缩影吗?"

大自然是慷慨的。自然四季里,春有百花秋有月,夏有清风冬有雪,才不失为人间好时节。

而在一年四季的宁波街头或车站、机场,细心的人们会发现,除了大自然赐予的春花秋月、夏凉冬雪,还有"爱心汤圆""暖心坐垫""爱心粽子""爱心茶亭""暖心包子""爱心热粥"这样一些在别的城市也许比较少见的、极其特殊的城市景观。

说起来,这里的每一道景观,都算不上有多么宏大,却是那么细致贴心,暖人心扉。百姓灶火,人间情怀,借由平淡日常的许多小细节,表现得那么贴心、实在和温煦,谁能说这不是另一种城市浪漫呢?

先说"爱心汤圆"。宁波的汤圆,是全国闻名的,尤其是在春节和正月十五元宵节前后,无论是南方还是北方的人家,谁会不买几袋又糯又甜又细腻的宁波汤圆,作为佳节期间的食品呢?

可是,2020年1月17日这天中午,在宁波火车站,那些还在为春运工作忙碌着、没能回家团聚的工人,那些还在为生活奔忙着、没有踏上回

家的火车的旅客,或在自己的工作岗位上,或在候车大厅里,吃到了热气腾腾、软糯香甜的宁波汤圆。

原来,这是宁波的志愿者们特意为尚未返乡的外来务工人员送上的一碗碗"爱心汤圆"。这一天,70多位志愿者,提前选购了优质的汤圆粉和汤圆馅,忙活了几个小时,包了上万个汤圆,煮熟后,在第一时间分头送到了在车站坚守岗位的工作人员手中,同时也送到了在候车大厅候车的旅客手上。

14时45分左右,第一锅热腾腾的汤圆送到了宁波火车站候车大厅。家住云南的一位陈大哥,吃了暖心的汤圆后,高兴得合不拢嘴,连连夸赞说:"宁波的汤圆本来就非常好吃,这一碗汤圆,味道就更不一样了呢!"陈大哥说,他来宁波务工五年了,早就知道宁波汤圆很有名,也很好吃,却很少有时间去细细品尝。他在工地做事,不是啃馒头,就是吃简单的盒饭,还从来没去买过汤圆吃。他说:"都说宁波汤圆好吃,今天总算是吃到了,真的很好吃啊,太暖了!"

坐在陈大哥身边的一位姓王的大姐,双手接过志愿者送上的手工汤圆,把第一颗香甜的汤圆喂给了自己年幼的女儿,还笑着对女儿说:"这是宁波的叔叔阿姨亲手包的、煮的哦,宝贝,快给叔叔阿姨们鞠个躬,表达感谢哟!"

几乎在志愿者们送出"爱心汤圆"的同时,另一支志愿者队伍,也将一万多只"暖心小坐垫",送到了在宁波车站和机场等候回家的旅客手中。

"爱心小坐垫"是爱心志愿者们专为那些只买到了站票的回乡旅客准备的。"让宁波的爱与温暖,伴您回家。"这是与爱心小坐垫一道送到旅客们身边的一句暖心的话语。这项暖心活动,在宁波不是刚刚发起,而是已经默默坚持整整五年了。

万家灯火

30岁的王先生是贵州人,在宁波一家电子厂务工。因为没买到坐票,他要站近30个小时返回贵州老家。没想到,他也收到了志愿者送上的一个暖心坐垫。

王先生有点激动地说:"这是宁波送给我的一份特殊的礼物。礼物虽小,却格外温暖贴心,它会伴我踏上千里风雪路,温暖我一个冬天!"

老家在江西赣州的周先生,从舟山转道宁波,要坐火车回赣南。收到爱心坐垫,他甚感惊喜,连声道谢之后,立刻给暖心小坐垫拍了照片,发到了自己的朋友圈里,还留言说:感谢宁波人民送上的温暖!2020,有你不寒冷!

除了一万多只暖心坐垫,志愿者们还为有特殊需要的回乡旅客准备了许多"暖心小凳子"。

吴女士是一位年轻的妈妈,正要回云南老家过年。她的怀里有一个睡得正香的两岁小孩。收到志愿者送来的暖心小凳子,吴女士连连道谢:"宁波人真是太贴心啦!这把可爱的小凳子,我一定要带回老家收藏起来,等孩子长大一点,我要告诉他这把小凳子的来历,这是宁波的爱心叔叔阿姨送给我们的暖心礼物!我还要让孩子从这件小事上,学会如何去爱,如何去帮助别人。"

那么,"爱心粽子"又是怎么一回事呢?

原来,2020年端午节前夕,一位"爱心大叔"在路边散步时,偶遇了一位摆着小摊卖粽子的阿姨。大叔看到太阳挺晒的,阿姨在大太阳底下摆摊很不容易,便掏出钱包,一口气把摊位上的500多个粽子全都买了下来,送到自己所在的社区中心,也算是向默默守护社区安全的防疫人员,表达自己的一点心意。

2021年端午节又到了,这位"爱心大叔"还没忘记去年端午节时自己的爱心之举，就特意去超市购买了500个"爱心粽子"，再次送到了社区。

社区的党员志愿者收到"爱心大叔"的粽子后，立即行动起来，煮熟了粽子，每五个粽子打包成一份，然后由社区的网格书记带路，分批送到社区里一些孤寡老人和残疾人手中，向他们表达端午节的问候和祝福。

连续两年，小小的一串粽子，包裹和传递着的，是"爱心大叔"的美好情意。当社工问起这位大叔的姓名时，他连忙摆摆手，只是笑笑说："为社区默默付出的人太多了，这点小事，不足挂齿，只要能力允许，以后还会继续送的。"

端午节过去不久，宁波就进入了炎热的夏天。这时候，宁波街头又出现了一道新的景观——"爱心茶亭"。"爱心茶亭"是曾走红全国的宁波"爱心冰箱""爱心姜茶"的升级版，有人形象地称之为宁波"爱心冰箱"和"爱心姜茶"的3.0版。这又是怎么一回事呢？

事情得从2018年夏日出现在宁波街头的"爱心冰箱"说起。

2018年夏天，在八月骄阳暴晒着每一条街道，宁波全市进入持续高温天气的日子里，一桩前所未有的新鲜事出现在宁波街头：很多在户外坚守工作岗位的人，无论是快递员、外卖小哥、保洁员，还是环卫工等，在休息的时候，都可以随手拿到一瓶免费的冷饮。冷饮虽然不多，但足以给奋战在酷暑里的人们带来一阵清凉。

冷饮来自哪里？来自摆在街边一些阴凉的亭子下或是店铺门口便于拿取的"爱心冰箱"里。这些像出现在雨后草地上的蘑菇一样的小亭子，就是"城管义工便民服务点"；亭子下放着一台冰箱，上面贴有"免费为高温下的一线劳动者送清凉"的提示语；冰箱里面摆放着矿泉水、凉茶等饮品。

这种突然出现的"爱心冰箱"，自然每天都在吸引着来来往往的行人的目光。酷暑时节里,谁不青睐这些清凉的饮料?何况又是免费的。然而,只要仔细观察一下就会发现,来来往往的行人,驻足观看一下的不少,但伸出手去拿取这些免费冷饮的人却几乎没有。为什么?道理很简单,因为提示语写得很清楚——"免费为高温下的一线劳动者送清凉"。所以,来来往往的行人都很自觉,晓得应该把这些清凉的饮料留给真正的一线劳动者。

果然,人们看到,走到冰箱前去取饮料的,都是一些环卫工、快递小哥等户外劳动者。

"是谁想出的主意?这样的'爱心冰箱',多多益善!"一位路过的老伯站在一台"爱心冰箱"前仔细地看过后,笑着对旁边的人说,"确实应该专门留给环卫工和外卖小哥们解解暑,相信一般的市民再渴再热,都不会拿去喝的。"

这些"爱心冰箱"都是由宁波市城管义工协会发起,宁波的一些爱心企业捐赠的,一夜之间就摆放到了全市各个区的一些户外工人较多的点位上。例如,市中心城区共放置了5台"爱心冰箱",其中有3台冰箱放置在中山东路金光百货、樱花公园、中山东路和沧海路交叉口附近,还有2台放置在翠柏一里的两处地方。

因为是这座城市里的又一桩新生事物,出现在2018年夏天里的"爱心冰箱"数量虽然不是很多,但不少人都为这件事点赞:冰箱虽少,却测试出了一座城市的爱心、人性化和文明程度。

到了2019年夏天,"爱心冰箱"又如约而至,而且数量远远超过了2018年。不仅数量增多了,还有了升级变化,那就是:夏天有冰水,冬天有姜茶。一瓶冷饮,一碗姜茶,让无数普通的劳动者真切感受到了一座城市的凉爽与温暖。

第十一章　总得有人去擦亮星星

2019 年夏天,除了在固定点位放置的冰箱,宁波市城管义工协会还推出了"移动式爱心冰箱"——志愿者们推着装满冷饮的"爱心冰箱"穿过大街小巷,直接把清凉送到坚守在工作岗位上的户外工人手上。

"爱心冰箱"不仅受到一线劳动者的青睐,也吸引着越来越多的市民、爱心人士和爱心企业参与进来,有的出钱捐赠冰箱,有的加入义工志愿者队伍。宁波市慈善总会也把"爱心冰箱"作为一个独特的公益项目,专门设计了公募支持方案,发动市民通过专用账户参与爱心捐赠。

2020 年和 2021 年,"爱心冰箱"变身为更多的"爱心茶亭",几乎遍布宁波街头 —— 也就是市民们戏称的"爱心冰箱""爱心姜茶"已经升级为 3.0 版。

"爱心冰箱"变身为"爱心茶亭",可以保证长年有温开水和凉茶供应,户外劳动者只要有需要,随时都可以便捷地取饮,真正做到了"夏奉凉茶,冬送姜茶"。

在海曙区苍松路的一个"爱心茶亭"里,几位环卫工围坐小憩,有的在擦着满头的汗水,有的在取饮凉茶,有的在与志愿者攀谈,看上去真有点"茶亭小歇"的惬意感。

宁波市慈善总会的一位工作人员介绍说,自 2018 年夏天"爱心冰箱"首次出现,到目前已经成功升级和转型为"爱心茶亭",至少有 4 万多人次参与捐赠和义务奉茶。

例如,宁波常山商会北仑组的一位徐先生,给市城管义工协会写信,表达了提供服务点位、共同参与夏日送清凉的意愿。工作人员经过实地查看,为徐先生选定了北仑区甬江路宝轩楼 422 号,作为一个新的"爱心茶亭"的设置点。像这样的例子,实在是不胜枚举。"爱心茶亭"的做法也赢得了全国不少城市的关注和效仿,并且获得了浙江省最佳志愿服务

 万家灯火

项目、宁波市宣传思想文化创新奖等荣誉。

在宁波海曙区,还有一群老人5年里送出8万份热腾腾的"爱心粥",这个故事也是家喻户晓,成为街头巷尾的一桩美谈。

这些年来,每到冬天,几乎每一个天色刚刚发亮的清早,"百岁粥坊"的负责人周惠英奶奶就和另外几位志愿者阿姨一道,忙忙碌碌开始煮粥了。

"百岁粥坊",一看这店名就知道,是一群老人开的热粥铺子。2015年6月,海曙区鼓楼街道文昌社区25位平均年龄66岁的居民志愿者,与社区热心居民一起,众筹了9万多元钱,在社区党员服务中心开起了这个"百岁粥坊"。每周一至周五,粥坊为社区70岁以上老人、环卫工人以及需要照顾的群体,提供免费早餐。

每天清晨,阿姨们就会按照一斤大米、一斤黄米加上三两玉米粒的比例,熬好一大锅热腾腾、香喷喷的杂粮粥,再蒸上馒头,摆放好碗筷和座椅,还要配好酱瓜、羊尾笋和腐乳等小菜。

早上5点30分,很多市民和上班族可能还未起床,"百岁粥坊"早已迎来自己的第一批"特殊的顾客"。说是特殊,因为他们全是上早班的环卫工人。这些环卫工人都在这个社区附近作业。几年来他们已经形成一个习惯:只要走进小小的粥坊,在登记本上签一个名字,就能坐下来吃上一顿热气腾腾的早餐了。

因为粥坊面积不大,有的环卫工端了粥碗,拿了馒头,就在外面的环卫车上简单吃完,也有的吃完后还会帮晚来的工友捎带一份。

大约两个小时后,街头赶早班的人逐渐多了起来,"百岁粥坊"却已经结束了一天的营业,忙碌了3个多小时的周奶奶和志愿者阿姨们,也

可以摘下口罩,收拾一下桌上的碗筷,稍微休息一下了。

让一些高龄老人、辛苦的环卫工和需要照顾的特殊人群,在寒冷的冬天的清晨,喝上一碗热气腾腾的杂粮粥,不仅暖胃,而且暖心。这是"百岁粥坊"开办的单纯的想法。没有料到,小小的粥铺一发而不可收,坚持开张了5年多,已送出了8万多份热粥,成为在宁波海曙闻名遐迩的"暖心粥坊"。

常年在这个粥铺忙里忙外的,都是住在文昌社区的一些热心的老居民。在粥坊里,他们被戏称为"跑腿老哥"或"跑腿老姐"。

文昌社区是个老社区,里面居住着不少老年人,有的已经90多岁,甚至上百岁了。93岁的邵爷爷,一说起"百岁粥坊"就夸个不停。邵爷爷从2016年开始,每天早上6点多就来到粥坊喝粥。随着邵爷爷年事越来越高,腿脚不方便了,粥坊的"跑腿老哥"和"跑腿老姐"就轮换着值班,风雨无阻地送粥上门。有一次遇到台风天,小区内好多条道路积了水,这些早就不再年轻的"跑腿"志愿者,依然蹚水上门,给被困家中的邵爷爷送去了热粥。

"我们小区里有上百岁的老人,有瘫痪在床的患病老人,这些年来已经形成了传统,早餐全由我们负责。"70多岁的"跑腿老哥"陈爷爷说,"不要以为,我们上门仅仅是送去一碗热粥。那可不一定呢,老人家有个头痛脑热的,我们就捎带着探望了,包括陪他们聊聊家常什么的,这也算是一种社会关爱吧!"

谁说一碗热气腾腾的米粥不能温暖一座城?"百岁粥坊"空间虽小,但每个冬天的清晨,从小小粥坊里闪耀出来的灯火,难道不是这座城市最美的灯火吗?从小小的饭桌上传来的欢声笑语,难道不是这座城市最暖心的声音吗?

 万家灯火

2021年4月29日,"浙江好人榜"名单揭晓,来自宁波北仑区的"新北仑人"黄小琴入选。其实,黄小琴早在2015年就是宁波家喻户晓的爱心名人了。她是北仑区新碶街道玉兰社区的一个普通的个体营业主,作为"新北仑人",小琴和丈夫经过数年的辛勤打拼,在北仑城区有了自己的一家酒吧,小琴当了老板娘。

从2015年腊月开始,每年临近春节的时候,她和丈夫王雪明每天凌晨4点钟不到,就起来忙活开了——就跟我们前面讲到的那位周奶奶,带着一群阿姨在"百岁粥坊"里忙活着一样。

小琴家的灯火,也和周奶奶他们小小的粥铺里闪耀出来的灯火一样,最早点亮了这座城市每一天的黎明。

小琴和丈夫每天起大早忙活的,也不是自己酒吧的事情。夫妻俩和面擀面、做包子、蒸馒头、熬粥,都是为在附近务工的40多位环卫工人,准备好一份热腾腾的免费早餐。

从2015到2021年,整整6年了,每个腊月都未间断。

2019年12月17日,央视《新闻直播间》曾以"冬日爱心早餐,为环卫工人送温暖"为题,报道过黄小琴夫妇的故事,温暖了很多人。从那时起,黄小琴就被网友亲切地称为"宁波好人"。当时她的"人间送小温"行动,已经坚持4年了。

2015年,她报名加入了新碶街道的巾帼志愿者队伍,成为一名志愿者。因为多次参加为环卫工人送温暖的活动,她的内心受到极大的触动。"环卫工人从凌晨就开始工作,冬天这么冷,如果能让他们吃上一顿热乎乎的早餐,一定可以暖和一点。"她最初的想法就是这么朴实和简单。

果然,从那以后的每年腊月里,几乎每天凌晨4点左右,整个城市还在冬夜的梦中,大街小巷里空无一人,沿街的店铺都还没有开门营业,在

第十一章　总得有人去擦亮星星

北仑岷山路上,小琴夫妇经营的这间小小的酒吧里,已是热气腾腾,灯火通明。

走进店堂吃早餐的,全是这一带的环卫工人。他们就跟坐在自己家里一样,不时地和小琴夫妇打着招呼,"老板""老板娘"地亲切地叫着,在温暖的气氛里,享受着一份温热和丰盛的早餐:白米粥、杂粮粥、包子、馒头、年糕汤,花样还真不少呢!

"我是第三年来这里吃早餐了,老板两口子非常有爱心,他们也很辛苦,这么早起来给我们准备丰盛的早餐,很温暖。"金明德师傅每天凌晨3点多就出门开始清扫工作了,清理完包干的路面后,就前来吃早餐。他说,早上出门太早,附近早餐店都还没开门,多亏了这夫妻俩的爱心早餐,暖胃又暖心。

环卫工们吃完早餐,都不约而同地自己把餐具清洗干净,放回原处,然后道一声谢,继续清扫马路去了。

这件事默默地几年做下来,小琴对自己的选择又有了进一步的认识和理解。她说,他们夫妇俩做的这件事情,其实,许多人也不难做到。对环卫工人的小小善举,不仅是在提醒大家要尊重、关爱环卫工人,也在提示大家,农民工、餐厅服务员、门卫、路边小贩,甚至无业游民和流浪者等,都不应该受到歧视。一座温暖的城市,应该让所有需要帮助的人都感受到她的温暖。只要人人都能伸出温暖的手,就能更好地去尊重、保护和帮助这类人群,让他们有尊严地、体面地生活在一个温暖的社会大家庭里。

在中国的每一座大大小小的城市里,我们每天都能看见那些默默工作着的、辛苦的环卫工人,他们每一天都在太阳升起之前就早早地起床,开始一天的劳作,这也是每一座城市的生活日常。我们不必要求每个人都能像黄小琴夫妇那样,数年如一日地为他们做早餐、送早餐,送上热气腾腾的温暖。但是,带着尊重的感情,投去温暖和关注的目光,必要时伸出你的双手,去为他们搭一把手,却是人人都能够做到的。

一盏灯火,引出万家灯火;一颗星星,点亮整个夜空。

在黄小琴温暖的故事的感召下,越来越多的志愿者团队和志愿者,纷纷加入"人间送小温"的行列。小琴的酒吧平时也有不少外国朋友光顾,时间长了,他们也就成了朋友。有几位"老外"听说了黄小琴的故事,都向她表达真诚的敬意,鼓励她要坚持下去。有的外国朋友还特意买来一些水果放在酒吧里,让小琴给环卫工人加餐。

"只要身体吃得消,会一直做下去!"这是黄小琴面对全国观众做出的承诺。在她的心里,有一个简单的、也是坚定的信念,挥之不去,那就是:人的一生总要干点有意义的事情,等到老了回味起来才觉得有意思。

是的,无论生活是怎样的苦涩与艰辛,毕竟还有一些我们所爱的事物,是能够用我们的双手和心灵,让它们变得更为美好和温暖一些的。我们珍爱自己的城市,怀念自己的故乡,并且在每一天太阳落山的时候,对新的明天总是充满最大的希冀。所以,我们就更应该真实地去热爱这个世界、这个国家和社会,包括它的全部悲苦;我们更应该真诚地去接纳和面对生活的每一天,包括它全部的苦涩和艰辛。

美国插画家谢尔·希尔弗斯坦在《总得有人去擦擦星星》这首诗歌里这样写道:

总得有人去擦擦星星,
它们看起来灰蒙蒙。

第十一章　总得有人去擦亮星星

> 总得有人去擦擦星星,
> 因为那些八哥、海鸥和老鹰,
> 都抱怨星星又旧又生锈,
> 想要个新的我们又没有。
> 所以还是带上水桶和抹布,
> 总得有人去擦擦星星。

一座明亮和温暖的城市,总会有一些人带着水桶和抹布,搭起智慧、乐观和爱心的梯子,擦去蒙在星星上的灰尘。

在宁波,还有不少这样的故事:有的人或是在童年和少年时代,或是在遇到什么困境的时候,得到了像"顺其自然"那样的爱心人士的资助,包括从慈善总会那里得到了资助,渡过了难关,走出了困境。当他们长大后,有了一定的工作能力,有的还创出了自己的一番事业,这些人往往最懂得"知恩图报",就开始用自己的力量去回报社会,像接力赛场上的人接过了接力棒一样,继续传递爱和温暖……下面这个关于"宁波好人"严妍娜小姐姐的故事,正是众多擦星星者故事中的一个,没有什么曲折的情节,却也同样映照出一座城市大爱闪耀的光芒……

2020年11月13日,年度7—10月"宁波好人"发布仪式暨宁波市道德模范与身边好人现场交流活动,在余姚市丈亭镇三江小学校园里举行。在这次发布会上,21岁的女孩严妍娜,获评"宁波好人"称号。妍娜的故事,被人们传颂为"小候鸟"长大后守护"小候鸟"。这是怎么一回事呢?

原来,严妍娜是浙江衢州人,爸爸妈妈都在宁波务工。小妍娜在念小学四年级时,宁波江北区梅堰社区开办了一个"小候鸟夏令营",小妍娜成了这个夏令营的第一批营员。

夏令营是小妍娜盼望许久的一个梦想。她盼望着，夏天到了，该放暑假了吧？放了暑假，如果能和小伙伴们一起，举着美丽的营旗，穿上漂亮的营服，去过一个有夏令营的暑假——到青青的山谷间去野炊，去露宿，去点起篝火，唱歌、朗诵、手拉手地跳舞……那该有多美啊！

然而，"小候鸟夏令营"并没有她梦想中的夏令营那么浪漫。因为没有充足的教师资源，也没有足够的活动场地，十几个营员小伙伴，倒像是一群"小候鸟"，只能遥望着高远的夏日的天空，看着那些真正的候鸟往远方飞去，而他们却只能聚集在一间不到20平方米的小教室里，听听社区里的叔叔阿姨讲讲课，然后再和小伙伴们一起做做暑假作业。

不过，严妍娜是个晓得事理和懂得感恩的孩子，她知道，大人们都在为生活和工作奔忙，能想到为孩子们开办这样一个"小候鸟夏令营"，已经十分难得了。所以，虽然没有开阔的山谷和营地，也没有漂亮的营旗和营服，但是在"小候鸟夏令营"里度过的一段时光，仍然让妍娜觉得十分开心。

"爸爸妈妈经常加班，我就在社区里做手工，听大学生姐姐教绘画课，还有警察叔叔，也来给我们讲暑期里怎样预防溺水的自我保护课，我们还跟着老师们去敬老院为老人唱歌，送上我们的手工小制作。所以比起一个人留守在家里，这样的夏令营还是十分有趣的，小伙伴们相聚在一起，都感到这个夏天很充实、很快乐哦！"妍娜这样说。

让小妍娜自己也没有想到的是，四年级时参加的这个"小候鸟夏令营"，就像一粒梦想的种子悄悄落地了，有一天竟然突然发芽、开花了。

转眼间，严妍娜已经成了一名高中生。每个夏天，一放暑假，她就回到留下了自己成长的小脚印的梅堰社区，在一年一度的"小候鸟夏令营"里做一名志愿者小姐姐。这一做，不知不觉，竟然持续了六七年！

"只因为小时候,我一直受到社区里的叔叔阿姨们的照顾,这份温暖一直留在童年的记忆里,从来没有消散。同时,有一个心愿也在脑海里挥之不去,就是希望能把这份温暖、快乐和幸福继续传递下去。"在谈到自己回到社区,来为新一茬"小候鸟"做志愿服务的时候,严妍娜愉快地回忆道,"记得有一次,在宁波大学的小哥哥、小姐姐们给'小候鸟'们开设的培训班里,他们那么认真、仔细地辅导我功课,我当时就悄悄地想过,要是也能像这些小哥哥、小姐姐一样,成为有力量、有理想又有爱心的大学生,该多美呀!结果,几年之后,我竟然如愿以偿、梦想成真,顺利地考上了宁波大学,有幸与当时的学长学姐成了校友。现在回想起来,可以说,我所有的成绩,都是'小候鸟'活动启蒙教育下的成果。"

"一茬茬、一批批'小候鸟',都是这样长大的吗?"

"没错呀!等到自己长大了,才体会到在'小候鸟'这三个字里,原来早就带有些许的期盼,隐含着'诗与远方'的期许。不是吗?"

严妍娜在宁波大学读书期间,选择了学前教育专业,因此,绘画、舞蹈、音乐等,都是她为自己打下的基本功,也是她所擅长的。现在回到社区,这些基本功正好可以发挥作用,教给新一茬的"小候鸟"们。

到底是学前教育专业的大学生,妍娜给"小候鸟"们讲起故事来,绘声绘色,寓教于乐。笔者去采访她的时候,她正在给"小候鸟"们讲一个"小鸟学飞"的故事,"小候鸟"们一个个听得津津有味,仿佛自己也变成了学飞的小鸟。他们亲切地称妍娜为"小严姐姐"。

"小严姐姐,我可以用黄颜色涂这个画吗?"

"可以的,不过,我觉得用蓝颜色会更好看哦!"

"小严姐姐,我想画一个鸟妈妈。"

"好主意!记住,鸟妈妈身边,一定要画上小鸟宝宝哦,不然,鸟妈妈很孤单呀!"

温柔的小姐姐对"小候鸟"们提出的各种要求,总是耐心地解答,而且循循善诱。

"和'小候鸟'们在一起,是不是像重新返回了童年一样?"笔者笑着问道。

"有一点这样的感觉,但又不完全是。"妍娜笑着说,"那时候得到了太多来自社会的关爱和照顾,现在轮到我们上场,回报社会了,哪怕力量微薄。"

"孩子们都很'迷'你嘛!"

"这一点跟我小时候记忆里的感受是一样的。我只不过是在继续把一种美好、温暖的感受传递下去。比如,那时候在'小候鸟夏令营'里参加过拾垃圾的活动,现在,我仍然会带着孩子们一起参加环河拾垃圾活动,和孩子们一起去感受环卫工人的辛苦。当'小候鸟'们踮起脚,亲手为环卫工叔叔、阿姨戴上手工草帽的那一刻,我相信,在他们的心里,一定也会像小时候的我一样,埋下一颗颗爱心的小种子……"

"是呀是呀,总得有人去擦亮星星。"

"擦亮星星我未必能做到,但是只要有这个愿望,总比没有好吧。"

从这些对话里可以感受到,妍娜的想法和表述,也很简单和朴素。

当媒体记者问到她当选"宁波好人"的感受时,这个心地善良、性格开朗的女孩,面带羞赧地说道:"太意外了!我从没想到,就因为做了这么一点点小事,就能成为'宁波好人'。我只能把这份荣誉当成是对自己的鞭策和激励。小时候的我,是一个幸福的承载体;长大后,我希望自己能成为一名幸福的接力者和传递者,让更多生活在这座城市里的'小候鸟',像我一样被滋润、被呵护,获得飞翔的力量和信心。如果可能,也在孩子们心里播下更多温暖的、美德的小种子。谁言寸草心,报得三春晖。现在,真的是轮到我们这一代人回报社会和国家的时候了。"

美丽的甬江是940万宁波儿女的母亲河。甬江是一条古老的河流,古称大浃江,至今已流淌了6000年左右,是我国东海的独流入海河流,也是浙江省八大水系之一。甬江由上游的奉化江和姚江两支水流汇合而成,因宁波简称"甬",所以宁波市区三江口以下的河段习称为甬江。

甬江没有什么大起大落和湍急的水流,但她日复一日地向前奔流,伴随着一年年的柳色秋风,永不停息,滋润着两岸肥沃、富庶和宁静的城市和乡村。

这条慷慨无私的母亲河,在平阔的息壤之上,让940万勤劳、善良和智慧的儿女子孙开垦耕种,相亲相爱,繁衍子嗣;让他们绣织、高歌、欢舞,创建自己浪漫的文化和史诗;也让他们挑战曾经无比艰辛和悲苦的命运,沿着甬江走出去,走向大海和远洋,去追寻属于自己的希望和未来。

哦,美丽的甬江,温柔的甬江,从你这里,人们看到了一条大江赋予自己的儿女的温润与包容、开阔与恢宏;从你这里,人们看到了祖先们生命中的自强不息与坚忍不拔;从你这里,人们也看到了一个伟大的民族虽然历尽艰辛和挫折,却又生生不息、不断浴火重生的向心力、凝聚力和创造的伟力!

第十二章

延续生命之光

没有在沙漠上跋涉过的人,怎会懂得每一滴水的珍贵?在无比干涸、沙粒滚烫的沙漠上,一滴水就是一滴生命的甘露,而价值再昂贵的黄金,对于干渴的人们来说,也不过是一撮尘土;没有在茫茫的长夜里行走过的人,怎会懂得一星灯火、一间茅屋的珍贵?在风雪弥漫的寒夜里,在漫无尽头的长路上,远远的一星灯火,在山脚下,在小村边,如有若无,闪闪烁烁,就像是引导着你的一抹曙色,会顿时给你送来无穷的力量和信心,让你看到前行的希望……

2020年11月20日,多年来饱受病痛折磨的沈志远老人,走完了生命的全程,安详地闭上了双眼。

沈志远老人毕其一生,专注地只做着一件事情:从事镇海民间文化的搜集、整理和研究工作。1988年,沈志远被国家文化部授予"民间文化集成奖";2010年,浙江省委宣传部授予其"优秀民间文艺人才"称号。他因此被誉为"镇海文史第一人"。

第十二章　延续生命之光

笔者特意找到了一部精装本的《中国民间文学集成·浙江省宁波市镇海区卷》（1988年8月印刷），主编正是沈志远先生。这部民间文学资料集内容翔实、丰富，除了故事、歌谣、谚语三卷正文，还有序文、前言、凡例、后记，想必书中的每一篇民间文学文本，都经过了沈先生的审阅，浸透了他的心血。这部民间文学资料集，如今已经成为老人留给家乡镇海的一份宝贵的民间文学遗产。

沈先生主编这部民间文学集成的年代，电脑还没有普及，所有的文字资料想必都是手写抄录的。老人退休后，才慢慢地摸索着学会了使用电脑打字，录入资料就方便多了。他在电脑里录入和保存了数十万字的镇海文史资料和新的民间文学口述资料。

这部集成里，也保留了沈先生自己在20世纪80年代搜集和记录的一些鲜活的充满乡土生活气息的时政类歌谣，可使后来人从某些侧面了解自己家乡曾经的历史和生活景象。

就是这样一位一辈子从事群众文化普及工作的老人，在生命的最后时刻，又给自己所热爱的这座城市留下了一份最后的奉献——他的家人按照沈老生前夙愿，将老人的遗体和角膜捐献给了医院，用于医学科学研究。

沈志远老人的家人在整理他的遗物时发现，老人捐献遗体的想法由来已久。

"爷爷每次去上海复查颈椎时，医生都会留下他的核磁共振片子向学生讲解。这个细节爷爷看在了眼里，他曾跟我们说，他的颈椎以后对医学研究是有作用的。当时我们都没有领会他的意思，现在想来，他那时就已经有这种想法了。"老人的孙女沈雯雯回忆道。

沈志远晚年因为颈椎压迫神经，前前后后做了4次开放性手术，备受病痛的折磨。2019年底,77岁的沈老又被查出患上了肺癌。

那时候,他跟自己最亲的孙女雯雯透露了自己死后想捐出遗体的想法。但这个想法,当即遭到了全家人的一致反对。出于对老人的敬爱与孝顺,全家人没有谁能接受这个想法。

但老人好像早已拿定了主意。最后一次化疗做完时,他似乎预感到自己的状态已经不是很好了,就又一次跟雯雯提出,希望他们到时候满足他的心愿,捐献出遗体,为医学研究尽一点贡献。

老人搞了一辈子民间文学,对生老病死和所谓前生今世,有着足够的乐观豁达和科学理智的心理准备。

"你们就当最后一次帮我一个忙啦,了却我最后一个心愿,我就可以无牵无挂、飘然而去了。"老人的心态,豁达而明亮。

最终,同样也是出于对老人的敬爱和孝顺,家人再三商量,决定满足老人最后的夙愿,帮他完成生命"最后的馈赠"。

2020年7月,镇海区红十字会工作人员上门为老人做了遗体捐献登记。11月20日,老人离世后,宁波市眼科医院的医生怀着崇敬之心,轻轻取下了老人的角膜;同时,杭州师范大学医学院的专家也肃立在旁边,满怀敬意地接收了遗体。

沈志远的儿子沈炎惠这样回忆和评价自己的父亲:"我的父亲勤勤恳恳地工作了大半辈子,老年时却有二三十年时间一直被疾病折磨着,亲眼看到了很多人饱受病痛之苦。父亲一生为人正直、善良,也常常用知恩图报的家风教育后辈。父亲说过,如果没有新中国发达的医学和公费医疗条件,他可能30年前就瘫痪了!所以,他做出捐献遗体的决定,是他一贯的人格和境界的最后表现,这也是一种'顺其自然'吧。当然,这也是父亲在生命最后时刻,选择对国家、对社会的一种回报方式。"

第十二章　延续生命之光

"爷爷的角膜能给患者带去光明，他这个决定是非常伟大的。爷爷的举动对我们后辈的人生观和价值观的校正，都是一种风范，一种很好的启发。"沈志远的孙女雯雯也这样说道。

沈志远老人是镇海区第18例成功完成眼角膜捐献，第19例完成遗体捐献的志愿者。至此，镇海区的遗体和角膜捐献登记志愿者，已达400余例。

就在沈志远老人完成眼角膜捐献和遗体捐献后的第四天，2020年11月24日上午，在宁波市第一医院，经过两个半小时的血细胞分离采集，37岁的张彬成功完成了造血干细胞捐献，成为浙江省第631例、宁波市第111例、鄞州区第22例造血干细胞捐献者。

张彬是土生土长的宁波人，已经有很多次无偿献血的经历。2019年一次无偿献血时，他第一次了解到造血干细胞捐献的知识，当天就毫不犹豫地同意将自己的血样纳入中华骨髓库。

此后，张彬一直在悄悄期待着，自己的造血干细胞能有发挥作用的那一天。2020年8月，鄞州区红十字会接到了上级部门发来的一个初配信息。这份信息中的初配目标正是张彬。

鄞州区红十字会立即联系到了张彬。"一切都必须出于完全的自愿。请你认真考虑，是否愿意捐献。"红十字会工作人员在电话里问道。

"我想象过好多次这个时刻，但没有想到这个时刻来得这么快！"张彬初听到这个消息的瞬间，竟然有点不小的激动，甚至有一点像突然中了彩票的感觉。他爽朗地没有丝毫犹豫地答复道："没有问题，我当然愿意捐献。"

在等待最终的高分辨配型确认的这段时间里，将心比心，作为儿子的张彬,也不免有点担忧:他的父母亲年纪大了,他们对造血干细胞捐献的知识几乎为零,那么父母亲能理解和同意他的选择与决定吗?

出乎张彬意料的是,深明大义的父母亲,对张彬的选择没有太多的疑虑,更没有半点责怪之意,只是轻声地问了几句:捐献后对身体会不会有影响?

"不会的。简单地说,就跟我每次的无偿献血一样,但比献血的作用要大得多。"他这样安慰着父母亲。

对自己的妻子和两个孩子,他当然也不能隐瞒。"你们想想看,从茫茫人海里,从无数份的血样中,我能被选中,是不是有点像中了彩票的感觉?多难得的一次机会哪!有多少人想被选中却硬是没有这份幸运和这个缘分呢!"

妻子和孩子竟然被他的话逗笑了。

"老爸威武!"两个孩子说,"老爸,你是我们的偶像!"

"哈哈哈,偶像不敢当啊,但老爸第一次有了一点'英雄'的感觉了。"张彬笑着对孩子们说。

"你就嘚瑟吧。"妻子的心里也有着满满的自豪感。

"老爸,你的干细胞会输送到一位男性还是女性身上呢?"

"老爸,你知道对方有多大年纪,是哪里人吗?"

孩子们的好奇,其实也正是张彬所好奇的。"这该是怎样一种奇特的缘分啊,才能让素不相识的两个人的血液,流淌在一个身体里!"在等待高分辨配型的过程中,张彬也曾在脑海里无数次地想象过。

他在热切的等待以及甚至有点煎熬的感觉中,度过了60多天。两个月后,高分辨配型成功的好消息终于传来了。

"生命是神奇的,生命至上,没有什么比挽救生命更重要的事情了。"

第十二章 延续生命之光

张彬一接到通知,脑海里划过的只有这个想法。

不久后的一天,在医院洁白的病床上,张彬亲眼看着从自己右胳膊上抽出的殷红的鲜血,进入了血液分离机,经机器提取分离造血干细胞混悬液后,剩余的血液成分又回输进左胳膊……

这一刻,不时地闪过张彬脑海的是另一个画面:自己的造血干细胞,被无声地注入另一个人的身体,开始在他或她的体内流淌、循环,创造着鲜活的生命的奇迹……

"从血样入库到造血干细胞捐献,只间隔了几个月,挺让我意外的,但也异常激动和开心。"事后,张彬这样对笔者说,"一方面,我获得了一个难得的机会,可以挽救一个血液病患者,为一个处在困境和绝望中的家庭带来一份希望;另一方面,我自己也是两个孩子的父亲,我的选择,无疑可以给两个孩子树立一个正能量的父亲形象,让他们懂得,要做个善良的人,有责任感和同情心的人。'我为人人,人人为我',帮助他人,也就是在帮助自己。"

一个月后,2020年12月31日,又发生了这样一幕:

一位曾经因为接受了好心人的肾脏捐献而幸运地获得重生的父亲,在自己最疼爱的女儿不幸遭遇意外脑死亡后,竟然主动提出,捐献女儿的器官,从而延续了三位重症患者的生命,同时还使两位眼角膜需求者重见了光明。父女俩用无言的生命,谱写了又一支知恩感恩的深情之曲。这个关于生命与爱心的故事,也深深嵌入了宁波这座爱心之城的记忆档案……

这天上午9时30分,在宁波市第二医院的EICU病房里,王师傅最后一次轻轻地抚摸着女儿的脸庞,喊着平时对女儿的昵称,喃喃说道:

"淑宝呀,你是爸妈的孝顺女儿,也是街坊邻居们谁见了都会夸奖的懂事孩子,请你原谅爸妈做的这个决定,你不要怪我们呀!你的生命,从今往后就在5个家庭的新生命身上,延续下去了……"

王师傅夫妻俩都是江西省乐平人。16年前,28岁的王师傅被查出患有尿毒症。王师傅是家里的顶梁柱,除了无助的妻子,还有一双年幼的儿女。不难想象,如果他不幸被恶疾击倒了,那他们这个家,除了将变得不再完整,而且很可能从此陷入深深的困境之中。

"不,我不能死,不能死啊!妻子和孩子,都不能没有我啊!"一定要活下去的信念,一直在支撑着王师傅,虽然度日如年,但他终归没有倒下去。

就在王师傅几乎快要走投无路、对自己的生命渐渐无法掌控的时候,一个爱心捐献肾源的消息,从医院里传来!这个消息就像一场及时雨,滋润和挽救了一个濒临绝望的生命,还有一个手足无措的家庭。

王师傅是幸运的。他在鄞州二院成功接受了肾移植手术后,身体慢慢得到了恢复。16年了,除了每月一次要到医院随访复诊,王师傅像正常的健康人一样,和妻子、儿女一起,过着平静和温馨的家庭生活。屈指算来,他们一家来宁波生活已经有30年了。王师傅凭着一门理发手艺,在海曙区开了一个小理发店,以此养活一家四口。

可是,谁也没有料到,眼看着儿女都已经长大成人,21岁的女儿王淑也已经大学毕业,还考取了教师资格证,准备参加来年的事业单位招聘考试……就在这时候,一场变故,给这个从深重的灾难中走出来的家庭,又带来了迎头一击:王淑因为遭遇意外而导致脑死亡,再也无法醒来!

这个噩耗对王师傅一家人来说,有如五雷轰顶!在听到噩耗的那一瞬间,王师傅摇晃着身子,赶紧扶住了墙角,才没有倒下去。

第十二章 延续生命之光

白发人送黑发人,人间的至痛莫过于此。一连两天两夜,王师傅双眼通红,眼泪早已流干了。"我的命真的太苦了,太苦了!老天爷你不长眼啊!我宁愿你把我带走,把我的女儿留下啊,她还只有21岁哪……"

然而,死者长已矣,活着的人,还得继续生活。王师傅和老伴翻来覆去地想了整整一夜,最终做出了一个极其痛苦的选择——也是一个让人意想不到的选择。

"我是从几乎绝望的等待中走过来的人,没有好心人的肾脏捐献,哪有我的今天?我最清楚等待移植是什么心情,什么叫作获得了'第二次生命'。"王师傅对二院的医生说出了自己的心里话,"淑宝再也醒不过来了,但她的器官还有用!淑宝从小就是个善良的、有爱心的孩子,如果她的灵魂有知,我相信,她一定会理解爸爸和妈妈做出的决定。"

接着,一个令人吃惊的巧合发生了:当鄞州二院OPO主任章娉医生得到消息,第一时间赶到华美医院时,王师傅一眼认出了这位章娉医生,惊讶地问道:"你就是当年在病房里照顾我的那位护士吧?16年了,我一直记得你!"

王师傅的话,瞬间唤起了章医生的回忆。

"真是难以置信哪,王师傅,当年你是一名受捐者,今天你选择了爱的回馈的方式。"回忆起当年的经历,章娉感慨万分,对王师傅夫妇做出的抉择,也充满了敬意。慎重起见,章医生和她的同事们再次把器官捐献流程和捐献政策等,一一告知了王师傅一家。

最后,王师傅抑制着自己内心的悲伤,对章医生他们说道:"这个决定,我们全家人已经考虑再三了,现在就确认签字吧。"

"淑宝,爸爸妈妈不会忘记你的,你安心地去吧,这样也是你最好的归宿。"在移植手术前,王师傅夫妻俩来到病房前,最后一次摸了摸女儿的脸庞,还有双手和双脚,流着泪水跟女儿做了最后的告别。

王师傅的妻子还拿出几件衣物,跟医护人员交代说:"这件外套和这条围巾,是淑宝几天前才买回来,准备过年穿的,拜托你们给孩子换上、围上,让她穿着上路吧。"

就这样,在2020年的最后一天,年轻的王淑成为宁波市第237例器官捐献者。她的生命虽然停止在了21岁的芳华年龄,但她献出的一肝两肾和一对眼角膜,很快就移植到了五位患者身上,给5个家庭送去了新的希望和永远的光明。

在宁波,如果你向一些市民问起,有没有听说过林萍的故事,不少人一时间可能会有点茫然。不过,当你提示一句:"就是那位捐献出了自己半叶肝脏,挽回了一个小女孩的生命的林萍……"有的市民立刻就会跷起大拇指说:"哦,你说的是这位林萍呀,晓得的,晓得的,阿拉宁波的'浙江骄傲'人物哦!"

2010年1月16日,"浙江骄傲——2009年度十大最具影响力人物"评选颁奖典礼,在浙江省人民大会堂举行。林萍是获奖者之一。她是中国太平洋人寿保险宁波分公司镇海支公司的一名职员,她的故事,要从2009年春天说起。

2009年4月,林萍从镇海老家的亲人口中得知,同村的一个只有十几岁的小女孩徐洁,患了一种叫"肝豆状核变性"的病,且已到晚期,只有尽快进行肝脏移植手术,才有希望活下去。但令人焦虑的是,经过医院筛选和检查,小女孩的近亲中,没有一个人的血型和肝脏,能与她匹配,所以,手术无法进行。眼看着一个像小小花蕾一样稚嫩和芬芳的小生命,濒临岌岌可危的状态,时间在一天一天地流逝着……

第十二章 延续生命之光

"每个孩子都是家乡的未来,是祖国的明天和希望,我们得想法救她!"心地善良的林萍一听说这件事,当即对家人说,"要是我的血型和肝脏能跟她相合的话,我愿意捐肝救她。"

事不宜迟,林萍随后就去医院接受了血型和肝脏的配对检查。

检查结果很快就出来了,让林萍大喜过望——她与那个小女孩不仅血型相同,而且各项移植必要数据也都符合要求。

当时,林萍想捐肝救人的打算,家里的人还不太能理解,甚至也有反对的声音。但林萍主意已定,她悄悄跑了三四趟上海瑞金医院,做好了捐肝的各种前期准备。

5月4日,为慎重起见,主刀医生和林萍进行了最后一次沟通谈话。医生说:"你必须要清楚地知道,一旦做出了最终的决定,就意味着,不仅要割去你一半左右的肝脏,还要拿掉胆囊,而且半年内都不能从事体力劳动。你要不要再考虑一下……"

"医生,时间已经不等人了!"林萍心里也不是没有挣扎过,但因为救人心切,她不能容自己再有半点犹豫了。她知道,假如自己再犹豫下去,就可能战胜不了自己,甚至前功尽弃……

于是,她用坚定的语气告诉医生:"请通知小女孩,按预定时间,如期手术吧。我已经准备好了!"

手术前,由于高度紧张,插胃管很不顺利,林萍吐了血。

这时,小女孩的妈妈流着泪对林萍说:"要不……就放弃吧,可不能为了洁洁,再毁了你的健康……"

林萍摇摇头说:"要有信心!我已经答应了,你放心吧!"

经过10个小时的努力,肝脏移植手术非常成功。徐洁得救了!

"孩子这是从哪里修来的福气啊,遇到了这样的贵人!"徐洁的妈妈说,"林萍是做了一件或许连母亲都做不到的事啊!"

医护人员也纷纷传颂说:"像林萍这样,甘愿把自己一半的肝脏捐献给没有任何血缘关系的小女孩的,真是太少见了!这是需要多大的爱心,多勇敢的牺牲精神啊!"

在林萍住院休养期间,她镇海老家的乡亲,她居住的社区和街道的邻居,她单位里的同事,还有许多素不相识的市民,都怀着敬意前来探视她,有的给她送来营养品,有的给她送来鲜花……

在单位里,林萍一直就是一位待人热诚、心地善良又十分敬业的女性,作为部门的业务骨干,林萍向来以工作勤勉踏实著称,任何事情交给她去做,领导们都是一百个放心。任何时候,她都能用自己瘦削的肩头,扛起各种分内外的责任。

这一次,因为要忙着术前准备,她的工作受到了一些影响,业绩不太理想。但她说:"做得不好就是不好,我不想给自己找任何理由。人生有潮起潮落,能坚持到最后才会笑得最美。"这句平实的话,博得了大家的热烈掌声。

林萍捐肝救人的事迹不胫而走,很多人听说后都深受感动。

宁波到底是一座温暖如春、润物无声的大爱之城。如何为林萍和小女孩徐洁今后的生活撑起一顶爱心伞,这是人们想得最多的。

仅仅在林萍做完肝脏捐献手术的一个星期后,5月11日,林萍所在的太平洋寿险宁波分公司、小女孩徐洁就读的江北实验小学,先后为她们举行了隆重的捐款仪式,浓浓的情谊,通过宁波人最爱做也早已形成传统的方式表达了出来。太平洋寿险宁波分公司还授予林萍"终身员工"荣誉称号,为她解决了"后顾之忧"。

为了不让自己的亲人过于担心,林萍在手术前,一直瞒着自己的女

第十二章　延续生命之光

儿和父母亲。手术后不久,家人相继知道了事情的真相,虽然心里有万般疼爱,但最终都理解了她先斩后奏的苦心。

"妈妈,母亲节快乐!"

5月10日,看到在诸暨的寄宿学校念书的宝贝女儿发来这样一条短信,林萍感到无限宽慰。

几天后,林萍出院回家。镇海的乡亲们用夹道欢迎的致敬方式,为这位善良仁爱的镇海女儿搭起了一座朴素无华的"凯旋门"。

2015年,根据"林萍捐肝故事"创作的话剧《生命密码》,由中国保险行业协会和北京市演出有限责任公司出品,在全国巡演了130多场,让更多人通过观看话剧,一次次感受到人间大爱的温度,也感受到无私的生命之光的亮度……

诗人、文学家雨果对人的生命和心灵有过这样的礼赞:"世界上最宽阔的是海洋,比海洋更宽阔的是天空,比天空更宽阔的是人的心灵。"他在纪念女作家乔治·桑的一篇文章里,又这样写道:"大地与苍穹都有阴晴圆缺,但是这人间与天上一样,消失之后就是再现。一个曾经像火炬那样的生命,在这种形式下熄灭了,在另一种形式下又将复燃。于是,人们发现,曾经被认为是熄灭了的,其实永远不会熄灭。这火炬,将燃得比以往任何时候更加光彩夺目。"

无论是沈志远老人的生命,还是年轻的"淑宝"的生命;无论是张彬滚烫的热血和干细胞,还是林萍殷红的肝脏……他们的生命之光,他们的生命宽度与长度,都以一种大爱的方式,得到了无限的延伸和延续……

第十三章

闪亮的初心

后九降村,地处浙东南山区永嘉县山坑乡,海拔 800 多米,四面环山,去一趟乡政府要走上十几公里路,是全乡最偏远的一个小山村。但这个小山村因为村支部书记郑九万的故事而举国皆知。

习近平总书记在浙江担任省委书记时,在《之江新语》里的《一切为民者,则民向往之》(2006 年 7 月 24 日)一文中,为大家讲过这位共产党员和农村干部的故事:

"一个偏僻的小村庄,因为他们的支部书记生病了,一天之内村民自发筹集了数万元手术费为他治病,村民们说'就是讨饭了也要救他'。当地就有一些干部不由地发出了'假如我病倒了,会有多少村民来救我'这样的感慨!"

郑九万虽然是个"小官",但他心里始终装着全村人的冷暖。他自己的家境和村民一样窘迫,但只要乡亲们遇到了什么困难,郑九万就是砸锅卖铁也会想尽办法去帮助他们。早些年,为了让小山村通上电,身为党员的郑九万,乡里、县里几乎跑断了腿。皇天不负苦心人,经过他

第十三章　闪亮的初心

的奔走,后九降这个离乡政府最偏远的村子,竟然在全乡最早亮起了电灯。

后九降村整个村子的人都姓刘,郑九万家是唯一的外姓。可是就是这个外姓人,1986年在村支部换届时"意外"当选,此后连续五届,都被选为村支书,可见乡亲们有多信任他!

后九降村坐落在高山上,生活用水十分困难,每逢干旱,村民们早上天不亮就得起床,到几里外的山坑里去挑水喝。郑九万当了村支书后,第一件事就从解决群众喝水难做起。村里底子薄,他把家里仅有的500元钱拿出来,又带着村干部挨家挨户做工作、"化缘",每人集资50元。实在拿不出钱的就当义工、出力气。很快,全村人就喝上了自来水,后九降村成为全乡较早用上自来水的村子之一。

2005年10月5日凌晨,因为长期操劳过度,郑九万突发脑血管破裂,生命垂危。村民们肩扛手抬,把他送到了山下的医院里。可是,手术费至少要6万元。当时,郑九万的两个儿子在外地打工,一下子到哪里筹这么多钱呢?

黄昏的时候,村委会主任刘建鹏心急火燎地给村里打了个电话,恳请大家想想办法。村民得知这一消息,都说:老郑是为大伙儿累倒的,全村人就是去讨饭了,也要救他!于是,一家一家都自觉地开始凑钱,有的出300元,有的出100元、50元……仅仅用了一个晚上,这个只有六十来户人家的小山村,硬是凑齐了6万多元手术费。

老郑的手术也牵动着村民的心。10月6日这天一大早,市二医的手术室外,聚满了从村里陆续赶来的30多位村民。很多村民天还没亮就出了村,走了近4个小时赶到了温州的医院。

经过两次手术,郑九万的命总算是保住了。事后人们说,老郑能从死亡边缘走回来,一是他是个真正的好人,好人自会有好报,二是乡亲们用各自朴实的、感激的心,"唤回"了老郑的生命。2005年12月9日那天,康复出院的郑九万回到了后九降村,全村人高兴得像过年一样放起了鞭炮。

郑九万为乡亲们做的事,都是一点一滴的"小事"和"实在事"。他从入党那天起,就把入党誓言一点一滴地体现在为人民服务的行动上。习近平在《之江新语》里讲述了这位老党员、村支书的感人故事后,语重心长地说:"郑九万所做的一切都体现在了村民的回报上,是老百姓心中那杆秤称出了一名基层党员干部的分量。他以自己的实际行动,深刻揭示了'老百姓在干部心中的分量有多重,干部在老百姓心中的分量就有多重'的丰富内涵。"

在宁波,细心的人们如果稍加注意,就一定会发现,在这座城市的大街小巷里每天都会上演的大大小小的爱心故事里,时时处处,总会有一些共产党员的身影和声音。

我们在前面讲过的"助教奶奶"顾雅芬,就是一位有着50多年党龄的老党员;在"宁波妈妈"张亚芬身边,常年集合着"红船"党员志愿服务队的成员们,哪里的群众有困难,哪里就会有这些党员志愿者的身影;在"百岁粥坊"忙里忙外的那些社区老人中间,有文昌社区党员服务中心的年轻党员,也有生活在这个社区里许多普通的老党员;帮助那位"爱心大叔"把一串串"爱心粽子"分批送到社区里一些孤寡老人和残疾人手中的人,有"网格书记",更有社区的党员志愿者……他们都在用各自温暖的行动,践行着习总书记对党员们的谆谆告诫:"人民对美好生活的向往,就是我们的奋斗目标";也诠释着什么是一名共产党员的"初心"与

第十三章　闪亮的初心

"本色",诠释着共产党员的价值底色以及人民群众的鱼水关系。

下面要讲的几个故事里的主人公,都有一个共同的身份:共产党员!他们都是生活在老百姓中间的最普通的党员,但是在关键时刻,就因为他们是一名共产党员,所以有的挺身而出,为众人拾柴抱薪,显示了共产党员吃苦在前、享受在后的担当精神,有的默默奉献,甘做无名英雄,只给人们留下一个共产党员的坚定背影……

2021年1月10日下午,一位老爷爷用一辆轮椅推着一位老奶奶,缓缓地来到鄞州区姜山镇姜山社区中心。

"爷爷,奶奶,您二老都有80多岁了吧?"工作人员赶忙将两位老人迎进门。

"80岁再也不敢想了!"老奶奶说,"这是我老头子,我们两个的年纪都过了90岁啦!"

工作人员赶紧俯下身子询问道:"二老有什么需要我们做的吗?打个电话来,我们上门去就是啦!"

老奶奶说:"哦,也没有什么大事。这不,眼看着就要过年了,我和老头子手上有一点点积蓄,希望能把这笔钱尽快交到有需要的人手上,让他们也能过个好年!"

说着,这对年过九旬的老人拿出一个老旧的帆布袋子,从里面掏出了厚厚的几沓钱,交到了社区工作人员手上。

工作人员弄清了两位老人来到这里的目的,顿时都被感动了。看他们的衣着,都很简单朴素,不难想象,两位老人平时一定也是省吃俭用的。

再仔细一询问,大家又获知,这两位老人都是姜山社区的普通居民,老爷爷还是一位入党多年的老党员。两位老人退休后,省吃俭用,从不舍得乱花一分钱，一直过着简单和朴素的生活。

临近春节，他们一次性拿出了3.5万元，特意过来交给社区，希望能在年关时节，对社区里有特别需要的家庭提供一点点帮助。

老奶奶腿脚不太利索，出门有些不方便了，但老爷爷故意对她说道："做好事，得以我们两个人的名义一起做，我可不能把你的那份爱心贪为己有。"所以，为了能亲手把钱捐赠出去，老爷爷索性用轮椅推着老奶奶，两个人一起来到社区。一路上，老奶奶生怕有个什么闪失，一直紧紧地把帆布袋搂在怀里。

"爷爷，奶奶，您二老的心意和愿望我们明白了，二老的举动值得所有的人学习。只是你们都这么大年纪了，我们实在是不忍心……"

"钱不太多，不要嫌弃啊！"老爷爷说，"我们老早就有捐点爱心款的念头了，请你们满足两个九旬老人的心愿吧。"

老爷爷说，他和老伴经历了近百年的沧桑变迁，在旧社会里吃过不少苦头。要是没有共产党的领导，没有新中国，哪里能过上今天的太平日子？哪里能过上今天不愁吃、不愁穿的幸福生活？所以，他们打心底里感谢共产党的恩情啊！

当天，社区工作人员和两位老人做了仔细周到的商量，最后这对老夫妻确定了一个捐赠方案：把这笔善款全部用于帮扶姜山镇生活困难的老年群体。

"爷爷，奶奶，现在就剩下最后一项手续了。二老是不是留下真实的姓名，我们好存个档案？"工作人员笑吟吟地问。

"真实姓名就不必留了。"老爷爷笑着说，"宁波多少人做好事，捐了那么多的钱款，不都是用的'顺其自然''然然'什么的吗？"

"爷爷，这个您也知道啊？"工作人员笑着说。

第十三章　闪亮的初心

"我是一名老党员嘛!"老爷爷自豪地说,"要是我一个人来捐款,我就署个'一名老党员'完事,可这里面还有奶奶的一份爱心,所以……"

他和老奶奶略一商量,还是坚持不肯写下真名,只在捐赠协议上留下了"郁李氏"三个字。

估计是老爷爷姓郁,老奶奶姓李,这三个字,把两个人的爱心都包含进去了。

不几日,这对老夫妻的3.5万元爱心捐款,由姜山镇慈善总会接收,并在春节前按比例分配给了镇里的困难老人。

冯金龙是一位有着43年党龄的老党员,也是一名1974年光荣入伍、1979年退伍回到宁波工作的老兵。

作为一名党员、一名退伍的老兵,40多年来,老冯一直低调做人,默默奉献,在工作和日常生活中,时刻以一位受党教育多年的共产党员、在人民军队大熔炉里淬炼过、"退伍而不褪色"的标准要求自己。老冯很喜欢《咱当兵的人》这首军歌,闲暇的时候也会唱几嗓子。"咱当兵的人,有啥不一样?只因为我们都穿着,朴实的军装。""咱当兵的人,就是不一样。头枕着边关明月,身披着雨雪风霜。""说不一样其实也一样,都在渴望辉煌,都在赢得荣光。"歌声里有他青春芳华的回忆,也有他的初心、热血、激情和梦想。

退休后,所在社区每个月的主题党日活动,冯金龙总是风雨无阻,从不缺席;宁波市每年一次的"慈善一日捐",他更是年年参与,生怕落人后头。

2020年7月,社区党组织给所有的党员过了一次光荣的"政治生日",还表彰了一批优秀党员,冯金龙光荣在榜。这次给党员们过"生日",社区事先考虑得很细致,专门为每位党员定制了一个"红色礼包",

算是一份奖励,其实更像是一次激励,因为礼包里有一枚闪亮的党徽、一张党员"政治生日"纪念卡、一本新书《红船映初心》,还有一册精装的党员学习笔记本。

老冯对这个"红色礼包"十分珍惜,一说起来就满心的温暖。"小小的礼包,激励着我时刻牢记自己是一名光荣的老党员、一名老兵。是党员、是老兵,就得有跟普通百姓不一样的初心使命,就应该在任何时候,都要起到模范带头作用。只要自己还有一点能力,就应当发挥余热,为党、为社会多做一点贡献,全心全意为人民服务,尽力去帮助更多需要帮助的人。"老冯的话说得很质朴,也是发自内心的。因为他在平常的日子里也是这样去做的。

2021年2月2日一大早,冯金龙来到鄞州区福明街道江城社区办公室,简短地说明来意后,拿出1500元现金放在桌子上,笑着说:"这是前两天街道送给我这个老兵的一笔慰问金。我很感谢党和政府对退伍军人的关心。这份心意我铭记在心了,但这笔慰问金,我觉得还是放进社区的慈善基金里比较好,应该送给更有需要的人……"

"冯叔叔,这笔慰问金还是热乎的呢,您转手就又送回来了,这……"年轻的社区工作人员本还想多问几句,冯金龙却笑了笑,快速离开了,只留给年轻人一个坚毅的、默默远去的背影。

" '最可爱的人' 无论什么时候,无论在哪里,都永远是 '最可爱的人' 呀!"年轻人望着老兵远去的背影,情不自禁地感慨道。

3天后,又发生了几乎同样的一幕:宁波市血液管理中心的工作人员,专程来到宁波国家高新区梅墟街道社管办,找到了在这里工作的一位老党员、一位退伍的老兵,把一枚献血纪念章、一份证书和一封感谢

第十三章 闪亮的初心

信,送到了这位老党员和老兵的手上。

这时候,这位年过半百、双鬓染霜的老兵连连摆着手,有点不好意思地说道:"这只是我力所能及的一点小事,算不得什么,算不得什么……"

老兵名叫谢东方,比冯金龙的年龄略小一点,但也是一位有着多年党龄的老党员。谢东方从部队退伍回到地方后,一直在宁波国家高新区梅墟街道社管办工作。

跟老冯一样,谢东方平时为人也十分低调,工作上勤勤恳恳、兢兢业业,如果同事或邻居遇到什么困难,他总会出手相帮,总是把别人的事当成自己的事情。所以,单位的同事都非常尊敬这位热心肠的退伍老兵。

要不是他的同事看到了血液管理中心送上门来的献血纪念章和证书,谁也不知道,谢东方竟然默默地义务献血17年,总共献血106次!血液管理中心的工作人员说,按照106次计算,谢先生的献血量至少已达22800毫升,相当于5个成年人的血液总量。

"不得了啊,老谢同志,想不到你'潜藏'得这么深!你这是用了17年时间完成了一个英雄壮举啊!我们都应该向你致敬!"

谢东方憨厚地笑笑说:"快别大惊小怪、小题大做了!别忘了,我是一名党员、一名军人!这是尽自己的本分嘛!"

说起自己为什么能坚持爱心献血17年,从未间断,谢先生给采访他的记者讲起了一段回忆——

当年他还是一名守卫海岛的海防战士时,曾经目睹一位和自己每天并肩奋战、早出晚归的战友,不幸患上白血病,20岁不到就被疾病夺走了生命。

后来,他又数次看到一些病人在与疾病搏斗和挣扎时遭受的痛苦,看到病人家属因为亲人离去所承受的伤痛,也感受过自己和战友们在疾病面前的无奈和不甘……这些记忆和感受,都深深烙在他心里,挥之不去。

"可惜那时候在海岛上当兵,条件有限,什么也做不了。空有一腔热血,却无法帮助到有需要的人。"他回忆说,"2004 年,转业回到宁波工作后,机会来了。从那一年第一次参与无偿献血的那个时刻,我就暗暗下定一个决心:一个军人的热血和荣光,岂是只能挥洒在战场上!"

从此,谢东方坚持每年默默地去义务献血。他甚至还给自己定了一个小目标:只要身体允许,一直捐到 60 岁!

为了给实现这个小目标保驾护航,谢东方平时也渐渐注重身体锻炼,每天坚持行走 1 万步。

同时,他也悄悄地发动身边的亲戚朋友共同参与义务献血。不久,他的妻子也受到他的感召和影响,成为他并肩献血的战友。

为了帮助更多有需要的人,谢东方还几次悄悄地去咨询过向中华骨髓库捐献骨髓的事宜,他相信自己这个老兵的身体是强壮的,血永远是热的,骨髓永远是赤诚的。只是有点遗憾,他被告知:作为骨髓捐献者,年龄已经超过了要求。

后来,谢东方又了解到,还有一种捐献血小板的方式,也可以帮助到一些有需要的病人。不过,这种方式对捐献者的身体素质和各项健康指标要求更高。

"得知有这种捐献方式的时候,不瞒你说,流淌在一个军人身体里的热血,再一次沸腾了!我是一名党员,又是一名老兵,只要社会和老百姓有需要,舍我其谁!"他说。

他对自己的身体和健康是充满自信的,所以当即去做了多项指标的检测。检测结果是,他的各项指数均能满足捐献血小板的要求。

"这个时候我不进入阵地,还要等到什么时候?"

从此,在每年参与无偿献血的同时,谢东方又开辟了一个捐献血小板的新战场。

"你已经坚持17年了!献血超过了100次,有什么特别的感想吗?"当记者问到这里时,这位质朴的老兵略带腼腆地说道:"今年是庆祝建党100周年,就算是一名老党员送给党100岁生日的贺礼吧!"

2021年是中国共产党成立100周年,在这个特殊的年份里,很多宁波人,尤其是一些共产党员,在献爱心、做好事的时候,也都有着像谢东方这位老兵一样的想法:就算是一名老党员送给党100岁生日的贺礼吧。

"今天是庆祝中国共产党成立100周年的特别日子,我想捐一笔钱。"2021年7月1日上午,又有一位70多岁的老人,缓缓走进宁波市鄞州区百丈街道公共服务中心,摘下戴得严严实实的口罩,小声对工作人员说道。

老人穿着浅蓝色衬衫,花白的头发有些稀疏,但气色不错,看上去还有点激动和兴奋。接待这位老人的,是百丈街道慈善分会的工作人员徐丽芳。

"老伯伯,您坐下。来,先喝口水,慢慢说。"徐丽芳双手捧上一杯温水,亲切地问道,"您有什么具体要求吗?"

老人掏出一个纸包说:"这里面是5000元钱,我想,最好能专门用于街道的防疫工作,算是我这个老党员的一份心意吧。"

"老伯伯,原来您还是一位老党员啊!今天对每位党员来说,都是一个大喜的日子!我们首先要向您这位老党员祝贺和致敬呀!"徐丽芳满怀敬意地说道。

"是应该祝贺,是应该致敬呀!连我自己都觉得光荣得不得了哪!"老人告诉在场的工作人员,前两天他刚刚领到了一枚金光灿灿的"光荣在党50年"纪念章,激动得一连几天心情都不能平静下来。在这个特殊的年份、大喜的日子里,作为一名老党员,能不能为党做点什么呢?他翻来覆去想了好久,就想到用这样的方式表达一点自己的心意,算是对党的一份感恩,对社会尽一点爱心吧。

"老伯,您真不愧是一位'光荣在党50年'的老党员啊!我们年轻人都应该向您老人家学习呀!"徐丽芳真诚地说道,"我们代表宁波的市民感谢您的捐赠!请告诉我您的具体信息,我们登记一下!"

"真实的名字就不必留了。"虽然徐丽芳几次询问,但老人始终不肯透露自己的名字,只是摆摆手,笑着说,"我也要向人家'顺其自然'学习,做好事不留名!"

徐丽芳双手接过老人递上的纸包。只见白纸包的上面还端端正正地写着几行字:

"热烈庆祝中国共产党成立100周年,感恩党的培育、教育和关爱。热爱中国共产党、热爱祖国、热爱家乡、热爱人民!一名老党员的心愿,捐款5000元,做防疫、抗疫之用,尽我一点微薄之力。"

落款处不是写着真实的名字,而是写着"感恩爱心老人"6个字。

徐丽芳为人做事都很细致,捧着这个白纸包,她仔细端详了一会儿,突然觉得这一切有点似曾相识。等她再仔细地把老人端详了一番,竟然一下子想起来了,去年防疫期间,这位老人就来捐过款!

"老伯,去年防疫期间,您过来捐过款吧?"徐丽芳笑着问道。

"还是你们年轻人记性好哪！是的，去年我是来过这里！"老人好像被人识破了什么秘密似的，顿时有点不好意思了。

徐丽芳记得没错，2020年3月9日，正是全国各地都在紧张地展开防疫抗疫工作期间，这位老人来过街道服务中心一次，捐了1万元爱心款。让徐丽芳记忆深刻的是，当时他也在纸包上写了几行令人难忘的留言。

后来，徐丽芳特意翻出了当年的记录，老人的那段留言写的是："向战斗在抗疫前线的白衣天使、人民子弟兵、公安干警、志愿者们致敬！并祝抗疫英雄们早日战胜疫情，早日归来。在这里，我也要向为抗疫做出贡献的各界团体、个人致敬，谢谢你们！坚决拥护党中央的英明领导和决策；坚决听从党中央的统一指挥；坚决自觉遵守各级政府制定的疫情防控措施。"落款是：宁波鄞州区一位感恩爱心老人。

两次隐名的捐款，两段真挚的留言，让人看到并感受到了一名"光荣在党50年"的老党员所葆有的熠熠闪亮的初心、默默奉献的本色。

在鄞州区，还有一位在庆祝建党100周年前夕自豪地领到了"光荣在党50年"纪念章的老党员——86岁的陈国荣老人。他的党龄已达65年，退休后默默投身爱心公益事业，已经坚持了25年！

2021年6月18日，老人高高兴兴地来到丹顶鹤社区中心，把1万元现金郑重地交到了社区党委书记黄菊芬手中，说："今天是我加入中国共产党的第23821天！这1万块钱，仍请你们注入'陈国荣爱心基金'，用于帮扶社区里的困难群体，也算是在党的百年华诞来临之际，一个老党员表达一点心意的特别方式吧。"

老人住在丹顶鹤社区白鹤街道，很多街坊邻居都晓得，这位有着65

年党龄的老党员,每天都在计算着入党的时间,一天都没有忘却。

陈国荣童年时代家境贫寒,当过放牛娃和打柴娃,也给地主家当过小长工,从小尝尽了贫苦和被欺凌的滋味。是共产党领导全国人民闹革命、翻了身,打出了一个红彤彤的新中国,才让千千万万个像陈国荣这样的放牛娃,扬眉吐气地长大成人了。

1952年,陈国荣光荣地参军入伍,在中国人民解放军的行列里生活和奋战了27年。老人珍藏着60多件在不同年代里荣获的勋章和立功证书、奖状,每一份勋章和奖状里,都记载着他走过的征途,也蕴藏着一颗永不改色的赤诚初心。

"我一直心怀对党的深深感恩,没有中国共产党,就没有我的今天,也没有全国人民今天的幸福生活。我是在党的人,知道应该怎样过好每一天,懂得为人民服务是一件多么光荣的使命!所以,只要我活着一天,就要发光发热一天。"老人领到"光荣在党50年"纪念章后,这样表达自己激动的心情。

1995年,陈国荣正式退休。老人对自己所生活的这座城市,打心眼里热爱和满意,所以,就像眼里容不得沙子一样,心里容不得半点对这座城市的不敬和不文明行为。

退休了,时间多了,自己能为这座城市做点什么呢?老人在开始规划自己退休生活的时候,脑子里首先产生的是这样的念头。

还是老伴最懂他的心事,笑着说:"先从力所能及的小事做起吧。"这一年,他和老伴就从拿着小铲子去铲除到处乱贴的小广告(俗称"牛皮癣")开始,开辟了一条属于自己的"公益小路"。

他像一位不穿制服的"城市卫士",每天早餐后准时出门,手上总是带着一把小铲子,无论走到哪里,看到那些不文明的小广告,就铲到哪

第十三章 闪亮的初心

里。老伴戏称他就像是守护森林的啄木鸟一样,成了"害虫们"的天敌。

慢慢地,宁波的市容治理越来越严格和规范,市民们大都能自觉地守护自己身边的城市文明,以前到处可见的小广告,现在几乎绝迹了。如此一来,陈国荣自己选择的第一份公益工作,也不复存在了。

没过多久,他又寻找到了一份新的职业:他把白鹤街道的一些志同道合的退休者组织起来,组成了一支"银发交管队",每天早晚高峰时,轮流站在贺丞路路口执勤,帮着管理这个路口的交通。

这支"银发交管队"最初只有7人,陈国荣算是发起人兼队长。后来,队伍慢慢发展壮大,不少老年朋友纷纷要求加入,现在的人数竟然扩大了10倍,达到了近70人。

"我是当过兵的人,指挥行人和车辆遵守交通规则,安全过马路,我们是认真的!"陈国荣自豪地说,"你也许想象不到,我们这支'银发交管队',已经坚持了11年,风雨无阻,坚如磐石!就和在战场上坚守阵地的一群老兵一个样!"

老人珍藏着一份红彤彤的"全国文明交通志愿者"荣誉证书,他笑着说:"这可是'国'字号的证书,我们的队伍里有好几位老党员,街道居民都称我们是编外交警,我们自己把固定执勤的那个路口称为'老党员路口'。这个路口以前交通事故频繁,老年人和小学生们过马路都提心吊胆,11年来,我们这些白发志愿者往那里一站,可就不一样了。"

"有记者描写说,每年春节期间,您老都要主动挑大梁,即使风雪天也要守望在路口,'站成了一道城市的风景'。"

"还是你们写文章、耍笔杆子的会说话。"陈国荣说,"风雪天除了冷,还是冷,哪有什么风景?我是一名老党员,共产党员嘛,必要的时候,就应该站出来为群众挡一挡风雪的!"

"听说,您老还有一大排爱心台账,具体是怎么回事?"

"哦,你是说那些文件夹?那算是我们这些志愿者的工作日志吧。"

原来,从 2015 年 10 月起,丹顶鹤社区启动了城市垃圾分类行动。陈国荣作为一名热心公益的老党员,又自告奋勇地组建了一支督导垃圾分类的志愿服务队,排班值日,分头担任"桶边督导"。

"居民过来投放垃圾,我们就当面打开检查一下,看看有没有分错的,指导大家慢慢养成好习惯。"老人说,"志愿者服务队成立后,我们轮流在垃圾桶旁蹲守了六七个月,社区里的干部还做过统计,说是志愿服务总时长有 2 万多个小时,也不晓得他们是怎么算出来的,哈哈。"

"那些'爱心台账',也是社区干部给它们起的名字吧?"

"不是他们,还能是谁?反正我自己是起不了这样好听的名字。"老人说,"其实,就是一些交通劝导、垃圾分类督导、爱心捐款等社区志愿服务内容的记录,一共有 68 个文件夹,分门别类,已经记了 8 万来字了。"

丹顶鹤社区是个老旧的居民区,社区里居住的老年人较多,还有不少子女不在身边或生活困难、需要帮助的老人。

2008 年 1 月 26 日,陈国荣老人又发起成立了一个"陈国荣爱心基金","爱心台账"里自然也少不了要登记这些内容:某月某日,奖金收入 1000 元;某月某日,讲课收入 500 元。老人把每一笔奖金或劳务收入都悉数放入了这个爱心基金,也记录得清清楚楚。基金最多的时候达到了 5 万多元。每一笔钱,都如雪中送炭一样,用在了社区里最需要帮助的特殊人群身上。

因为是从苦难的旧社会走过来的人,陈国荣老人最爱听的一支歌就是《唱支山歌给党听》:"唱支山歌给党听,我把党来比母亲,母亲只生了我的身,党的光辉照我心……"

第十三章 闪亮的初心

在宁波,笔者还采访了一位默默助学 27 年,托起了上百名贫困孩子的求学梦的老党员张如普老人。

张爷爷已经年过七旬,是镇海区蛟川街道保洁中心的一位退休干部,一位老党员。2021 年 5 月 28 日,张爷爷再一次伸出援手,帮助宁波某大学一位家境贫困的大二学生小于(化名),解决了学费问题。张爷爷说:"只要小于这个孩子能把书念好,将来有本领、有力量去报效国家和社会,我每年都会拿出 3000 元,一直资助到她大学毕业。"

经笔者仔细询问,原来,张爷爷默默助学已有 27 年,算起来,这名大学生小于,正好是张爷爷资助的第 100 位贫困学子。

张爷爷有一个像珠宝匣一样的深红色锦盒,盒子里珍藏着不同年月各地的学子们给他寄来的书信、照片,还有他资助过的汇款单票据、资助证书以及孩子们获得的奖状,等等。细心的张爷爷用纸袋一份一份地分装着,还一一做了清晰的标记。这整整一大盒子的物品,也承载着一位老人 27 年的助学记忆。

"刚开始资助学生时,有的家长提出,以后要偿还给我或者回报我什么。在助学这件事上,我从没想过让孩子们回报我。我偶尔给孩子们写信,总是叮嘱他们,要努力学习,回报社会。我的资助,也是来自社会的关心和温暖。我还常常告诉孩子们,爷爷是一名党员,从入党那天起,就发誓要永远跟党走,全心全意为人民服务。所以,如果你们一定要感谢我,将来就用这份感情去感谢共产党,感谢祖国吧!"

张如普老人告诉笔者,从 27 年前他帮助第一名困难学生算起,至今累计支出的资助费近 60 万元,结对资助的 100 名贫困学生里,年龄最大的,现在已经 40 多岁了。

张爷爷讲到他资助过的一个学生小李(化名)。他是 2008 年汶川地

震发生后,张爷爷开始资助的一个青川孩子。今年,老人突然接到了小李打来的电话:

"张叔叔,我要结婚了,没有您的帮助,我走不到现在,有机会一定要来成都参加我的婚礼呀!"

"哦哟,这是大喜事!没想到眨眼间你已经长大了!真是太好了,张叔叔真是为你高兴……"

在接到电话的那一刻,老人竟然激动得说不出话来,心里觉得就像听到了自己亲孙子要结婚的喜讯一样。

"在那个孩子心目中,我还是2008年那个时候的张叔叔。他可能想不到,岁月不饶人,我早已经变成张爷爷了!"

张爷爷平时的生活非常节俭,衣着也十分简朴,总是粗茶淡饭。退休前单位发的一套工作服,已经洗得发白了,他仍然舍不得扔掉。自己的孩子成家立业后,他再也没给过他们一分钱,省下来的钱全都用在助学上了。

"除了已经确定的结对资助的学生,我每年的资助,其实也没有特定的捐助对象,也没有固定的金额。因为我自己也不清楚,每年省吃俭用到底能积攒下多少钱。反正遇到哪家的孩子读书有困难,就伸出手帮上一把,量力而行吧。"

2014年初,张爷爷被检查出身体出了问题,不得不去上海的医院做手术,每月的医药费需要几千元。就是在这样的境况下,张爷爷心里最惦念的,依然是自己资助的那些贫困学子。当年他又拿出了3万多元,资助了10余名贫困大学生。3万元,几乎是张爷爷夫妇俩全年收入的一半。

在采访张爷爷的那天,他告诉笔者:最近又和福建省惠安县的一名困难学生取得了联系,正准备签署一份"资助协议",他会一直资助这名学生读完高中。

"我的文化水平不高,也从来不会作诗。但最近写了几句顺口溜,念给你们听听,也算是一位老党员的心声吧:助学路行二十七,原本打算息一息,通过党史来学习,不忘初心再助学。送走一个毕业的孩子,我会再迎接一个新的孩子。"张爷爷笑着给我们念了他写的一首"诗",又说道,"年轻人是祖国的明天,是未来的希望!现在的年轻人,可了不起啊!特别是从报上看到一些正当青春的年轻党员,有的还是大学生,却能做到不负青春年华,敢于担当,关键时刻还能挺身而出,一身正气。看到他们的故事,说句倚老卖老的话就是,我们的党,我们的国家,我们的社会,后继有人啊!我们这些老党员,也就可以放心啦!"

"张老,您是看到哪个年轻人的故事啦,让您老这么欣慰,发出这般感慨?"笔者好奇地问道。

"你们一定也看到了那个'挡刀女孩'的事迹吧?多么勇敢的小姑娘,了不起啊!这可是宁波的年轻人,是宁波人的骄傲啊!"

"哦,原来您老说的是崔译文啊,她可是当代'最美大学生'哦!"

"对,对,就是这个小姑娘!你们来采访我,我不好意思推辞。但是说句心里话,我倒是更希望你们多去采访采访这样的年轻人,国家有他们,社会上有这样的年轻一代,我们真的是放心啦!"

"是呀是呀,张老,崔译文也是一名预备党员呢,您老放心吧,我们会写到她的故事的。"

第十四章

奔涌吧，无畏的后浪！

"青年是国家的未来，也是世界的未来。"2019年4月30日，习近平总书记在纪念五四运动100周年大会上的讲话里，对有理想、有信念、敢于担当的中国青年给予了高度的肯定，也寄托着殷切的期望。习总书记称赞说："实践充分证明，中国青年是有远大理想抱负的青年！中国青年是有深厚家国情怀的青年！中国青年是有伟大创造力的青年！无论过去、现在还是未来，中国青年始终是实现中华民族伟大复兴的先锋力量！"

同时，习总书记也谆谆教导和殷切期望新时代的青年们：

"新时代中国青年要自觉树立和践行社会主义核心价值观，善于从中华民族传统美德中汲取道德滋养，从英雄人物和时代楷模的身上感受道德风范，从自身内省中提升道德修为，明大德、守公德、严私德，自觉抵制拜金主义、享乐主义、极端个人主义、历史虚无主义等错误思想，追求更有高度、更有境界、更有品位的人生，让清风正气、蓬勃朝气遍布全社会！"

第十四章　奔涌吧，无畏的后浪！

2021年7月1日，习近平总书记在庆祝中国共产党成立100周年大会上的讲话中，又深情地勉励青年们：

"未来属于青年，希望寄予青年。一百年前，一群新青年高举马克思主义思想火炬，在风雨如晦的中国苦苦探寻民族复兴的前途。一百年来，在中国共产党的旗帜下，一代代中国青年把青春奋斗融入党和人民事业，成为实现中华民族伟大复兴的先锋力量。新时代的中国青年要以实现中华民族伟大复兴为己任，增强做中国人的志气、骨气、底气，不负时代，不负韶华，不负党和人民的殷切期望！"

我们从前面的一些故事里可以看到，在宁波每年涌现出来的爱心群体里，在遍布宁波城乡、每天穿行于一条条大街小巷的志愿者队伍里，在春光如海、润物无声的茫茫人海里，总会有一些风华正茂的年轻身影和青春的笑脸。

有的市民一听到笔者说要写一写心怀大爱的"后浪"们，立刻脱口而出"陈吉"这个名字。

我们先讲讲陈吉的故事。就从2018年4月19日早晨发生的一幕讲起吧……

这天早晨9时许，一名年轻的城管队员，像往常一样认真地忙碌开了。他的日常工作就是在一些重要路面巡查违停车辆，以保障这座城市的道路每天都能安全、有序、文明地畅通。

走到慈城新城随园街边时，突然，他发现路旁的花坛边上，趴着一位40岁左右的女士，好像正在轻轻抽泣……

也许是遇到了什么问题，需要帮助吧。出于职业习惯，这个年轻人立刻走上前去询问情况："大姐，发生了什么事？您需要什么帮助吗？"

还没等到答复,这时候,他看到这位女士竟然突然倒地,手脚抽搐着,而且口吐白沫了!

"糟糕!看样子一定是发病了!"年轻人一看眼前的状况,立刻做出判断,迅速拨打了120急救电话,同时也紧急呼叫在附近执勤的同事赶来帮忙。

这时,一些路过的人也纷纷围了上来,现场顿时有点混乱。年轻人赶紧着手维护周边秩序,疏导聚集过来的人群。

"请大家让一让,不要围过来,以免影响病人呼吸新鲜空气。"他冷静地疏导着围观的人,为发病的女士腾出了足够的空间。

所幸,仅仅5分钟左右,附近医院的一辆救护车就赶到了现场,急救人员随即将这位女士抬上了救护车……

得知女士没有大碍,年轻人这才松了口气,露出了欣慰的笑容。

"呀,你……你是陈吉吧?"有的市民突然认出了这位年轻的城管队员,"十几年前……"

"没错,真的是陈吉哎!就是当年那个背着患病的同学去上学,感动过全国的好少年!"市民们仔细一看,发现这个年轻帅气的城管队员,果然就是当年的少年陈吉,都惊喜地说道,"哎呀,都长这么大了,成了城管队员啦!"

陈吉怎么也没有想到,还有市民记得十几年前的他,而且还能把他认出来。他有点羞赧地笑笑说:"谢谢你们还记得我,谢谢……"

"年轻人,你放心,只要是为这座城市做过贡献、为别人奉献过爱心的人,宁波都不会忘记的。"又有人高声说道。

于是,在人们啧啧的称赞声里,十几年前那个背着同学上学的少年陈吉的故事,仿佛又浮现在了人们面前……

第十四章 奔涌吧，无畏的后浪！

事情发生在 2003 年春天，陈吉还是一名五年级小学生的时候。

在一次外出春游时，老师突然发现谢斌上不了汽车了！原来，小谢斌患上了重症肌无力症。确诊后，谢斌的妈妈谢小利带着儿子四处求医。但医生说，目前这种重症肌无力症尚无治疗良方。谢小利的心顿时好像陷入了冰窖之中！

眼看着儿子的腿渐渐变细，开始有些畸形，不能再走路了，每天还会不停地摔倒，有时一天里竟会摔倒十多次。谢小利只好辞去工作，自己每天接送儿子上学和放学。不用说，家里的经济压力也顿时大了起来。

谢小利的苦恼还不仅仅在于无法上班。得病的儿子放学后总是一人待在家里，孤独、寂寞和自卑包围着他。她担心这样下去，势必影响到儿子的性格和心灵成长。她还观察到，有个同学扶着谢斌到门外看看风景，谢斌顿时就会开心许多，精神状态也会大不一样。

但这种开心仅持续了半个多月。有一天，这位同学的爸爸对她说："我可不敢再让我儿子扶你儿子了，万一你儿子摔倒了，摔伤腿脚了，那我们可负不起这个责任呀！"

那天晚上，谢小利悄悄哭泣了好久。她非常能理解那位爸爸说的话。没有办法，儿子只能像往常一样，每天回家后都在孤寂中度过。

半个月后，家里又来了一个小男生。他就是陈吉。谢小利心想：这个小家伙，大概是冲着谢斌新买的游戏机来的吧。可是，让谢小利感到意外的是，两个多月过去了，她观察到，陈吉和谢斌好像都不再对游戏机有那么大的兴趣了，但这对小伙伴仍然形影不离，难舍难分的样子。陈吉天天都很"守约"，一放学就来陪谢斌写作业。

有一天，谢小利正准备出门去接儿子，却发现陈吉已用自行车把谢斌送到了家门口。第二天一大早，谢小利正准备送儿子去上学时，门外又响起了敲门声,原来是陈吉来接谢斌了。

"阿姨,以后每天我来接送斌斌上学放学吧。"陈吉说,"您放心,保证不会摔着他的!"

陈吉的语气很坚定,目光里也带着一份小小的自信。

就这样,从 2003 年夏天起,小小少年陈吉代替了谢小利,几乎每天都来接送谢斌。不久,谢小利在一家企业找了一份上晚班的工作,开始上班了。

"要是斌斌没有陈吉这位好同学接送和陪伴,这个班我没法上。"说起上班的事,谢小利抹着眼泪说,"陈吉自己还是个孩子,却担当起了照顾斌斌的重任!在我心目中,陈吉就像是斌斌的亲哥哥一样!"

2005 年 9 月 1 日,陈吉和谢斌都小学毕业,成了初中生。上初中的第一天,被分到初一(1)班的陈吉,找到初一(3)班班主任姚老师说:"老师,能不能把我换到您这个班?我的好朋友谢斌在您的班上,我和他同班,照顾他就比较方便了。"

班主任一听,二话没说就同意了,还特意将他和谢斌的座位安排在一起。

在姚老师眼里,陈吉是个又善良又细心的孩子。有一天,姚老师在街上看到,陈吉一边推着自行车,一边给坐在车上的谢斌滔滔不绝地讲着什么。

姚老师很好奇,走上去一问才知道,原来谢斌一个人在家里闷得慌,如果周六没事,陈吉就会来到谢斌家,和他一起做功课,然后再带他到街上看新鲜事物。

有一个周末,姚老师又在慈城的一个篮球场上看到了这对几乎形影不离的小伙伴。一开始,姚老师几乎不敢相信自己的眼睛,还以为是认错人了。因为从谢斌家所在的妙山村骑自行车到慈城,至少得半个小时,难道陈吉是用自行车把谢斌推来的?

陈吉看见了姚老师,就笑着说:"斌斌想看一场篮球比赛,我就带他来了。"

"因为一直在帮助着谢斌,这件事也给陈吉自己带来了无形的动力!"姚老师告诉笔者,"陈吉心里一直有点心事,就是怕自己考不上谢斌能考上的高中,所以陈吉每天在学习上也很刻苦,立志要在中考前追上谢斌。"

原来,陈吉的学习成绩比谢斌要弱一些,很快他们就要中考了,万一考不上同一所高中,那要照顾起谢斌来就不太方便了。

"所以,我一定要追上谢斌,和他考上同一所高中,如果我考上的高中比他好,我就申请去他考上的高中上学,我必须陪着他。"陈吉的语气是那么坚定。

整个初中阶段,谢斌每天上学放学几乎全靠陈吉帮忙接送。谢小利说,初中阶段,她这个当妈妈的,只送过谢斌一次。那是9月里的一天,她左等右等不见陈吉来,就自己把谢斌送到了学校。原来,那天陈吉早晨起床晚了一会儿,心里一急,骑着自行车撞到树上了。那天,陈吉就像自己做了亏心事一样,不断地给谢小利道歉:"不好意思哦,阿姨,都怪我!让您担心了!"

"孩子,别这么说,阿姨对你的感激,早就无法用语言表达了!你是上天派到斌斌和阿姨身边的爱心天使呀!"

陈吉天天接送同学谢斌这件事,一直默默地做了很长时间,而陈吉的父母却不知道。陈吉的爸爸叫陈国强,妈妈叫李爱庆。有一天,一位邻居拿着一份《新江北》报纸给李爱庆看:"爱庆啊,你快看看!你家儿子陈吉的事迹登报啦！这孩子不声不响地做好事,真了不起啊！"

原来,这一天的《新江北》上,登载了宁波市江北区20位"我身边的文明之星"候选人的事迹,其中也有妙山村少年陈吉的事迹。

陈国强、李爱庆感到奇怪,儿子可从未说起过这事哪！等到弄清楚了事情的原委,陈吉的爸爸妈妈也被儿子的行为感动了！尤其是当妈妈的,眼睛一下子湿润了,心里"咯噔"一下,有点懊悔不已。

原来,她时常看到儿子总比别的同学起得早、回得晚,还几次怪他贪玩呢！

"儿子,对不起,是妈妈错怪你了！你做得对,爸爸妈妈都为你骄傲！"妈妈对陈吉说,"可是你应该早点告诉我们呀,这样我们也可以早点帮一帮你。"

其实,陈吉家也订有一份《新江北》报纸。陈吉最先知道自己的故事登了报,就悄悄把家里的那张报纸藏了起来。

"我是怕你们不同意我每天接送斌斌,所以就……"

"傻儿子,我们怎么会不同意呢！你也太小瞧爸爸妈妈的觉悟了吧?"妈妈嗔怪道。

"只要你们同意,那我就放心啦！"陈吉告诉爸爸妈妈说,"他以前已经为同学的远离难过一次了,我不能让他再难过了！如果可能的话,我准备背着斌斌上完大学！"

"儿子,以你现在的年龄,也许还不太能懂得你选择的是一条怎样艰难的路！但只要是你选定的路,爸爸妈妈一定会支持你走下去！"

不久,一个阳光灿烂的日子,爸爸、妈妈特意让陈吉带着他们,还带着一些礼物,去看望了谢斌一家。说起来,两家人虽然都居住在妙山村社区,却相距较远,两家大人彼此并不认识。

"斌斌是陈吉的好同学、好伙伴,从今以后,斌斌也是我们的儿子啦,以后让陈吉经常带他到我们家去玩。"

"陈吉真是个好孩子,在我心目中,他早就是斌斌的好哥哥,也是我的儿子啦!"

两位妈妈,说起这两个儿子,都高兴和自豪得合不拢嘴。

什么是纯真和宝贵的友谊?对于少年陈吉来说,就是每天接送患有重症肌无力症的好伙伴谢斌上学放学,几年下来风雨无阻,从小学五年级一直到初中三年级,谁也数不清陈吉背着谢斌上学、放学走了多少路,往返了多少次。不论春夏秋冬、风霜雨雪,不论生病发烧,陈吉接送谢斌从没间断过。

少年陈吉默默奉献、背着同学上学放学的事迹,感动了宁波的千家万户。陈吉最终不出意外地入选了江北区"我身边的文明之星"。

颁奖那天,陈吉的妈妈李爱庆也被主办方邀请参加了颁奖典礼。李爱庆把捧着奖杯的儿子紧紧搂在身边,笑着说:"儿子,你真棒!妈妈为你骄傲!"

如果没有这场被媒体关注到的颁奖典礼,陈吉的故事可能还会一直被"雪藏"在江北区妙山中学,连他的父母都不会知道。

当媒体向外界披露了他的故事时,这个15岁的初二男孩,每天早出晚归接送患重症肌无力症的同学上学放学,已经默默坚持了4年!

那时候,陈吉的每一天几乎都是非常有规律地度过的:早晨5点,妙山村还沉浸在梦乡里,陈吉就轻手轻脚地早早起来洗漱好,整理好自己的书包;5点30分,他骑上自行车从家里出发,路过学校,继续向南驶去;6点,他到达谢斌家门口,敲了三下门后,静静地等在门外;大约需要5分钟,谢斌自己会扶着墙壁,慢慢挪动到门口,陈吉笑着上前将他抱上自行车，小心翼翼地推着自行车向学校走去；中途会路过一家小吃店，陈吉将谢斌从自行车上背下来，两个好伙伴就像兄弟俩一样，有说有笑地吃早点。

到了学校，陈吉再把谢斌从自行车后座上背下来，让他扶着一根柱子站一会儿，他自己小跑着把两人从家里带来的米送到学校食堂去，好蒸作中午饭，然后再一溜小跑着返回来，背起谢斌往教学楼走去。上午10点左右，课间操时间，陈吉会背起谢斌去一楼上一趟洗手间；上午11点，陈吉去食堂把自己和谢斌的盒饭拿到教室里来，吃完饭，他再拿起两人的空碗和筷子奔向水池边……放学的时候，仍然是背下楼，抱上车，下午5点多钟，陈吉再用自行车将谢斌送到家。

就是这样，几乎是每天的"规定动作"和"固定程序"，日复一日，春夏秋冬，不知不觉，陈吉已经默默坚持了4年！

我们在讲述前面的一些故事时，不时地会说到一句大家耳熟能详的话：一个人做一次好事、做一件好事并不难，难的是能长期坚持，甚至一辈子做好事！

一个十几岁的少年，为了自己选定的这一件事默默坚持了4年！这需要多大的自觉、自律和自强不息的毅力！

为了了解陈吉和他的同学谢斌后来的故事，笔者特意找到了已经成为城管队员的陈吉。陈吉笑着说："事情都过去这么多年了，你们还能在茫茫人海里找到我。"

"你是茫茫人海里一颗闪亮的星嘛，在哪里都会闪光！"笔者也故意笑着说道，"不是吗？那天在救助那位犯病的女士时，好多市民不是一下子就认出了你吗？'给人民作牛马的，人民永远记住他！''他活着为了多数人更好地活着的人，群众把他抬举得很高、很高。'就是这个道理嘛!"

"不敢当,不敢当!"陈吉听了,连忙摇摇手说,"我所做的,都是一点点小事,换了另外一个宁波人,也会这样做的。"

"给我们讲一下你和你的同学后来的故事吧。"

"后来……我原本跟我母亲也讲过的,想一直背着谢斌走下去,最好我们俩能一起去上同一所大学。可惜,他初中毕业后就没再上学了。不过,我们一直都保持着联系,除了经常在微信上聊聊天、拉拉家常,逢年过节只要我有空,就会带上礼物去看望他和他的妈妈。我们彼此永远是最好的朋友和兄弟!"

虽然已经过去很多年了,但坐在笔者眼前的这位高高瘦瘦、皮肤黝黑,一身城管制服的腼腆小伙,只要一露出微笑,仍然跟上小学和初中时用自己并不宽广的肩膀毅然背起同学那一刻的笑容一模一样,还是那么真诚和纯朴。

陈吉微笑着,平静地给笔者讲述了他们后来的故事。

在慈湖中学念完高中后,陈吉考入了宁波职业技术学院机电系。入学一个多月后,他就应征入伍,成了一名光荣的中国人民解放军战士,开始了两年的军营生活。

陈吉说,部队里的生活虽然艰苦,但对自己是一种难得的历练。在部队里,他不仅获得过优秀士兵的荣誉称号,还与来自天南海北的好多战友结下了深厚的战友情谊。离开部队到地方工作后,他们依然保持着密切的联系。

"退伍后,我又重返母校宁波职业技术学院,念完了大学,然后走上了工作岗位。"陈吉说。

"你少年时曾说,自己的理想是当一名警察,这样可以保护谢斌……"

"没错,是这样想过。"陈吉略带羞赧地笑着说,"那时候自己还不太懂事,理想并不远大呀!不过,毕业之后,我如愿以偿,总算是圆了儿时的警察梦,成了慈城派出所的一名巡特警队员。"

"有一句话不是这样说的嘛:'茎里有的,种子里早就有了。'"

"是呀,只要敢于朝着自己的梦想走去,就能走到梦想跟前。"陈吉说,"现在,很多人不是也常常在说:一定要有梦想呀,万一它实现了呢!"

"当了巡特警队员,是不是特别自豪?"

"那还用说!在一年多的时间里,我和战友们抓过流窜的盗窃犯,也追捕过不法赌徒,当然,做得最多的,是为这座城市,为保障国家财产和人民的生命财产与生活安全而默默地服务,这是我们的光荣职责。"

"有没有遇到过比较特殊的,或是难忘的事情?"

"哪能没有!"陈吉说,"举个例子吧,有一天晚上,我和队友正在夜巡,突然接到一位老奶奶报警说,发现家里前一天少了东西,当天晚上,又听到楼上有窸窸窣窣的响动声。老奶奶和家人怀疑家里进了小偷。一接到报警电话,我们就赶了过去。结果,还真在老奶奶家附近一处废弃的楼房里,抓到了一听到风声就赶紧躲进这里的盗窃犯。这个家伙的身高虽然只有1.5米左右,却是个惯偷,作案手法很是老练,身上除了一张身份证、五块钱、一把剪刀、一个手电筒,啥都没了。"

"哈哈,这个惯偷大概做梦也没想到,栽到你们手里了!"

"不,是栽到那位知道及时报警的老奶奶手里了!"陈吉说,"第一次抓到了惯偷,觉得挺有成就感的。"

"现在又变成了'暖心城管'了,还会有这样的成就感吗?"

"当然还会有。不过,每天面对的都是些芝麻绿豆大的小事。"说到这里,陈吉又赶紧补充了一句,"不过,你可千万不要误会,其实,在保护老百姓利益的事情上,没有所谓小事。城管工作,其实很不简单,要解决的都是老百姓遇到的难题。"

"有过什么烦恼没有?"

"怎么会没有?城管问题,既是老百姓不可或缺的,又往往是容易被误解的。"陈吉说,"这也是我为什么会选择城管这个行业的重要原因。我希望自己能用'暖心'来做城管事业。我们这个工作的日常状态,就是每天要和老百姓打交道,虽然经常受人误解,但是我想只要以诚待人,以情感人,以理服人,就一定能够得到大家的理解和尊重。"

陈吉身为江北区综合行政执法局慈城中队的队员,说起慈城镇中心区域,尤其是解放路、保黎南路道路两侧的违停问题,陈吉自豪地说:"现在,这些老大难的问题,基本都得到了解决。我们中队的路面巡查成绩,在所有街道中队中,是排名第一的,经常受到区局的表扬。本来,市局对我们慈城是没有进行路面巡查考核的,今年我们主动提出申请,把慈城的解放路、保黎南路路面巡查工作列入考核。"

"那是因为你和队员们做得非常好,成绩是有目共睹的。"笔者笑着说道,"我听你们慈城中队韩涌杰副中队长说,你对待工作的认真程度,连他自己都没法比的。"

"那是我们韩队谦虚,他是在鼓励我。"

原来,陈吉刚入职不久,有一次,韩涌杰和陈吉在镇政府食堂吃完午饭,正准备一起回单位去午休,没想到,陈吉却拿起执法记录仪和违停抄告单对他说,这个时间段正是解放路违停最集中的时候,他得趁这段时间多去巡查一下……

这个细节让韩涌杰明白了,为什么解放路这一带的违停顽疾,最终让陈吉给破除了。

"你想想看,在六月天大太阳底下,走上四五步路就是一身汗的时候,陈吉还是照旧天天午饭后去解放路巡查,这得有多大的毅力!"韩涌杰竖着大拇指向笔者夸赞陈吉。

"听说你在城管队第一年实习期间,就被慈城中队推荐上报了优秀队员?"

"仅仅满足于做一名优秀队员哪里行啊。"说到这里,陈吉又羞赧地一笑说,"我在部队里、念大学、做巡特警的时候,都写过入党申请书,可惜当时都没入成,说明离党的要求还有距离嘛!这一次,听入党介绍人说,总算够格了!"

"那要提前祝贺你呀,祝贺你成为一名光荣的共产党员!"

"这是我十多年来,心中最美好的梦想!"陈吉说着,憨厚的脸上露出了有点激动的笑容,"入党的荣誉对我来说,比任何奖励都来得高大上。"

"城管工作一路做下来,有什么特别的感受吗?"

"简单说来,就是要将心比心,努力去做一位'暖心城管'。"陈吉到底是读过大学的人,说到这里,他竟然给笔者念出了几句诗,"有几句诗写得好:'凭着你温暖的笑容,可以去把握世界,而换了别的,肯定不能。'我一直认为,从当初的选择,到今天的选择,我所做的一切事情,都是自己应该做的,是自然而然的事情。这就好比读小学那会儿,我和同学去山上摘杨梅,大家提着杨梅篓下山时,就会有好心的叔叔、阿姨,让我们坐上顺风车载我们回家一样。他们也一定会觉得,帮助了别人一下下,自己也会觉得很快乐。"

最后,陈吉还笑着告诉笔者,他的故事,不值得再写了。"您知道吗,我自己做过的事情,我女朋友都不太清楚,我也不愿给她多讲,感觉那样好像是在炫耀自己的过去一样。我曾经获得的那些奖状、奖杯,还有之前媒体报道过我的那些报纸,我都收藏在柜子里,封存了起来,也许等我自己有了孩子,会给他们讲一讲我们这代人的梦想和追求,讲一讲我自己年少时做过的一点还算有意义的事情,希望也能让他们有所受益,懂得去帮助他人就是在帮助自己,仅此而已。对了,刚才您说到要重点写一写宁波的'后浪'一代,那位'挡刀女孩'崔译文,可是一位真正的、最美的'后浪'哦!"

"这个你放心,我们一定会写一写她的。"笔者告诉陈吉,"在你之前,已经有好几个人提醒过我们啦!"

现在,我们再来讲述见义勇为的"挡刀女孩"崔译文的故事。

崔译文是1999年出生的宁波女孩,她是桂林电子科技大学计算机与信息安全学院学生,中共预备党员。

事情发生在2019年3月10日晚上9时许。刚结束晚自习的崔译文和同学小梁(化名)一起,像往常一样结伴朝女生宿舍走去。

突然,小梁紧张地拍了拍崔译文的肩膀说道:"怎么办,他追上来了!"崔译文闻声回头一看,认出跟在后面的人,是那个曾一厢情愿地向小梁求过爱却被小梁断然拒绝了的男生。

崔译文眼尖,一眼看到那个男生在呼唤了小梁的名字后,手里握着一把刀,一个箭步冲了上来。

"小梁你快跑!"在那一瞬间,崔译文没有丝毫犹豫,用力把小梁向前推了一把。追赶上来的男生恼羞成怒地将尖刀对准了崔译文。

拉扯之间,崔译文的后腰处中了两刀,鲜血瞬间喷涌而出。剧烈的疼痛使她无法站立,只好痛苦地蹲在地上。

这时候,丧心病狂的行凶者又快步追上了小梁,疯狂地向她刺去,小梁慌忙大声呼救。可是,刚从晚自习教室走出来的几个同学,被眼前的一幕吓得四散跑开。小梁多处中刀,鲜血喷溅而出,生命危在旦夕。

此时,已经身中两刀的崔译文,顾不上身上的剧烈疼痛,咬着牙挣扎着站起来,飞扑过去,用自己瘦弱的身躯紧紧地护住了小梁。行凶者被崔译文的举动震慑住了,赶紧丢下尖刀,趁着夜色逃离了现场。

失血过多的小梁倒在血泊中,渐渐昏迷了过去。崔译文长这么大从来没有遇到过这种状况,着实吓得不轻。但她知道,这个时候救人要紧!

"快,同学,请先帮着打个报警求助电话!"崔译文这时候双手紧紧握住小梁被刺中了动脉的手臂,以防流血不止,同时也请周围慢慢聚集过来的同学帮忙。

"你们谁来帮她止一下血,我有些支撑不住了。"巨大的疼痛一下下袭来,崔译文开始体力不支,可她依然强撑着意识,一边请求着帮助,一边坚持着等待医护人员早点到来。

不一会儿,她和小梁都被迅速送到了医院的抢救室。

"医生,你们先抢救小梁,她失血过多,我还能坚持。"崔译文忍着疼痛对医生说道。待处理完因失血昏迷的小梁,已经过去半个小时了。

经检查,崔译文身中8刀,其中有3处为贯穿性刀伤,情况严重!她的肝被捅穿了,胆囊也被刺伤,胸腔、腰腹、手臂各有一处深深的口子,从胸口到腹部还有一道长达17厘米的划伤。

抢救手术持续了4个小时才结束。一直到3月12日,崔译文的状况才有所好转,从ICU病房转入普通病房。

"医生,小梁已经完全脱离危险了吗?"

医生告诉崔译文:"小梁已经安全了,你放心吧!你知道吗,你自己的伤势比小梁要严重得多!若是再晚几分钟,你可能就没命啦!"

从 2019 年 4 月 29 日起,崔译文为同学挡刀的事迹,在全国引起强烈反响。几乎是在一夜之间,崔译文的故事不胫而走,不仅感动了亿万网友,也迅速占据了各大主流媒体的显著位置。新华社、《人民日报》、《光明日报》、中国青年网、中央政法委长安剑、央视新闻等众多媒体转载报道。短短两个月里,《人民日报》客户端阅读量达 5.6 亿人次,新浪微博话题"女大学生为同学挡 8 刀""为同学挡 8 刀女生报平安"累计阅读量近 10 亿人次,留言讨论 9 万多条。

很多人不禁会问:这样一个只有 20 岁的大学生,一个瘦瘦高高、爱笑爱美的女孩,在爸爸妈妈眼里还是一个喜欢撒娇的孩子,为什么在关键时刻能够无畏无惧、挺身而出,敢于为同学挡住刺来的尖刀呢?

崔译文在住院养伤期间,不少医生看着这个像自己女儿一样的女孩子,又是心疼又是惊讶地问道:"孩子,你这是从哪里来的为他人挡刀的胆量和勇气啊?"

崔译文却淡淡地说道:"当时没有想那么多,我只知道,我不冲上去,小梁可能会死。"

细心的医生还观察到,整个住院期间,坚强的崔译文没有掉过一次眼泪,但当她身上的纱布被拆下,多处又长又丑的伤疤暴露在眼前时,这个平时特别爱美的女孩子,再也忍不住了,第一次流下了眼泪。

"当时确实挺伤心的,但很快我安慰自己,没有关系,这些伤疤都盖在衣服下面,没有人会注意到。"她这样安慰着自己。

在医院休养了半个月后,崔译文出院上课了。

她自己也没有想到,全社会都在关心着她,注视着她,也祝福着她。"如果一定要说有什么变化,这件事情后,网友对我的祝福和鼓励,以及社会各界对我的肯定,让我坚信,这个世界是善意的,是温暖的,希望最终留给大家的是正能量。"她这样对笔者说。

2019年5月19日晚上,央视新闻频道《面对面》播出了这位"挡刀女孩"的故事。"她的善良、勇敢感染了无数人,而这也成了她的'名片'。她的名片以善良为材质,穿透了利刃,带着生命的温暖,来到我们的眼前。"记者用这样的文字向全国观众介绍崔译文。

面对镜头,崔译文又恢复了以往的乐观和甜美的笑容。她这样平静地回答着记者的追问:

"你不怕刀?"

"没心思想(这个)。"

"知道那么危险,你为什么还要替同学挡刀?"

"如果我不帮她挡刀,她可能当场就死了。周围的人都吓跑了,如果我不救她,是不是太冷血了?"

屏幕上,女孩青春洋溢的脸上写满了自信,也写满了善良。

很多人都说过这样的话:"没有从天而降的英雄,只有挺身而出的凡人。"那么,崔译文的家庭环境,是否也对她的成长有所影响呢?

通过记者的采访和了解,得出的答案是肯定的。

"关键时刻,崔译文能挺身而出,做出英雄般的壮举,作为看着她长大的一位长辈,你感到意外吗?"记者这样问过崔译文的舅舅胡先生。

胡先生回答:"看似意料之外,实则情理之中。因为她爸爸是一名军人,以前就是为了救护自己的战友受伤的。译文这孩子,骨子里流淌着军人的血液。"

原来,在崔译文刚刚两岁那年,2001年12月6日,她的爸爸崔宏伟在执行海上任务时,发现钢缆要断裂,立即掩护战友撤离,而他自己却瞬间被钢缆打倒,造成了左大腿后侧肌腱断裂,腓总神经损伤,右小腿粉碎性骨折。因为译文妈妈的日夜陪伴照顾,崔宏伟在床上躺了三年,才最终重新站了起来。

小译文长大后,看到爸爸身上的疤痕,几次追问爸爸后才知道,那是爸爸舍身救战友留下的"纪念",对一名军人来说,那是最光荣的"勋章"。从此,小译文就暗自下决心:长大后也要像爸爸一样,做一个正直、善良、勇敢的人!

作为军人的孩子,正直、忠诚、勇敢、责任,这些素质,连同父辈的经历和故事,就像无法改变的基因一般,早已融入她的血脉,在她身上汩汩流动着。

"孩子出事了,我们马上出发去桂林。"在替同学小梁挡住8刀的那个晚上,崔译文的父亲崔宏伟和母亲胡梅筠闻讯立即动身,赶往桂林。次日下午1时,夫妻俩才到达。由于崔译文当天凌晨3时刚结束手术,崔宏伟夫妇俩当时没有被获许探视。

"我和她爸爸就坐在ICU门口的长椅上流泪,这是我第一次见他流泪。"胡梅筠说,这个入伍二十多年的汉子,即使在身受重伤时也没叫喊过一声,没掉过一滴眼泪。下午4时许,夫妻俩终于获得了探视的许可。在推门而入前,夫妻俩都赶紧擦干了脸上的泪痕。

在父母亲急切和疼爱的呼唤声里,译文微微睁开了双眼,看见了父母亲熟悉的面庞后,轻轻微笑了一下,随后又沉沉地睡去了。看着女儿虚弱地躺在病床上,往日里红润的脸庞也因失血而变得惨白,父母亲的心就像碎了一般。

"文文,还疼吗?"等译文醒了,妈妈轻轻问道。

"不疼,真的,一点不疼。爸,妈,你们不用担心我。"

爸爸是一名老党员,译文从小就从爸爸那里听到过一些共产党员先锋人物、英雄人物的故事,所以一进入大学,崔译文就积极向党组织靠拢,递交了入党申请书,经过培养成为一名预备党员。

"今天的幸福生活,是无数先辈用生命换来的,他们才是这个时代最值得追的'星'!可能是因为有一位军人父亲,所以我比许多同龄人更早地懂得了这个道理。"译文告诉笔者,因为家风的影响,她对解放军战士包括退伍的老兵,一直怀着特别的敬爱和崇拜的感情。她也一直希望能够有机会,和家乡的同龄朋友一起,用实际行动去致敬英雄、关爱老兵,为他们做点实事。她的这个心愿,得到了宁波市奉化区团委的大力帮助,"奉化崔译文绘星志愿服务队"正式成立。

志愿服务队第一次活动时,江口中学的12名青年志愿者带着画具来到现场,给一些老兵代表画像,以此向老兵致敬,为"最可爱的人"留下一份特别的纪念。

前来出席活动的12名奉化籍老兵代表中,有不怕牺牲、勇敢战斗的九旬抗美援朝老英雄,有奋不顾身、见义勇为的英雄模范,有报效家乡、投身乡村振兴事业的村干部代表,也有艰苦奋斗、自强不息的创业典型,还有热心公益、无私奉献的爱心人士。其中的徐惠和爷爷,是一位80多岁的老兵,16岁时就参军入伍了。画像开始,他和老兵们双腿正坐,双手端正地摆在膝盖上,个个仍然都是老兵的标准坐姿,精神十足。1个小时之后,12名老兵画像的绘制也进入尾声。看着完成的画作,徐爷爷和其他老兵直呼:"太像了!"

崔译文说:"我们想用这种独特的方式,再现这些老英雄的风采。"她说,她也期待着这个年轻的"后浪"志愿者组织的建立,作为"点亮红星"关爱老兵公益联盟的青年力量的标志,能像种子一样,在宁波大地上

第十四章 奔涌吧，无畏的后浪！

撒播开来。

2020年早春时节，就在举国上下摩拳擦掌，全力投入伟大的脱贫攻坚战的时刻，一场突如其来的新冠肺炎疫情席卷全国，让这个春天变得异常艰难、沉重和漫长！14亿中国人民在党中央的坚强领导下，全民动员、齐心协力，迅速打响了一场疫情防控的人民战争、总体战、阻击战。

疫情发生以后，每天看着各地抗疫、战疫的信息，崔译文也坐不住了！"看到许多白衣天使逆行奔赴武汉抗疫第一线，我很感动，但更多的是着急，想着自己力所能及能做点什么。疫情之中，肯定有人需要帮忙。"她先是拿出自己获得的那笔"见义勇为奖"的奖金，作为爱心款捐给了正处在疫情中的武汉。接着，虽然身体尚未完全康复，伤口的拉扯让她时常大汗淋漓，但她还是与众多的"后浪"同龄人一起，像那些穿上白色"征衣"的"逆行者"一样，勇敢地走出家门，坚持到社区一线做志愿服务。"我希望能带给大家更多一点正能量。"她的想法就这么简单。

那些日子里，每天下午1时30分到4时30分，疫情排摸、沿街商铺登记备案资料整理、接听咨询电话，成了崔译文和许多年轻的志愿服务者的工作日常。

一开始，崔译文对工作还不是很熟悉，但她很快就进入了状态，每天留心相关政策变化，并且积极向身边的社工学习如何应对各种问题，重要处做好笔记。后来，崔译文已对社区防控工作得心应手，面对各种提问，她都能对答如流。

这段志愿者工作经历，在崔译文看来是一次极其特殊的经历。她给笔者播放了一段她自己拍的小纪录片。视频末尾，她深情地说："没有一个春天不会来临，加油中国！"

万家灯火

看着视频里的她和那些年轻而坚定的身影、勇敢自信的笑容,笔者感触良深。

在这个春天,人们从微信朋友圈里,从其他各种媒介上,不时看到这样一句话:不要说他们是什么天使、女神,天使、女神都是童话里的形象,在我们眼前的,不过是一群孩子,换了一身衣服,学着前辈的样子,在替更多的人负重前行。灾难的时刻,仿佛每一个孩子都成熟起来,就像一首诗所说的,"只用了一半的时间,孩子就像父亲一样成熟"。孩子都已长大,我们安全了!

这些话赞美的是那些年轻的"逆行者",那些舍生忘死、英勇无畏的医护人员。但是当我看到,在全国各地的志愿者队伍里,在茫茫人海里,还有许多像崔译文这样"90后"的志愿者身影,也在社区、街道、快递站和去往医院的路上奔波,默默地贡献着自己力所能及的一份热量,我觉得,前面这段话,用在这些年轻的"后浪"身上,是多么合适。也只有在这样的时刻,我们才能更真切地体会到,这几句话是多么准确,又多么沉重。"后浪"们的青春力量,融入了全国14亿人的辽阔大海,汇聚起了汹涌澎湃和无比磅礴的时代力量!

崔译文是年轻一代宁波人的骄傲,也是新时代所有青年人的楷模。她在关键时刻见义勇为、挺身而出的事迹,已经成为大爱之城宁波的诸多爱心故事里一个最闪亮的篇章。她先后获得"全国最美大学生""中国好人""最美浙江人·浙江骄傲""浙江好人"等荣誉称号;崔译文的家庭,也入选了第二届全国文明家庭。

"做最好的自己,做对国家和社会有意义的人。"这是崔译文质朴无华的心声和最坚定的信念。获得"全国最美大学生"称号后,她说过这样一番话:"作为当代大学生,就要不惧风雨、勇挑重担,志存高远、脚踏实地、自强不息。我会牢记习近平总书记对青年一代的殷切嘱托,不忘初心、珍惜荣誉、再接再厉、勇立新功,把青春梦融入中国梦,在党和人民最需要的地方绽放绚丽之花。"

她的话也让笔者想到了在庆祝中国共产党成立100周年大会上,共青团员和少先队员代表激情澎湃的誓言:

> 今天,我们对党许下青春的誓言:
> 新的百年,听党话、感党恩、跟党走,
> 同心向党,奔赴远方。
> …………
> 梦在前方,路在脚下,我们都是追梦人!
> 为实现第二个百年奋斗目标,
> 为实现中华民族伟大复兴的中国梦,
> 准备着:为共产主义事业而奋斗!
> 时刻准备着:不忘初心,青春朝气永在,
> 志在千秋,百年仍是少年!
> 奋斗正青春!青春献给党!
> 请党放心,强国有我!
> 请党放心,强国有我!
> 请党放心,强国有我!

第十五章

你是人间四月天

"英雄惜英雄",看似一句平常的口头语,但只有用在那些真正的英雄和先锋人物身上,我们才能感觉到它的分量。

钟南山、袁隆平这两位科学家、中国工程院院士,都是"共和国勋章"获得者,是名副其实的"共和国脊梁"。2021年5月22日,惊悉袁隆平院士逝世后,钟院士含泪写下了简洁而深情的缅怀之辞:"隆平大哥:我的挚友!天堂里好好休息。你已经将论文写在祖国的大地上,有空就指导一下学生继续'三系'攻关。你是一个真正的、最值得我敬佩的学者!钟南山。"

这就是真正的"英雄惜英雄"。

黄旭华院士是我国著名的舰船设计专家、核潜艇研究设计专家;彭士禄院士是我国著名的核动力学家。两位科学家都是中国核动力潜艇研制的奠基人和创始人,先后担任过中国第一艘核潜艇总设计师,而且,为了中国核潜艇事业,都曾隐姓埋名三十多年。两个人也都被后人誉为"中国核潜艇之父"。黄旭华是"共和国勋章"获得者;彭士禄被授予"时代楷模"称号。彭士禄曾说过:"活着能热爱祖国,忠于祖国,为祖国的富强而献身,足矣!"黄旭华则说:"此生属于祖国,此生属于核潜艇,此生无怨无悔!"

在谈到"中国核潜艇之父"这个赞誉时,黄旭华这样说道:"有位记者言过其实地说我是'核潜艇之父',我否定了。如果说,一定要给这个(核潜艇研制)工程找出'父亲'的话,P同志就是一位,他解决了核堆的问题……我很钦佩P的卓越才能……"黄旭华口中的"P同志",就是他的同事和战友彭士禄,因为他说这段话时,两个人都还处在"隐姓埋名"的时期。

这不也是真正的"英雄惜英雄"吗?

"英雄惜英雄"的情感,不仅仅体现在那些历尽沧桑的中年和老年人身上。笔者在与崔译文交谈的时候,也感受到了体现在"后浪"一代人身上的一种"英雄惜英雄"的况味。比如,她几次提到了"郑益欢""孙嘉怿"这两个名字……

在2020年那个刻骨铭心的春天里,有一个"后浪"青年,一个勇敢的"逆行者",大家都不会忘记,他的名字叫郑益欢。那么,我们就先来讲一讲郑益欢的故事。

2020年3月28日上午11时许,一辆棕色小汽车驶出杭甬高速公路宁波收费站。车停下后,一个脸色有点憔悴的小伙子略带羞赧地走了出来。这时,海曙康复医院护士长程小玲走上前去,代表宁波市的医护人员,也代表全体宁波市民,给他献上了一束鲜花,卡片上写着:"你回来,就是春天!"

这个小伙子就是郑益欢,23岁,甘肃人,2018年开始在宁波海曙康复医院工作。一个多月前,为了驰援武汉,这个小伙子毅然辞去了在宁波海曙康复医院的工作,在2月19日那天,孤身一人驾车上路,朝着武汉抗疫前线奔去……

"我个人决定辞去现有工作,前去武汉支援。国难当头,匹夫有责,疫情当前,作为一名医护人员,更有责任去一线……"这是2月11日晚上7点左右,郑益欢写给海曙康复医院护士长程小玲的辞职信。当时,郑益欢是该院重症病区的男护士。

"我实在等不及了!"回忆起当时的情形,郑益欢说,"如果就这样等待医院里可能将会组建医疗队驰援武汉的消息,我不知道还要等多久。更何况,事先我已经通过各种渠道与武汉方面取得了联系……"

原来,当新冠肺炎疫情在武汉暴发初期,郑益欢就日夜关注着武汉的疫情状况。他从媒体上注意到,当时由张定宇担任院长的武汉金银潭医院,是由武汉市三家专门诊治传染病的医疗单位合并而成的,金银潭医院的强项就是治疗传染类的疾病。因此,新冠肺炎疫情暴发后,金银潭医院很快就成了全国人民关注的一家定点医院。2019年12月29日,第一批7名患者被转入武汉金银潭医院。4天后,金银潭医院开辟了专门病区,接诊越来越多的病患。

此时,张定宇和他的同事们作为抗疫阻击战的先头兵,率先进入了一个全新的、陌生的战场。进入传染病病房的每位医生,都需要穿上连体防护服。但因为身患"渐冻症"(医学专业名词叫"运动神经元疾病"),张定宇自己完成不了穿连体防护服的动作,所以每次穿脱防护服,他都只能请同事帮忙。这位倔强的院长,此时还没有向任何同事透露出半点自己的病情。在大批驰援的军医到来之前,张定宇和600多名同事一道,几乎是"孤军奋战",在金银潭医院硬是扛了20多个日日夜夜。

第十五章　你是人间四月天

2020年1月5日，紧急送到金银潭医院的患者已有100多名。这时候，大多数市民对突如其来的疫情还没有足够的认知，很多人处在"谈虎色变"的恐慌之中。在这种气氛下，一天之内，金银潭医院聘任的50多名保洁员，吓得不辞而别。第二天，又有18名保安员请假离岗。紧急关头，张定宇如同中流砥柱，做了一个严厉的决定：没有了保洁员，就由院里的护士和行政人员顶上去；没有了保安员，就抽调一些后勤人员顶上去！他号召：所有的共产党员，都要挺身站出来，冲上第一线……就这样，在最短的时间内，张定宇通过紧急招聘外部工程队、集合医院的后勤力量，动用了全部的人力物力，不分昼夜，把医院里全部21个病区，都统一进行了重新改造、布置和消毒……

郑益欢已经感觉到了，这时候的武汉不仅急需各种医疗防护设备和生活物资的援助，更急需医疗人手的驰援。他很清楚，自己是一名重症病区护士，能熟练操作呼吸机等设备，武汉此时肯定最需要像他这样的专业护士。

可是，等了好多天，海曙康复医院一直没有接到支援武汉的任务。郑益欢心里像火烧火燎一般，他迫不及待地去浏览武汉各大医院的网站，看有没有直接接收有护士从业资格证的志愿者当护士的。

他原先想争取能到金银潭医院去，他觉得那里是武汉抗疫的最前线，所以最初他特别关注的是金银潭医院的状况。

可是，他没有找到金银潭医院对外征召志愿者的信息。不过他发现，另有几家医院虽不直接接收志愿者当护士，却在紧急招聘一线护士。于是他也填了简历，从网上发了过去。很快，他接到了武昌医院打来的一个电话。电话里说，郑益欢的条件符合招聘要求，但还需一个条件：一到武汉，必须立即办理入职手续。

郑益欢明白，这也意味着，他要到武汉去，就必须先辞去在海曙康复医院的工作。紧急时刻，不容他做太多的考虑，他立即向海曙康复医院提出了辞职，就是前面说到的，他连夜给护士长程小玲写了一封辞职信。

海曙康复医院的领导见郑益欢态度坚决，便同意了他辞职，同时也给了他一个承诺：等他支援武汉回来，可以随时重新入职。

办理了辞职手续后，郑益欢给远在甘肃的爸爸妈妈打了个电话，说了要去驰援武汉的决定。电话那头，一阵沉默之后，爸爸说："你是一个成年人，你决定的事情就好好去做吧！"

得到了家人的支持，郑益欢没了后顾之忧，连夜做着出发前的各项准备工作。

然而，就在郑益欢出发前夜，2月18日，他从微信里看到了武昌医院的相关新闻：院长刘智明，护士柳帆，都因为感染新冠肺炎而不幸殉职。还有其他一些医院的医护人员，也因为感染而进入了隔离病房。尤其是刘智明院长殉职后，他的妻子蔡利萍护士长因为日夜奋战在抗疫一线上，穿着厚厚的防护服，连拉一下丈夫手的机会都没有，只能大声哭喊着，送丈夫最后一程……

郑益欢看到，还有一位护士，因为要去上夜班，又担心自己万一感染了病毒会传染给家人，就坚决不让丈夫开车送她。她的丈夫只好缓慢地开着车子，默默跟在步行的妻子身后，用车灯给她照亮……

还有一位奋战在武汉火神山医院的吴亚玲护士，有一天下午突然接到一个噩耗：自己最亲爱的妈妈在云南昆明过世……这一瞬间，悲痛的泪水使吴亚玲的护目镜变得模糊。远隔千里，又是身在疫情最紧张的第一线，这个孝顺的女儿心中明白，此刻就是插上翅膀也难以飞到妈妈的身边。"妈，请您原谅玲玲……您老人家一路走好……"悲痛欲绝的女

第十五章　你是人间四月天

护士双手紧紧扶着墙壁,努力不让自己因为过于悲伤而倒下来。她在心里默默地、一遍一遍地哭喊着,请求远去的妈妈原谅自己,"忠孝不能两全"。哭完了,这个坚强的女护士站在走廊上,朝着家的方向,深深地三鞠躬。她用这种方式,永远送别了自己最敬爱的妈妈。她相信,妈妈一定会在漠漠云天里看到她、原谅她的。然后,她擦干泪水,稍微平复了一下情绪,坚定地转过身去,继续投入紧张的工作中……

这一幕幕令人揪心的情景,让郑益欢恨不能插上翅膀,尽快飞到武汉前线。可是,面对武汉越来越严峻的疫情,有的朋友劝他别去了,武汉前线不缺他一个人。郑益欢却红着眼睛说道:"我是一名护士,疫情就是国难,我不上战场,会愧对这身白衣战袍!而且从此以后,我一定会为自己在关键时刻没有尽责而抱憾终生的!"

2月19日下午,寒风瑟瑟。郑益欢将事先准备好的一些物资和自己的行李,全部塞进自己的汽车,毅然踏上了征程。

事后他说,在他脚踩汽车油门的一瞬间,他有一种"千里走单骑"的感觉,心里甚至还有一种"风萧萧兮易水寒,壮士一去兮不复还"的悲壮感。

受疫情影响,从宁波开往武汉的高速公路上,空空荡荡。有时郑益欢开了几十公里,都没遇到一辆汽车。一阵阵凄风冷雨,仿佛还夹带着一丝丝恐惧,不时地向他袭来。

2月20日,凭着武昌医院开具的电子版证明以及自己的护士证,郑益欢顺利地通过了武汉高速公路出口的卡点,抵达武昌医院。

来不及作任何休整,2月21日,郑益欢就参加了武昌医院的防护培训,第二天便被安排到医院隔离病区的岗位上。

这天晚上,他情不自禁地在微信朋友圈里写道:趋利避害,人之常情,而逆风者方知何谓疾风知劲草……

隔离病区实行 24 小时"四班倒"值班制。刚开始,郑益欢主要是上夜班。进隔离病房工作,要穿着严严实实的防护服,走动多了,就会气喘吁吁。下班后脱下防护服,汗水已经浸湿了衣服。每天回到住处,郑益欢几乎累瘫。

"在隔离病房,累不是问题,最大的问题是心理压力大。"郑益欢说,有的病人认为自己治不好了,不愿吃药,或唉声叹气,或暴躁不安。为此,郑益欢总结出了一套隔离病房劝说法:"你不好好治,万一走了,看不到儿子结婚了!""这两天家里孙子没人看了吧?赶快好好吃药,快点儿好起来,早日回家看孙子。"……一提起亲人,还真顶用,几乎每位患者都会立刻平静下来,顺从地配合治疗。除了常和患者聊天,郑益欢还常买巧克力送给患者,患者心情好了,也就配合治疗了。

去武汉之前,郑益欢以为,受疫情影响,医院里会一片悲伤。没想到去了以后,他看到,多数患者还是很乐观的,病房里没有想象中那么压抑,大家也经常相互开玩笑。一些患者会问郑益欢:"有没有对象,我们帮你介绍一个武汉的姑娘吔怎么样?"每每此时,郑益欢就害羞地说自己"还小"。

在隔离病房,有乐观积极的情绪,但也时常有悲伤袭来。"最多的一天,我送走了 4 个人……"郑益欢说,他本以为自己在海曙康复医院重症病区工作,早已见惯了生离死别,内心够坚强的了,可没想到,到了武汉的医院,他目睹了更为悲伤的场面,多次忍不住泪流满面。他说,正是无数个这样令人心痛的瞬间,让 2020 年这个春天浸泡在太多的泪水里。眼看着一个个兄弟姐妹永远离我们而去了,其中有普通百姓,也有许多舍生取义、无惧黑暗的医护战士和英勇的"逆行者"。他们不仅仅是一串数字、一排名字,更是一个个鲜活的生命;他们也不是天生的英雄和勇士,而是一个个好儿女、好父母、好姐妹和好兄弟!在抗疫最前线日夜奋战的医护人员里,还有不少人连痛哭着送别自己亲人的机会都没有。

在重症病区,郑益欢遇到了一对40多岁的夫妇,两人有一个智力障碍的儿子,妻子专门在家照顾儿子,丈夫在工厂工作维持生计。夫妻同时感染了新冠肺炎后,常相互鼓励要好好治病,治好了才能照顾儿子。有一天,这位女患者不断地问前去给她注射的郑益欢:"我昨天去找老公,一直没找到,怎么回事?"

看着她急切的眼神,郑益欢泪光闪烁。他不敢告诉对方,她的丈夫前一个晚上就去世了。幸好,护目镜挡住了郑益欢脸上的悲痛。为了让患者能安心治疗,他努力克制自己的情绪,强装平静地说:"你的先生转到其他病区治疗了……"

这样一个善意的谎言,成了这个病区所有医护人员共同保守的秘密,直到这位女患者病愈出院,还不知道丈夫已离世。"她要是知道了这个噩耗,我不敢想象她是否经得起这样的打击……"说着说着,郑益欢也哽咽了起来。

在医院里,郑益欢虽然经历过许多悲伤的时刻,但也在心里铭记下了更多感动的瞬间。由于穿着防护服戴着护目镜,他在给患者输液时,动作比较慢。有一次,他不慎将针扎到了血管外面。他急忙向对方道歉,但患者不但没有责怪,还笑着安慰他说:"你不顾生命危险从宁波赶过来帮忙,我们已经非常感谢了!再说了,扎不准也不是你技术不好,是因为你戴着手套,操作不便,真的没关系,你随便扎……"

"护士,你辛苦了!""郑医生,你要多保重身体呀!"……在病房里,郑益欢每天都能听到患者和家属暖心的话。

郑益欢也将许多感动的瞬间记录到了自己的日记里:

万家灯火

3月6日,我们带患者做新冠肺炎防治操,为了能调动患者的积极性,我们在每一个区域都做了示范,穿着密不透风的防护服运动真的特别费力,等操做完,每个人的衣服都湿透了,患者们说:你们辛苦了,等我们都出院了,你们就能回家了。

3月11日,我是夜班,刚上车就看到座位上司机师傅给我们准备的巧克力。他说:"你们辛苦了,我们武汉人民感谢你们。"这时候,车上音乐响起,歌中唱道:感谢所有深爱我的朋友,感谢你们默默相守……好应景的一首歌。

武汉的公园里,梅花开了,迎春花开了,樱花也开了。接着,桃花、李花、梨花、杏花……都开了。但是,奋战在抗疫一线的人们,暂时顾不上季节的变换。所有的花,该盛开的,你们都好好地独自盛开吧。接着,海棠花也开了,蔷薇花也开了,杜鹃花也开了……

等到所有的春花都在明媚的三四月的春光里绽放了,在抗疫一线苦苦奋战了两个多月的白衣勇士们,也终于迎来了初步的胜利!病愈患者一批批离开,入院患者一天比一天少,武汉情况在一天天好转。

进入三月中下旬以后,从来自全国各地的一支支援鄂、援汉医疗队里,陆续传出喜人的消息:本院最后一位患者今日康复出院。患者清零。一座座方舱,宣布关闭……这时候,一个个白衣战士总算露出了舒心的笑容。这些历尽艰辛的、最可爱的人,终于可以平安回家了!

送别的时刻,几乎在每一支医疗队里,都能听见深情的《送别》的歌声。"顶风逆水雄心在,不负人民养育恩。"只有在这样的时刻,每一位在抗疫前线共同奋战过的战友,才能更深切地体会到这份生死情谊、这份英雄情怀。

3月22日,武汉新增确诊病例0例。武昌医院的医护人员不再那么紧缺,郑益欢也已光荣地完成了自己的援助使命。他希望回到宁波继续工作,便和武昌医院的医护人员依依惜别。

"在我们医院最缺人手的时候,郑益欢单枪匹马不远千里而来,真的太让我们感动了,他工作能力、沟通能力都很强,对患者特别有耐心,一听到患者有需求,他总是第一个跑过去。病房里有这样一个阳光、热情的小伙子,患者都变得开朗了。"武昌医院普外科护士长、郑益欢在武汉工作期间的主管伍辉这样评价郑益欢的表现。

"来武汉前,好几个人问我,别人巴不得离武汉远一点,你咋还要往里走,你图啥?我当时就直接回答,我啥都不图,我只是想尽一份力。你看现在,我做到了。"离别武汉那天,郑益欢在日记中这样写道。

3月26日中午,郑益欢开着自己那辆小车,踏上了归途。上高速前,他特意走出车子,回望了一眼这座城市。一个多月前,他刚来时,这座城市仿佛按下了暂停键,一切尚在寒风料峭、雨雪霏霏之中,街道一片冷清。而此刻,要离开武汉回家了,祖国辽阔的大地上,无论是江南还是北国,都已是春风浩荡,麦苗返青,水暖秧绿,春工忙忙了,武汉这座大城也已经复苏——公交地铁开动了,马路上车来车往,一座英雄的城市,正在重启。

"谢谢,武汉,你让我的青春有了一段特殊而难忘的记忆,后会有期。"郑益欢心里默念道,然后返回车内,驶向他日夜思念的宁波。

这时候,在宁波,听到了郑益欢完成了援助武汉的任务、已经踏上了归途消息的海曙区委、区政府的领导和海曙康复医院的同事们,还有几位年轻的"后浪"志愿者,都相约赶到高速出口,以隆重的礼仪,迎接这位年轻的"逆行者"凯旋。海曙区的领导和郑益欢的同事们还打出了迎接的横幅：

"益欢,欢迎回家！""最美逆行者,欢迎凯旋！"

春暖花开,英雄凯旋。有一位"后浪"志愿者在自己的微信朋友圈里发布了几张欢迎郑益欢凯旋的照片,还配了林徽因的名诗《你是人间的四月天——一句爱的赞颂》里的句子：

> 我说你是人间的四月天；
> 笑响点亮了四面风；轻灵
> 在春的光艳中交舞着变。

> 你是四月早天里的云烟，
> 黄昏吹着风的软，星子在
> 无意中闪，细雨点洒在花前。

> …………

> 你是一树一树的花开，是燕
> 在梁间呢喃，——你是爱，是暖，
> 是希望，你是人间的四月天！

再来讲另一位被称为"斜杠青年"的孙嘉怿的故事。

孙嘉怿是一个普通的"85后"女孩。从2008年开始，她和一些志同道合的年轻志愿者一起，参与到关爱老兵的志愿服务当中。这个年轻的

第十五章 你是人间四月天

志愿者团队独辟蹊径,选择了一种比较特殊的关爱老兵的方式,就是为牺牲的烈士们寻找亲人,为家属们寻找烈士安葬的墓地,也为在世的老兵们寻找失散的战友……

笔者采访孙嘉怿的时候,她已担任宁波市海曙区志愿者协会副秘书长。她语气平静地跟笔者说起了自己当初为什么会走上这样一条为烈士和老兵寻亲的蹊径。

"宁波人献爱心、做好事、做善事,几乎是全覆盖的,热门的事情有很多人都做了,但冷门的事情也不会被忽视,"她平静地说道,"我和朋友们选择的,就是去做那些冷门的事情。"

刚开始做志愿者时,她没有什么方向和经验,只是被动地、不时地在网上分享各地烈士陵园发布的一些信息,希望能为那些长眠的烈士寻亲起到一点点作用。

不久的一天,有一位烈士家属通过网络找到了她,向她提出了一个具体的愿望,大意是说:他家里有一位亲人,大约在哪一年,好像牺牲在宁波这片土地上,但是不知道具体安葬在什么地方。这位家属求助说:"能不能麻烦你和你的朋友们,帮着去找一找他安葬在哪里?"

接到这条求助信息后,孙嘉怿当时心里颇有点小激动。在这之前她从没有想到,有人会对自己有这样的托付。于是,她利用周末的时间,几次去往宁波的几处烈士墓地,寻找受人所托要找的那个名字。

也算是功夫不负有心人吧,在最后那几块墓碑里,她真的找到了那位烈士的名字!那一瞬间,孙嘉怿非常激动!"也许,这是冥冥之中有一种力量在指引着我、鼓励着我,继续朝着这条路走去吧!就像烈士们的英灵,化作了天上的星星一样,为我照亮了夜晚的小路……"孙嘉怿说,也是从那一次"成功的寻找"开始,她正式踏上了为烈士寻亲的漫漫长路。

"说到'领路人',还真有一个,那就是陆客老师。他在2004年前后就开始拍摄各地烈士陵园里的烈士墓碑了。他一个陵园一个陵园、一座坟墓一座坟墓地拍,一座也不遗漏。我看了之后很受感动,觉得这件事做得很有意义,如果没有一种对烈士们真挚的敬爱情怀,是做不到的。所以,我最先就想帮他把这件事情做好。"孙嘉怿继续讲述道,"到了2017年的时候,有一位叫黄军平的叔叔又'慕名'找到了我。他说他去了一趟朝鲜,去找他牺牲在抗美援朝战场上的一位亲人,但是他没有找到。不过,他也没有白去一趟朝鲜。黄叔叔端着摄像机,拍了很多牺牲在那里的志愿军烈士的墓碑的视频,每个墓碑上的名字清清楚楚。回国后,黄叔叔每天对着电脑,把那些视频一帧一帧地截屏,截完以后,再把墓碑上烈士的名字、籍贯等,一个个录入到表格上。黄叔叔是一位70岁的老人了,但他一个名字一个名字地录入,竟然录入了一万多条烈士信息……"

当这位黄叔叔把一份长长的志愿军烈士的名单交给孙嘉怿时,她被深深震撼的同时也明白了,自己面临的是一份庄重的甚至带有几分神圣感的责任!为了让更多人尤其是让今天生活在和平与幸福之中的年轻一代,记住那些长眠在朝鲜的青山之间的志愿军英雄的名字,孙嘉怿说:"虽然我也明白,个人的力量是有限的,但是这件事情应该有人去做,而且必须做好!我暗暗下了一个决心,就以这份志愿军烈士名单为契机,借助互联网的力量,来动员和吸引更多年轻朋友参与进来……"

于是,孙嘉怿在互联网上发起了一个名为"我为烈士来寻亲"的志愿服务项目。项目的信息一公布,很快就招募到了26名青年志愿者,大家按照烈士籍贯等,分门别类、分批次地梳理这些资料。第一批资料在一个半月之后整理清楚了,孙嘉怿和朋友们旋即把它们发布到了互联网上。

"当时，转发量非常大，因为我们按照烈士籍贯所在的省份、城市和出生地等，划分和标注得非常清楚，很多热心的年轻人都参与了进来，帮助寻找和提供烈士家属的线索。有的也到就近的烈士陵园去对照和寻找，看看有没有这些烈士的名字……"

就这样，越来越多居住在天南海北、素不相识的人，加入孙嘉怿这群志愿者的行列。他们主动走进各自家乡的烈士陵园和烈士墓地，翔实地录下了一条条烈士信息，然后从四面八方汇聚到孙嘉怿这里。一个庞大的烈士数据库，很快就被建立了起来，而且初具规模。

有一位志愿者，是这个团队的程序员。他说："我外公也是一位抗战老兵，后来又跨过鸭绿江，参加了抗美援朝、保家卫国的战斗。我看到孙嘉怿一直坚持在做这件事情，也报名加入了这个团队，为她提供一些技术服务。"

还有一位志愿者，是个"90后"女孩。她说："刚参与这个项目的时候，我只是在学着孙嘉怿的样子，主动地去一点一点地收集相关的资料。渐渐地我发现，这些为国家牺牲的烈士里，有很多人跟我现在的年龄差不多，甚至比我还要小，但是他们永远停在了那个年纪！看着一个个虽是同龄却已属于两个世界的名字，我感到自己就像在经受一次次的精神洗礼。"

还有一位加入进来的志愿者，是一位烈士的遗孀。她说："没有这些烈士们的担当和牺牲，哪里会有今天的和平与安宁的日子？我们能想办法去帮助更多的烈士后代找到他们的亲人，尽可能地去弥补一点他们生前的遗憾，这也许是对烈士们最好的感念、祭拜和缅怀。"

2018年，孙嘉怿和朋友们去过一次朝鲜。她说，这是一次给她的心灵带来巨大触动的"精神旅程"。

孙嘉怿这代人,童年时期都读过作家魏巍的报告文学《谁是最可爱的人》。"谁是我们最可爱的人呢?我们的战士,我感到他们是最可爱的人……他们的品质是那样的纯洁和高尚,他们的意志是那样的坚韧和刚强,他们的气质是那样的淳朴和谦逊,他们的胸怀是那样的美丽和宽广!……"

这些诚挚、真实的感受,来自作家亲临朝鲜战场,对我们的志愿军战士亲密的接触、了解和认识。"最可爱的人"不仅成了志愿军的代名词,后来也成为解放军战士的代名词。

《谁是最可爱的人》这篇脍炙人口的作品被选进了中学语文课本里,影响了一代代青少年。

孙嘉怿说:"童年阅读时的记忆虽然还在,但如果没有那次朝鲜之旅,我对《谁是最可爱的人》的体会也许没有今天这样深刻。"说着,孙嘉怿又情不自禁地背诵起了那篇文章里的一个段落:"朋友们,用不着多举例,你们已经可以了解我们的战士是怎样一种人,这种人有一种什么品质,他们的灵魂多么美丽和宽广。他们是历史上、世界上第一流的战士,第一流的人!他们是世界上一切伟大人民的优秀之花!是我们值得骄傲,我们以我们的祖国有这样的英雄而骄傲,我们以生在这个英雄的国度而自豪!"

说起那次难忘的朝鲜之行,孙嘉怿记忆犹新,她说:"当时我们坐的火车,行驶得很慢很慢,窗外淅淅沥沥下着雨,雨点打在火车的玻璃窗上,让我觉得,还没有踏上朝鲜的土地呢,天空已在为我们即将和志愿军烈士们的相见而泪流满面了……"

同行的有几位志愿军烈属,有一位烈属叔叔告诉孙嘉怿说,1950年有多少年轻的战士,为了保家卫国,"雄赳赳气昂昂"地跨过鸭绿江,来到了朝鲜的三千里江山。这些年轻的战士,有的才二十几岁,第一次跨出国门,甚至来不及跟自己的亲人告别,就永远地留在了异国他乡。

在朝鲜平安南道桧仓郡,有一座朴素而静穆的中国人民志愿军烈士陵园。这里长眠着在抗美援朝战争中牺牲的一些志愿军战士的英魂,其中有一位身份特殊的青年烈士,就是新中国开国领袖毛主席的儿子毛岸英。他是跟随彭德怀最早开赴朝鲜战场的志愿军战士之一,彭老总称他是"我们志愿军的第一个志愿兵"……

"青山处处埋忠骨,何须马革裹尸还。"但是,在68年之后,孙嘉怿他们来了!来到这里寻找他们,看望和祭拜他们。

"当时,我们好像都怀着同样一个愿望,就是要把伟大的祖国现在的变化告诉长眠在那里的英雄们,因为他们在那里躺了太久了,他们的亲人等他们等得太久了……站在一处瞭望台上,一位烈属叔叔朝着三八线的方向,先是默默祭拜了一番,然后朝着远方大声地喊道:'爸爸,你到底在哪里啊?'那带着哭腔的、撕心裂肺的呼喊声,每个在场的人听着,心都碎了……"孙嘉怿说到当时的情景,忍不住几度哽咽了。

"山河已无恙,英雄归故乡。"这次朝鲜之行,让孙嘉怿更加坚定了自己为烈士寻亲的脚步和信心。"每一位烈士的故事,都应该被铭记;烈士们的奉献和牺牲精神,应该被一代代地传承下去!"孙嘉怿说,"想到抗美援朝战争已经过去70年了,今天却有那么多的年轻朋友自觉地加入进来,去帮助烈士寻找他们的家人,去帮助烈属们寻找他们牺牲亲人的安葬地,这本身就是年轻一代继承烈士遗志的体现,是一种勿忘历史、缅怀英烈、反哺社会的表现。"

"前前后后有十多年的时间了,你们能够坚持下来,而且越做越好,这实在是不容易！"笔者问道，"现在是不是还经常会有烈士的亲人来寻求你们的帮助？"

"其实，现在各地的民政部门等，早就在做着这类工作。我们所做的，算是一种添砖加瓦的工作。从某些方面看，因为我们已经建起了一个庞大的数据库，所以查对和寻找起来，会更为迅捷和方便一些。"说到这里，孙嘉怿又颇有点自豪地说道，"曾经为了寻找一位烈士的家属，我们找了差不多两年的时间，终于找到了；如果有准备的资料发过来，最快的话，我们现在只需要十来分钟，就能从数据库里找到相关的信息，做出准确的比对和证实。人都是有感情的，何况都是为了新中国、为了我们今天幸福安宁的生活流过血、拼过命，义无反顾、前仆后继地牺牲了个人生命的'最可爱的人'！所以，在帮助烈属们寻亲的时候，也会情不自禁地陷入一种强烈的情感里，把他们的呼唤、等待、牵挂、寻找，当作自己的呼唤、等待、牵挂和寻找一样，无法释怀，只要还有一丝丝的可能，就不忍割舍或放弃。"

有人统计过，十多年来，孙嘉怿和她的志愿者朋友已经走过了国内的 25 个省份，足迹遍布 7 个国家的 700 多座烈士陵园，共采集到 4 万多条烈士遗踪信息，为 965 位长眠的烈士寻找到了自己的家人。

一代人有一代人的性格特征，一代人有一代人的精神追求，一代人有一代人所钟爱的理想和誓言。但无论是处于哪个时代的少年和青年，有一点是共同的，那就是：都崇尚青春，都崇拜英雄，也都富有理想，富有朝气和力量……而每一个人，在他的一生中，都会有一段最美好的时刻——浪漫、纯真，甚至是庄严和崇高的时刻——朝气蓬勃，壮志凌云，情不自禁地为远大的抱负和高尚的献身而感动，幻想着踏上为理想而受难的旅程,即便是"在烈火里烧三次,在沸水里煮三次,在血水里洗三次",也无怨无悔,并且期待着某一天,会有一双明亮的眼睛注视着自己,随时会为一声关切的问候或轻轻的叹息而泪水盈盈……

我们从陈吉、崔译文、郑益欢、孙嘉怿这些年轻的"后浪"的故事里,自然也能感受到青春的壮丽与高尚,感受到人生价值的光亮与温度。他们的故事,也一次次验证着我们在前面说过的那个道理:没有从天而降的英雄,只有挺身而出的凡人。

第十六章

家有芳邻

凡是去美国康涅狄格州首府哈特福德（Hartford）旅行的人，大都会慕名前往法敏顿道（Farmington Avenue）351号那栋漂亮的老房子朝拜一番。那是著名作家马克·吐温在哈特福德的故居。那栋别致的花园式别墅，看上去就像是"一艘红色的蒸汽船漂荡在绿色的海洋上"，似乎在告诉人们：这座房子的主人，就是密西西比河上那位最有航行经验的水手。

在马克·吐温故居的对面，是另一座有着17个房间的大房子。房子的主人，就是"因为一本小说而引发了一场大战争的小女子"斯托夫人。这本小说就是经典名著《汤姆叔叔的小屋》。1873年，身材娇小的斯托夫人在写作生涯的最后一段时光里，和丈夫以及一对双胞胎女儿一起搬进了这座坐落在森林街（Forest Street）上的阔大的老房子，成了马克·吐温的"芳邻"。她在这里一直住到了1896年去世为止。

于是就出现了世界文学史上有趣的一些场景：有时候斯托夫人写《汤姆叔叔的小屋》写累了，就会离开书桌，信步走到邻居马克·吐温家

第十六章　家有芳邻

的院子里，愉快地摘回一大把鲜花，插在自己家客厅的花瓶里。斯托夫人热爱植物和园艺，是有名的花草迷。而在密西西比河上做过多年水手的马克·吐温，有时候也会像去拜访老朋友一样，来到斯托夫人家说笑一阵……

在宁波很多小区里，也有许多像马克·吐温与斯托夫人这样人情怡怡、互敬互助的"芳邻"。

2021年6月12日，正是农历端午节前夕，宁波跟全国很多地方一样，也有挂艾草、悬菖蒲、送香袋的习俗。这天，住在鄞州区钟公庙街道金色水岸社区观江园的住户，下班回到家，都意外地发现，自家门口端放着一束包扎漂亮的菖蒲花束，花束上还挂着一只精致的小香袋和一张祝福卡片。

"这是哪位邻居悄悄送来的啊？太暖了！"

"谢谢好邻居的端午美意！"

不一会儿，在观江园的业主群里，很多邻居都欣喜地晒出了菖蒲花束的照片，大家纷纷在群里询问和打听，都想知道这位悄悄给邻居们送礼物的芳邻是谁。

但是，这个秘密也许只有观江园物业的管家谭静最清楚。原来，6月11日下午，谭静突然收到了一位业主的特别请求："端午节快到了，我想给观江园的邻居们送上一些菖蒲花束，麻烦你们帮我送一下吧。"在微信里，这位业主还再三叮嘱谭静，区区小事，请一定保密，不必声张。

当天下午，谭静等物业工作人员就挨家挨户，去完成这个"替人送花"的任务。送菖蒲花束时，有的业主还在单位上班，他们就把花束放在门边；有的业主在家，正好遇到了，不免要打听一下，这是哪位暖心的邻居？但谭静他们个个守口如瓶，只是笑笑说："反正是好心邻居送的呗！"

这幢楼里共有 32 户人家，大家最后一致猜测认为，可能是新来的一位邻居送的。

"不管怎么样，大家都觉得很暖心。"有一位已经在观江园住了三年的女士说，"能拥有这样的好邻居，真是幸运和幸福！"她还告诉笔者，搬来这里居住后，只要发现哪家的车子忘了关窗，谁家车子的大灯没有关，大家都会及时在群里提醒；谁家在顶楼晾晒衣被什么的，如果碰上下雨，就会有好心的邻居帮忙收起来；谁家有喜事了，还会挨家挨户送喜糖，感觉这里真是一个"爱的小区"，住在这里的"幸福指数"特别高。

笔者在这里采访时，还了解到这样一些发生在邻里之间的佳话：观江园一期有个名为"欢乐颂"的楼道，楼道里有个"共享书柜"，放在书柜里的"漂流图书"都是各家的闲置图书；这里还有一个每周一次的"英语角"，一位热心的业主特意请来外教，让住在这里的大小朋友一起参与；这里每年还会举办一次"邻里节"，邻居们都会端来自己的拿手菜，分享给大家。左邻右舍，互相照应，将心比心，人情怡怡……

在宁波传统的伦理观念和优良的市井风气中，"睦邻观"是一个重要的组成部分。在宁波千百年沉淀和流传下来的民间俗语和谚语里，有许多都是讲睦邻关系的。比如：

挑箩夹担望远亲，急难来时靠近邻。

左邻右舍是杆秤，隔河两岸是面镜。

好亲勿如近邻。

亲帮亲，邻帮邻，百人帮一胜似神。

第十六章　家有芳邻

> 行路要好伴,居家要芳邻。
>
> 田邻好,好种稻;邻居好,好靠老。
>
> 邻里好,无价宝;邻里吵,三代恼。
>
> 家弗和拔人欺,邻弗和拔贼欺。
>
> 远亲勿如近邻,近邻勿如对门。
>
> 远水难救近火,远亲勿如近邻。
>
> …………

在宁波的市井文化史上,历代都留下了不少邻里和睦的佳话。

明朝时,宁波北城人李德先(字子万),是一位饱读诗书的乡贤。他有个儿子是朝廷命官,父因子荣,他也多次受到封赠。这位李先生平时与人为善,在北城一带很有名望。

不料,有一年,李家有的后辈人,凭仗着家族势力和"朝中有人",把一位乡邻告到了官府,官府决定抓那位乡邻来审讯。那位乡邻知道李德先的为人,就想办法找到了李先生,一五一十地哭诉了自己的遭遇。

李德先闻听此事,不禁大吃一惊,说:"若不是听到你的诉说,我真不敢相信还有此事。我家和你家世代为邻,这是足可珍惜的缘分,没想到后辈小子们竟敢如此胡来!"

李德先随即亲手写了一张纸条交给那位乡邻,说:"你不用害怕,若是官府要抓你问讯,你就拿出这张字条交给县令,县令自会修理我那几个不肖小辈的。"

乡邻拜谢后,拿着李先生写的字条,径直来到县衙说:"这是李先生刚才给我写的字条。"县令接过一看,脱口读出了首句:"某某,是我的老邻居……"李家子弟听说后,默不作声地撤了诉状,从此再也不敢在乡邻面前狐假虎威、仗势欺人了。

李德先还有一位胞弟,叫李德升(字子元)。有一年正月十五元宵节的晚上,老兄弟俩带着一名奴仆,来到宁波街上赏灯。这时候,一群邻里少年正在路边燃放火莲,李氏兄弟俩只好从焰火中穿过。

第二天,那个跟随兄弟俩上街赏灯的奴仆,找到了那几个燃放火莲的邻里少年,吓唬他们说:"你们晓得不晓得,两位大人穿的都是名贵的白裘,价值百金!你们乱放火莲,溅出的火花烧坏了大人的白裘,该当何罪?要想保住性命,赶快赔钱吧。"

邻里少年哪里拿得出半文钱来。他们吓得要命,又不敢告诉家人,只好来到李德升府上叩头赔罪,恳求说:"李先生,对不起,都怪我们冒失,昨夜燃放火莲,烧坏了二老的名贵白裘。望您大人不计小人过,饶恕我们吧。"

李德升见状,立刻上前扶起邻里少年,抖着自己的衣服说:"这是从何说起的事啊?你们看,老夫和家兄穿的都是粗布衣服,何来的白裘?再说也根本没有烧坏嘛!"

当即,李德升叫来那名奴仆,问清了原委,不仅命人打了奴仆一顿板子,还亲自给邻里少年道了歉,说:"与邻为善,乃吾乡党良俗,应该代代传承,好好维护,岂能容丝毫怠慢和损害!"邻里少年走出李府后,感慨地说道:"人们都说李家两公都是谦谦君子、忠厚长者,看来一点不假呀!"

从这两则旧时的邻里亲善故事里即可看到,宁波的传统市井风气里,就十分重视睦邻关系。其实,在今天的宁波,像观江园这样的情满邻里的故事,比比皆是。

第十六章　家有芳邻

2020年7月间,在宁波鄞州区中河街道锦寓社区天欣家园小区,发生了这样一档子事:一位76岁的"老志愿者"王厚忠老人生病住院了,小区里竟有20余位邻居,自发地组织起来,排好班,轮番去医院探望老人,有人负责夜间陪护,有人负责白天陪聊……这是为什么呢?

说起来,这又是一段情满邻里的爱心佳话。

原来,王厚忠虽然已经76岁了,但十几年来,他一直是小区里的热心志愿者,默默地为邻居们义务服务了整整13年!

王爷爷是一位"手艺人",是邻居们眼里的"全能技工"。谁家里下水道堵塞了,可以找他,这时他是"水电工";哪家的电瓶车、电风扇坏了,可以找他,这时他是"修理工";有的人家需要磨剪子、戗菜刀,也可以找他,这时候他又是"磨刀人"。王爷爷有一块用了不知多少年的磨刀石,十几年来给邻居们少说也磨了上万把剪子和菜刀。总之,只要邻居们有事,王爷爷总是拎着一个像"百宝箱"一样的工具箱,随叫随到,有求必应,而且从来不肯收一分钱的报酬。住在天欣家园的邻居们都知道有"王爷爷""王师傅"这么一个"全能技工",好像没有他不会的手艺。

除了义务给邻居们当各种修理工,王厚忠老人还是小区里老年活动室的兼职保洁员,一年下来,小区给他结算的全年保洁劳务费有7000多元,他分文不取,全部交给了社区,专门用于为小区里的老年邻居们购买一些生活物品。

王爷爷家里的摆设都很简朴,但有一大排金光闪闪的奖杯特别引人注目,那是他十几年来参加各类志愿活动而获得的荣誉。王爷爷说:"这些奖杯,也是社区和邻居们的口碑,我得好好珍藏着。"

因为常年的奔波忙碌,老人身上落下了不少病根。2020年4月,他就觉得身体不太舒服了,但一直没把这件事放在心上,每天照样为大家做志愿服务。6月初,他在给邻居们做事时,突然感到呼吸困难,被紧急送往医院。原来他早就患有甲状腺结节,医生建议他马上住院做手术。于是,就发生了前面说到的20多位邻居轮番到医院陪护、探望的情景……

有一位72岁的老邻居钟正芳,一天不落,每天骑着电瓶车来医院陪王厚忠老人唠嗑。原来,几年前他们就认识了。当时,钟正芳的老伴生病在家,王师傅不仅经常去帮忙修修这修修那的,有时还悄悄塞一点钱给老钟说:"没有多少,你不嫌少就好,就当是我的一点心意,给你打打气!"

王爷爷住院9天,钟正芳和其他20余位邻居轮番来医院陪护、探望,这让同病房的病友也不禁感到惊讶!有人打趣地说:"这得是怎样亲密的邻里关系,才能做到这样子啊!王师傅,您这待遇可不是一般的高啊!"

王爷爷的老伴身体不太好,因为担心她全天在医院照顾病人太辛劳,邻居楼先生就主动提出,自己可以负责晚上陪护的任务。楼先生说,他和王爷爷是一对忘年交。23年前,小楼初到宁波,租住在王师傅家隔壁。王师傅心地善良,凡事处处照顾这个初来乍到的年轻人,有时还帮他照看年幼的小孩。

有一阵子,他们居住的地方要拆迁改造了,王师傅搬进了拆迁安置房,小楼却一下子居无定所了。当时,正好有一户邻居要卖房子,王爷爷建议小楼把这套房子买下来。可小楼当时手头紧,全部存款也只有2万元。得知实情后,王爷爷二话没说,取出了自家的4万元存款交给小楼说:"拿去应个急吧,先把房子买下来再说。"

那时候小楼夫妻俩都忙着上班,家里一岁多的孩子没人照看。王爷爷说:"把小孩放在我家里,我和老伴帮着带着,你们安心上班。"就这

第十六章　家有芳邻

样,老两口一直把小楼的儿子照看到小学毕业。

如今,小楼的儿子已经参加工作了。小伙子听说王爷爷生病住院了,特意来到医院探望王爷爷。

王爷爷出院的第三天,就迫不及待地打开"百宝箱",又开始给邻居们修理东西了。"我不在的这几天,很多东西坏了没人修,我得抓紧点时间干哪!"王爷爷一边忙活着,一边笑着说,"闲话说得好:'亲要亲好,邻要邻好',宁波自古以来不就是这样的吗!能被邻居们需要,为大家做点力所能及的小事,我自己也觉得挺幸福的,只要身体允许,我还会做下去的。还有句话不是说,'我为人人,人人为我'嘛!"

"一诺千金"是中国古代一个有名的成语故事,也叫"千金一诺",出自西汉史学家司马迁的《史记·季布栾布列传》。讲的是楚国人季布,一生仗义,喜欢帮助他人,而且只要是他答应过的事情,就一定努力去做到。所以司马迁就在《史记》里称赞说:"得黄金百斤,不如得季布一诺。"

住在宁波鄞州区的很多市民,都知道发生在这里的一个"邻里守望近20年"的爱心故事,可以说是"一诺千金"故事的现代版。

2021年7月6日上午,鄞州区首南街道陈婆渡社区"四叶草陪聊社"的鲍亚萍和几位志愿者一起,像往常一样又来到残疾人陈德娣家里,笑嘻嘻地说道:"德娣姐,我们又来啦!今天还要给你补过一个生日哦!"说着,亚萍他们又是打扫卫生,又是整理衣物,一直忙到吃中午饭的时间,接着从冰箱里端出一个生日蛋糕,然后点燃了一根根细小的蜡烛。

75岁的陈德娣坐在轮椅上,对着烛光默默许了个愿,然后轻轻吹灭了生日蜡烛。这样一个颇有仪式感的生日,给一位常年坐在轮椅上的老人带来了极大的慰藉。老人含笑的眼角上默默滚出了泪花……

陈德娣从小就得了小儿麻痹症，腿脚不便。鲍亚萍比她小5岁，也是70岁的老人了。

谁能想到，多年前脱口而出的一句话，就像是许下的一个诺言，鲍亚萍信守了近20年，一直不离不弃地像亲人一样照顾着陈德娣。两个人是邻居，又像是亲人；不是亲姊妹，却胜似亲姊妹。

两个人的相识，始于2004年。那年，两人几乎同时搬进了刚刚交付的陈婆渡小区。最开始时，因为陈德娣天天坐在轮椅上，很少出门，所以她们也像一般的邻居一样，并没有什么特别的交情。

可是到了第三年，2006年夏日的一天，陈德娣独自一人在家时，突然从轮椅上滑到了地上，挣扎了好久也没有爬起来。这时家里又没有人，陈德娣自己无法重新坐到轮椅上，就只好听天由命，半躺在地上，苦等着家人回来。

夏日天热，时间过去久了，万一渴了、脱水了怎么办？就在这时，正好鲍亚萍拎着东西上门来了。平日里，为了方便小区里的服务人员上门，陈德娣白天基本都不关门。这天，鲍亚萍推开门，一眼就看到摔倒在地的陈德娣，顿时吓得不轻！

她赶紧上前去，想把陈德娣扶上轮椅，但试了好几次，都没能把陈德娣抱起来。于是她只能下楼去喊来两位邻居，三人合力才把陈德娣抱上了轮椅。

这次意外的撞见，让心地善良的鲍亚萍心有余悸：万一德娣姐以后再发生这样的事情呢？这次正好碰到她上门，假若一整天都没有人进门呢？一连好几天，陈德娣摔倒在地的画面，一直盘旋在鲍亚萍脑海里，挥之不去。

就在这一年，陈婆渡社区组织志愿者，与住在本社区的特殊群体结

第十六章　家有芳邻

对。鲍亚萍一听,立即报名说:"让我和德娣姐结对吧,以后我来照顾她!"

在鲍亚萍眼里,陈德娣是一位身残志坚、很要强的大姐。她克服了常人难以体会的困难,学会了缝纫手艺,能熟练地使用缝纫机和锁边机。她虽然腿脚不便,却有一双巧手,一些中老年邻居常常慕名来找她做衣服。鲍亚萍有时也会买一点自己喜欢的花色布料,请德娣姐帮着做衣服。在缝纫机头咔哒咔哒、细细密密的响声里,两个人的情谊愈加牢固。

陈婆渡社区组织的这支志愿者队伍,取名为"四叶草陪聊社"。十几年时间下来,志愿者来来去去,更换好几拨了。唯有鲍亚萍,因为脱口而出的一句话,一直坚守着!

近几年,随着年事增高,陈德娣又患了高血压和糖尿病,每天都要吃好几种药。因此,每个月定时到卫生院去配药,成了鲍亚萍的分内事。在德娣姐看来,亚萍心细得就像缝纫机的针脚,每次去卫生院配药,都会仔细询问清楚,每种药的吃药间隔和一些注意事项,连有没有什么忌口都会问得一清二楚。

还是那句话,一个人做一件好事、做一天好事并不难,难的是日复一日、年复一年地坚持下来,一做就是近20年!

比如,夏天雷雨天气多,只要一看到天阴了,亚萍就会赶紧上门帮忙收衣服;从菜场里买了海鲜和新鲜蔬菜,她也总是先送一些给德娣姐。换季的时候,她会一连几天帮着德娣姐拆洗被子什么的,里里外外地把德娣姐家里收拾一遍,就跟收拾自己的屋子一样用心。就连德娣姐的头发,也是亚萍给修剪的。

"邻里之间,也没有什么大事可帮的,都是日常生活中芝麻大的小事。只要多搭把手,德娣姐就不用那么犯愁了。"鲍亚萍笑笑说,"虽然我也有70岁了,但只要还走得动,我会一直照顾德娣姐到底的。亲帮亲,邻帮邻嘛！每个宁波人遇到这样的邻居，都会出手相助的，这没有什么可以大惊小怪。"

鲍亚萍和陈德娣所在的鄞州区，历来就有互济互助、义利相兼的善义传统，同时也以睦邻守信、一诺千金的信义风习闻名遐迩。仅是她们居住的陈婆渡这个古老的地名里，就蕴含着一个令人感动的传说。

传说在宋代以前，陈婆渡这里有一条九曲江，是奉化江的一条支流，贯通着远处的江海。九曲江每天早晚两次潮汐吞吐，因为常年受到卤潮侵蚀，形成了一片盐碱滩涂地，每个月的初一、十五，总是波涛汹涌，放眼沿岸，满目荒凉。

后来，一对姓陈的渔家夫妇来到这里住了下来，成了这里的头一户人家，一年四季以捕鱼为生。夫妇俩还在前江北岸搭了一处埠头，人称"陈埠头"。

有时候，来往的小商贩和行客为渡河不便而犯愁，善良的陈婆就用自家的小渔船，为来往的过路人摆起了"义渡"。老头子去世后，陈婆自己没有能力去江上捕鱼了，就一边摆渡，一边做点草鞋卖掉，勉强维持生计。陈婆一直有一个心愿，就是想修一座桥，方便行人过江。可惜的是，直到陈婆去世，这座桥也没有修成。

又过了很多年，当地人为了纪念善心的陈婆，以各家捐款的方式，终于建成了一座方便大家通行的石桥，这个渡口也被正式称作"陈婆渡"，而且一直沿用至今。

从鲍亚萍与陈德娣"邻里守望近20年"的爱心故事里，不是也能感受到古老的陈婆"义渡"传说的某些回响吗？

在宁波，很多小区都在纷纷打造邻里共享的"邻里花园"。你想拥

第十六章　家有芳邻

有一个四季花开满园的"邻里花园"吗？你想参与打造家门口的"诗和远方"吗？这样色彩缤纷、花香馥郁的"邻里花园"，正在宁波的各个社区里遍地盛开。

有一段时间，一篇《宁波这个小区要火！三名业主自筹"爆改"花园！》的报道，在宁波各个小区群里成了热帖。有一个小区还专门组建了一个有130多位邻居加入的"园艺群"，邻里们都在这个群里交流花草种植和养护经验。

有的邻居说："只要有美丽花园，后期的养护不成问题，我们每一位热心邻居都愿意承担养护责任！"

宁波本土的园艺设计师们看到市民们对"邻里花园"有着这么高的热情，也跟着发出了郑重的承诺："我们来揭榜！有需要的话，我们200余名设计师都可以参加！"

正是在这样和谐美好的邻里氛围下，2021年5月的初夏时节，在象山丹东街道梅园社区桃花源小区，一个个不上锁的美丽庭院，吸引了宁波很多市民钦羡的目光。

5月2日上午9时许，一场名为"美丽庭院"的评选活动正在这个花香袭人的社区里举行。20多户邻里人家，纷纷打开家门，把一个个花草品种繁多、花卉风姿各异的美丽庭院，呈现在前来参观的邻居、评委、嘉宾和媒体记者面前。记者们情不自禁地发出一个个即时视频：这里正在上演一个个香溢清远的故事，关于鲜花治愈自己、治愈小区、和谐邻里的故事，亦随着花香在流传……

在桃花源小区，20多户和睦邻里的美丽庭院，虽然家家特色各异，但有一点是相同的，那就是邻里间对花草的热爱，对小区和邻里之间的善爱与信任。

这是真正意义上的"芳邻"！小区各家的美丽庭院平时都不上锁。邻居之间谁想串门赏花和讨教一二，只要打个电话说一声，就可以推门而入，像走进自己家的院子一样。

比如在姚丹女士家的院子旁边，有一小块特别漂亮的公共绿地，那是她特意开辟出来的，不仅种上了漂亮的花卉，还做了路标，成了小区一处美丽的小景。受到姚丹等花草迷的影响和感召，很多邻居纷纷效仿，把自家门口附近也装扮得漂漂亮亮。"芳邻"和"花友"们除了经常聚会切磋技艺，还会发起一些"众筹"活动，在小区的小溪边种上多色杜鹃花和无尽夏（绣球花）等观赏性极高的花卉。

2020年11月10日上午，中央文明办公布了第六届全国文明城市入选城市名单，以及复查确认保留荣誉称号的前五届全国文明城市名单。经过复查确认，宁波市保留全国文明城市荣誉称号，成功实现了全国文明城市创建"六连冠"。同时，宁波市的测评成绩排名，居省会、副省级城市第二位，受到了中央文明办的通报表扬。

这是一份了不起的荣耀，也是一份来之不易的荣耀。毫无疑问，这也是一份属于全体宁波市民的荣耀！

消息传来的当天，宁波的主流媒体上就刊登了这样的评述文字："十五载的接续奋斗，三年来的不懈攀高，沉甸甸的荣誉背后，凝结着全市上下每一位干部群众的信念和执着、心血和汗水。正是宁波人的齐心协力、精益求精，今日的宁波，才有了全国文明城市创建'六连冠'的荣耀。今天这一刻的荣耀属于每一个宁波人！……"

衡量一座文明城市，有来自各方面的多种元素的标准与尺度，当然不仅仅要看这座城市有没有优良的市民风气，有没有文明与和睦的邻里关系，有没有幸福宜人的"美丽庭院"和"邻里花园"，宁波全市令人羡慕的邻里风气，宁波每天都在发生的感人的芳邻故事，也给这座"六连冠"的全国文明城市加了分，增添了别样的风采，为擦亮"爱心宁波·尚德甬城"的品牌做出了巨大贡献。

正因为如此，2020年11月23日，宁波市文明办以一封感谢信的形式@全体宁波市民，向每一位市民表达了真诚的感谢。这封信，也引起了全国其他城市市民的钦羡和敬慕。全文如下：

亲爱的市民朋友：

11月20日，中央文明委在北京举行全国精神文明建设表彰大会，宁波以省会、副省级城市第二的成绩，蝉联全国文明城市"六连冠"。这份沉甸甸的文明硕果，凝结着全市人民的智慧、心血和汗水，是全体宁波市民的共同荣光！

文明花开香满园，同心掬得满庭芳。十五载的接续奋斗，三年来的奋力争创，全体新老宁波人共同谱写了一曲"你我他齐动手、共建共享文明城"的"美丽和声"。正是在大家的共同努力下，宁波城市文明程度、城市文化品位、群众生活质量、市民文明素质不断提升，城市更加整洁有序、文明和谐，市民群众的获得感、幸福感显著增强。在此，我们向全体市民表示衷心的感谢和崇高的敬意！

——感谢有你！每一个爱心市民的文明接力，让这座城市始终充满温暖和爱心。疫情期间，一家家口罩"只送不卖"的药店，一个个免收租金的房东，给社区干部送来物资的好市民，见证了宁波人的并肩互助、向爱而行。"顺其自然""支教奶奶""烟头奶奶"等众多"身边的感动",用爱心善举诠释了文明的力量,共同组成宁波最美的风景,让"爱心宁波·尚德甬城"的城市名片更加熠熠生辉!

——感谢有你!每一位文明的宁波人,始终是这座城市最美的风景。孝老爱亲的家风,传承着中华传统美德;邻居间的友好互助,滋养着淳朴良善民风;斑马线前的礼让而行,传递着平安与温暖;餐桌上节俭点餐、使用公筷,让"舌尖上的文明"蔚然成风……汇涓滴而成江海、积跬步以至千里,因为有你——宁波市民,全国文明城市的壮美画卷最终铺陈舒展!

——感谢有你!我们始终难忘一线干部群众不计寒暑、顶风冒雨的忠诚坚守;难忘环卫工人身披朝霞、穿梭劳作的动人身影;难忘志愿者不求回报、友爱互助的真诚微笑;难忘各行各业各尽所能、添砖加瓦的默默支持;难忘社会各界顾全大局、助力加油的无私奉献……

文明创建永远在路上。获得全国文明城市"六连冠",是一个梦想的实现,更是一段新征程的开启。希望全体市民朋友倍加珍惜来之不易的荣誉,倍加爱护文明创建的成果,一如既往地支持、参与文明创建工作,从自身做起,从小事做起,从一言一行做起,携手共建,高标准常态化推动宁波文明创建不断迈向新的层次、新的高度、新的境界,奋力打造全国文明城市典范城市。

愿文明之花永驻四明大地!

宁波市文明办
2020年11月23日

宜业、宜居、宜乐、宜游,让人民有更多获得感,为人民创造更加幸福的美好生活,这是习近平总书记心目中的"人民城市"所应该具备的一些特点。

习总书记心中时刻牵挂着人民的冷暖,惦记着人民群众是否生活得幸福和满意,所以,他在很多场合的讲话中一再讲到如何创建和完善"人民城市"的问题。"城市的核心是人。"2015年12月20日至21日,习总书记在中央城市工作会议上强调说:"做好城市工作,要顺应城市工作新形势、改革发展新要求、人民群众新期待,坚持以人民为中心的发展思想,坚持人民城市为人民。""我国城市化道路怎么走?这是个重大问题,关键是要把人民生命安全和身体健康作为城市发展的基础目标。""城市工作做得好不好,老百姓满意不满意,生活方便不方便,城市管理和服务状况是重要评判标准。"

城市是人民的城市,人民城市,就应该以人民为中心。习总书记还要求城市的规划、建设与管理者们,要用绣花般的精细去管理城市:"既要善于运用现代科技手段实现智能化,又要通过绣花般的细心、耐心、巧心提高精细化水平,绣出城市的品质品牌。"同时,习总书记还强调说,一座真正的人民城市,应该"保留城市历史文化记忆,让人们记得住历史、记得住乡愁,坚定文化自信,增强家国情怀"。

——这是一个多么庄严、坚定和美好的目标啊!

宁波,不正是在朝着这样一个庄严、坚定和美好的目标,继续奋进吗?

第十七章
千江有水千江月

一方水土养一方人。"好事弗可错,坏事弗可做。"这句谚语,早已成为宁波人心中默默不宣、代代信守的"家传"。所以,说起宁波这方水土乐善好施的慈善风气、慈善文化,可谓源远流长、根深叶茂,有着悠久和强大的历史文化基因。

近些年,笔者收集和阅读了不少专门梳理和研究宁波慈善史、慈善文化的著作,其中有专门研究宁波古代慈善史的,有专门研究近代和民国时期宁波慈善事业的,也有专项研究在海外的宁波人如何眷家恋土、反哺桑梓的……其著作数量之多,也足以说明宁波慈善故事资源的长远与丰厚。

《浙江省民间文学集成·宁波市歌谣谚语卷》里收录了一首20世纪初叶流传于镇海一带的歌谣《小白菜》。笔者在宁波帮博物馆采访时,一眼就看到了这首醒目地录存在展板上的民谣。这首民谣的文字版本略有差异,但宁波帮博物馆的王馆长微笑着告诉我:"可不要小看这首短短的民谣,这里面就隐藏着宁波人的生活和文化密码,包括慈善基因密码。"

第十七章　千江有水千江月

> 小白菜,嫩艾艾,
> 丈夫出门到上海。
> 上海末事带进来,
> 邻舍隔壁分点开。

> 小白菜,嫩艾艾,
> 丈夫出门到上海。
> 十元十元寄回来,
> 介好丈夫哪里来?

为什么里面藏着宁波人的生活和文化密码呢?"小白菜,嫩艾艾"一句,使人想到宁波女子的美丽与贤淑;"丈夫出门到上海",说明宁波人崇商重商,喜欢跑上海做买卖;"上海末事带进来,邻舍隔壁分点开",说明宁波人与人为善、乐善好施,讲究邻里和睦相处之道;"十元十元寄回来,介好丈夫哪里来?"说明宁波人讲究勤俭持家、笃实齐家,善于以一己之家为原点,尽己所能而兼顾邻里、乡梓,然后渐渐蔓延为全城行善的城市风气,以至于有了今日宁波的"慈善之都""爱心之城"等名副其实的美誉。

在宁波历史上,历朝历代知名的慈善人物层出不穷。春秋末期的政治家、经济家范蠡,被称为"商圣",同时也是一位有名的慈善家。相传范蠡帮助越王勾践复国雪耻之后,乘着一叶扁舟归隐江湖,改姓易名为陶朱公,专事商业经济。《史记·货殖列传》中说陶朱公在19年间3次获得千金之富,但他3次都把全部钱财分赠和接济了穷苦人家。今天的东钱湖上有一处名胜"陶公钓矶",就是纪念这位古代慈善家的。

宁波的慈善传统与慈善故事,无论是古代、近代还是现代的,都足够另写几部专题大书。走进宁波帮博物馆，仅仅是近现代以来，我们就会看到长长一串慈善家的名字：朱葆三、吴锦堂、虞洽卿、严信厚、王宽诚、邵逸夫、包玉刚、包玉书、李达三、唐爱陆、李善祥、王才运、宋汉章、闻儒根、秦润卿、赵安中、陈廷骅、曹光彪、汤永谦、朱敏、朱绣山、励顺良、李如成、储吉旺、潘焕军……更不用说，还有当代的以"顺其自然"为代表的一批隐身行善的爱心群体；还有"支教奶奶""助学奶奶""毛衣奶奶""钢琴奶奶""宁波妈妈""挡刀女孩"等等，这样一些"最美宁波人"和"宁波好人"……

2019年9月29日，在新中国成立70周年国庆大典来临前夕，中华人民共和国国家勋章和国家荣誉称号首次颁授仪式，在人民大会堂隆重举行。中共中央总书记、国家主席、中央军委主席习近平向国家勋章和国家荣誉称号获得者分别颁授"共和国勋章""友谊勋章"和国家荣誉称号奖章。获得"共和国勋章"的共有8人，他们分别是于敏、申纪兰、孙家栋、李延年、张富清、袁隆平、黄旭华、屠呦呦。

屠呦呦是全国医疗卫生领域唯一的"共和国勋章"获得者。当习近平主席将闪闪发光的共和国勋章佩挂在屠呦呦胸前时，每一位宁波人也觉得无比自豪，宁波的媒体上说，"宁波再一次迎来了高光时刻"。

其实，那一天还有另一位宁波籍科学家，跟屠呦呦一样，也是全国孩子们最崇敬的人和心中的偶像，但他没能亲自走上颁奖台。他就是被全中国的孩子亲切地称为"糖丸爷爷"的医学家顾方舟。顾方舟以一颗小小的"糖丸"，为饱受脊髓灰质炎威胁的中国孩子搭建了生命的"方舟"，国家授予他"人民科学家"国家荣誉称号。但这位可爱可敬的"糖丸爷爷"，已经在2019年1月去世了。

第十七章　千江有水千江月

在与共和国一同走过的70年伟大征程中,从来不缺少宁波人的身影。他们被誉为抱赤子之心、守家国大义的"宁波帮"。有不少宁波乡亲都注意到了,在新中国成立70周年的庆典上,坐在"致敬"方阵礼宾车上的,有两获全国劳模称号的"最美宁波人"陈芳芳;被邀请坐在观礼台上观礼的,还有徐亚芬、俞复玲、傅平均、张彦等"最美宁波人"……

现在,我们先来讲一讲"糖丸爷爷"顾方舟的故事。

顾方舟(1926年6月16日—2019年1月2日)出生于上海市,原籍宁波。作为我国著名的病毒学专家、医学科学家,顾方舟把自己毕生的精力都投入到了消灭脊髓灰质炎(俗称"小儿麻痹症")的事业上,为中国和世界消灭"脊灰"做出了巨大贡献。

许多人都还记得,小时候打完疫苗后,最期待的事儿,就是能吃到打针医生"奖赏"的一颗"糖丸"。那颗"糖丸",名义上是在奖励打针不哭的勇敢的孩子,其实那正是顾方舟研制的一种预防脊灰的疫苗。"糖丸爷爷"的这个发明,保护了中国千千万万个小孩子的生命健康。小小的糖丸,不仅消灭了中国的小儿麻痹症,也让数不清的孩子免受病毒侵害。

但很多人并不知道,顾方舟爷爷最初为了测试疫苗的安全性,自己曾经以身试药。他在验证了成人对脊灰病毒具有免疫力后,最重要的是,还必须验证疫苗对小孩子身体的安全性。

怎么办呢?他在内心纠结了很长时间后,最终咬了咬牙,决定拿自己刚满月的儿子做首次试验。他不忍心也不敢让夫人知道这件事,所以就只能给幼小的儿子偷偷服用"糖丸"。

后来,细心的夫人还是知道了,就质问他:"这是不是真的?"顾方舟只好满怀愧疚地承认说:"是真的。但我没有别的办法,只好委屈我们自己的孩子了,恳望你能理解……"

让他倍感欣慰的是,夫人确信了此事后,不仅没有怪罪他,反而宽慰他:"每一个小生命,都是上天送给我们的宝贝!疫苗是你发明的,你不首先在自己孩子身上做试验,难道要拿别人家的孩子做试验?别人家的孩子就不是宝贝吗?你不要太内疚,有你这样仁爱的爸爸,我们的儿子一定会平安的!"

观察和等待试验结果的那段日子,也许是顾方舟一生中最为惴惴不安和备受煎熬的日子。毕竟,他和夫人也都是初为人父、初为人母。好在孩子安全无恙地度过了测试观察期。顾方舟的一切努力都没有白费。

望着小家伙天真懵懂的笑容,听着他那银铃似的清脆笑声,顾方舟喜极而泣,和夫人紧紧拥抱在了一起……

"衷心地谢谢你,勇敢的孩子,好样儿的!"顾方舟对夫人说,"这时候,小家伙哪里会知道,他幼小的身体,为祖国和人类的医学做出了多大的贡献啊!"

2019年1月2日,被一代代孩子亲切地称为"糖丸爷爷"的顾方舟先生在北京病逝,享年92岁。得知"糖丸爷爷"去世的消息,很多小时候吃过顾爷爷发明的"糖丸",在童年时代留下了甜甜的记忆,如今早已健康地长大的孩子,都难过地哭了……

顾方舟先生的大爱精神,几乎原原本本地体现在比他出生稍晚一点的药学家屠呦呦身上。

1930年12月30日,全世界都在迎接新年的时候,在宁波市开明街的一户书香人家里,一个小小的婴儿,也赶在新年到来之前,哇哇大哭着来到了人间。

第十七章　千江有水千江月

这个女婴就是未来的药学家屠呦呦。屠呦呦的家所在的开明街,位于宁波老城区的中心莲桥第一带。宁波最热闹的一些手工作坊和各种民间手艺人,都集中在莲桥第一带,造纸的、榨油的、酿酒的、做竹伞的、打铁的、补锅的、卖草药的,还有做姜糖的、打豆腐的、打年糕的和卖各种小吃的,逢年过节的时候,还有一些演皮影戏和木偶戏的、踩高跷的、玩杂耍的、做糖人儿的,甚至耍猴卖艺的也都集中在这一带。老城区的各种吴侬软语的喧闹声,还有大清早从周边农村赶过来,卖豆腐、卖青菜、卖鲜藕的叫卖声,伴随着小呦呦的幼年和童年时光。这座古老和热闹的江南小城,和住在开明街 508 号的这户人家一起,在静静地守护和等待小呦呦长大。

屠呦呦是家中五个孩子中唯一的女孩,她的爸爸从《诗经·小雅》的《鹿鸣》一诗"呦呦鹿鸣,食野之蒿"的诗句里,选取了"呦呦"二字,作为女儿的名字。

这个蕴含着中国传统文化元素的名字,似乎还带着某种预言性:在未来的日子里,屠呦呦一生的事业和梦想,果真和田野上的这种神奇的小草——青蒿,紧紧地连在了一起。

茎里有的,种子里早就有了。呦呦小时候,多次亲眼看见过宁波城里的老郎中,用神奇的草药治病救人的场景,因此,这个小女孩很早就对中草药有了深深的好感,这也为她后来去探究和发现中草药的奥秘,埋下了好奇和自信的种子。

1951 年,屠呦呦如愿考入北京大学医学院(今天的北京大学医学部)药学系。她所选的专业是当时比较冷僻的、一般医生也不太感兴趣的生药学。但屠呦呦觉得,生药专业与历史悠久的中医药领域的距离最为接近,留在她少女记忆里的那些神奇的草药所散发出来的淡淡的药香,好像一直在熏染着她的志趣与梦想。从那时开始,她就与绿色的小草结下了不解之缘。

大学毕业后,她一直在钻研中医本草学。1969年,中国中医研究院接受了一项抗疟药的研究任务,代号为"523"。屠呦呦受命带领这个课题组。在研究过程中,他们经历了190次失败。为了获得真实有效的试验结果,屠呦呦和同事们有时要以身试药。有的同事戏称自己是新时代的"神农",时常要亲口去"尝百草"。

青蒿是一种古老而普通的一年生草本菊科植物。草茎直立,可以长得很高,草茎上部会有一些分枝,到了夏季,会开出淡紫色或白色的小花。青蒿喜欢生长在低海拔的沙地和田野间,湿润的湖畔、河滩,更是青蒿生长的乐园。中国古代典籍里对青蒿有很多记载。

青蒿作为一种草药的应用,在中国已有2000多年的历史了。最早在马王堆三号汉代墓穴出土的帛书《五十二病方》里,就能找到青蒿的踪影。中国现存最早的一部本草医书《神农本草经》里,也有对青蒿的记载:"草蒿,一名青蒿,一名方溃。"《神农本草经》与《黄帝内经》《难经》《伤寒杂病论》,被并称为中国古代医药四大经典,它又是四大经典中唯一专门记载药材的一部典籍,全书记载了365种药材,分为上中下三品,上品120种,中品120种,下品125种,被誉为中国传统本草学的奠基之作。这本书的作者已不可考,成书年代也多有争议,但一般认为不会晚于东汉末年。

那么,最早记载了青蒿可以治疗疟疾这个信息的,是哪一部典籍呢?屠呦呦带领着她的小组人员,花费了很长的时间,上下求索,四处寻找,从《神农本草经》到《肘后备急方》,再到《圣济总录》《丹溪心法》《普济方》《本草纲目》《本草备要》……把凡是能找到的中国古代医药典籍,

第十七章　千江有水千江月

几乎都翻了个遍!

在这些典籍中,关于青蒿的记载,星星点点,散落和隐藏在各种药方的字里行间,真需要有披沙沥金的功夫,才能发现它们。真是功夫不负有心人!有一天,就像突然的灵光闪现,屠呦呦在翻阅东晋药学家葛洪的《肘后备急方》这部典籍时,目光一下子停留在了这样一行文字上:"青蒿一握,以水二升渍,绞取汁,尽服之。"

屠呦呦发现,这本书中对青蒿的记载有好几处。除了前面提到的那个"治寒诸疟"的方子,还有一个"治金疮扑损"的方子:"可用青蒿捣封之,亦可用青蒿、麻叶、石灰等分,捣和晒干,临时为末搽之。"如果是被蜂子蜇了,也可用"青蒿捣敷之"。

那么,按照葛洪在书中留下的这个青蒿的古方,去煎熬和提取出来的药汁,对防治疟疾到底会不会有效呢?

屠呦呦面对这个简单的古方,既有点激动,又有点将信将疑。她不敢多想。她现在唯一想做的,就是大胆地尝试一下再说。无论如何,青蒿算是一种"幸运的小草"吧。它是屠呦呦和她的同事们对照着古老的医药典籍,从筛选出来的100多种草药里,最终选中的一种古老的植物。

接下来,她将和小组里的同事们一道,从这种绿色的野草身上,去提炼出一种神奇的"青蒿素"。她想象着,一旦提炼成功,神奇的青蒿素,就会像神话传说里的"仙草"一样,去救活很多、很多人的生命!

按照通常的思路,草药一般都是加水用火煎煮,才能取得药汁,而葛洪在书中并没有说要用火煎煮,只是"绞取汁",就是把青蒿绞成汁。按说,古人对草药的药性,是不可能提取出什么"元素"或分析出什么"原理"的,因此所采取的方式就比较简单和古朴。也许,真正的奥秘就在这简单和古朴之中?

屠呦呦正是在这样反复的思忖和思辨中，突然获得了一个灵感：也许，这种有点原始的方式，恰恰显示出了古代人的智慧。也就是说，青蒿的正确用法，正是绞汁服用，并非我们常见的用火煎煮。在这之前，屠呦呦他们每一次试验和提取的方法，都是加水用火煎煮或者用乙醇提取。那么，青蒿中的有效成分，会不会恰恰是害怕高温的呢？她每次提取的，总是只有68%的有效率，难道另外的32%，正是因为高温煎煮而流失了？

想到这里，屠呦呦简直有点激动了！经过仔细思考，她决定改变以往的做法，重新设计了一种用低温提取的方案，即把温度严格控制在60摄氏度以下，用水、醇、乙醚等多种溶剂分别提取，也把青蒿的茎、秆、叶、根分开来提取。这样做至少可以弄清楚，究竟是青蒿的哪个部分是真的有用、药性最好。

屠呦呦和她的项目组，从1971年9月开始采用她设计的新方案来做试验。一个月后，1971年10月4日，奇迹出现了——他们的青蒿提取物第191号样品，出现了对疟疾100%的抑制率！而在此之前，同样的青蒿提取物，他们做了190个样品，都没能成功。

"啊，找到了！找到了！你们快看哪，它不像暗蓝色的、晶体的镭，它像青黑色的、软软的饴糖呢！"屠呦呦大声地招呼着同事们。10月4日，一个她永难忘记的日子！她和她的团队，以乙醚为溶剂，采用低温的方式，从绿色的青蒿身上，终于得到了一种青黑色的、软软的、膏状的提取物。

接下来，大家都睁大了眼睛，在紧张地等待另一个关键性的试验结果。结果是：这种青黑色的、膏状的提取物，对疟原虫的抑制达到了100%的效率！顿时，整个实验室仿佛沸腾了一样……

接下来还有一个重要的环节，需要尽快完成，那就是对提取物的临床试验。屠呦呦明白,任何带有毒性的中药,都需要弄清楚它们的毒理、药理,只有确认了它们的安全性,对人体没有毒、副作用,才能最终投入临床使用。

可是,疟疾这种传染病是具有季节性的,如果错过了最合适的临床观察季节,就需要再等上一年。想到这里,屠呦呦觉得,应该趁热打铁,不能再等了!于是,她郑重地向上级领导递交了一份志愿试药报告。报告里说:"我是项目组长,我有责任第一个以身试药……"

屠呦呦的这个决定,让领导和同事们不禁大吃一惊。他们没有想到,这个平日里吴侬软语、身体一直比较娇弱的江南女子,关键时刻却像一位巾帼英雄,一个女汉子,满身的胆量和豪气!在当时的试验条件下,屠呦呦敢于挺身而出,用自己的身体来充当"人类小白鼠",这是需要一种极大的勇气的,是一种真正的献身精神。

"呦呦,你的心情我们能够理解,可是,以身试药,生命攸关,这可不是一件小事,你要想好啊!"有的同事不无担心地提醒她。

"你们不必担心,我们从事医药开发和研究的,应该有一点'糖丸爷爷'顾方舟先生的勇气和精神……"屠呦呦怕大家担心和顾虑太多,就故意举了个比较正面和乐观的例子,笑着说道,"请大家放心吧,我反复考虑过许久,已经想好了!只要是从事中药研究,乃至一切科学研究,都需要有顾先生的那种勇气、胆量和无私的精神!更何况,我对这个青蒿的提取物,还是有信心的……"

1972年7月,经过上级领导们再三考虑和研究,最终决定,由屠呦呦和另外两名研究人员一起,住进北京东直门医院,充当首批人体试药的"小白鼠",在医院的严密监控下,用自己的身体完成一个星期的试药观察……

也曾有一位同事，戏称屠呦呦是当代的"女葛洪"。对此，屠呦呦笑道："小时候，我经常听到葛洪炼丹和悬壶济世的故事。我当然不相信葛洪真的炼出了金丹、甚至修炼成了仙人这样的说法。但是，从葛洪巧用槿树叶的汁液这个故事里，还有他写的《肘后备急方》这样的药学典籍里，我们都能感受到古代医药家善于从日常生活中发现智慧、提取生命经验的才能与美德。你们想想，'青蒿一握，以水二升渍，绞取汁，尽服之'，对我们的启发有多大啊！一定要说什么'女葛洪'，那我们这些人，都好比是新中国的'炼丹人'啦！"

又经过了无数次的试验，1972 年 9 月 25 日、9 月 29 日、10 月 25 日、10 月 30 日、11 月 8 日，在这些对屠呦呦小组来说，每一个都是那么宝贵和难忘的日子里，他们从软软的"饴糖"里，相继分离和发现了多个令他们盼望已久的晶体！1972 年 11 月 8 日这天，被正式确定为"青蒿素"的诞生日。

"青蒿素"的发现，本是一个足以震惊世界、改变世界的大发现，但也许是因为当时信息传递渠道的限制，全世界竟然一点也不知道，在这个东方古国，竟然拥有了这么一个石破天惊的、人类草药学上的大突破！

在神奇的青蒿素暂时还"养在深闺人未识"的日子里，1973 年从春到夏，不到半年的时间里，屠呦呦成功提取了 100 余克青蒿素纯品晶体。她把它们分成了 4 份：一份用于青蒿素的化学研究，一份继续用于临床前的安全性测试，一份制备临床观察用药，还有一份留作备用。

然而，在此后的许多年里，青蒿素的临床验证和观察，并不是那么顺利。在这期间，屠呦呦带领着团队又反复进行了无数次有关青蒿素衍生物的试验和测试。

一直到了 1981 年 10 月，世界卫生组织、世界银行、联合国开发计划

第十七章　千江有水千江月

署,在北京联合召开的疟疾化疗科学国际大会上,屠呦呦作了《青蒿素的化学研究》的演讲,顿时引起了世界卫生组织专家们的惊叹!专家们认为,这是一个重大的新发现,这一发现最重要的意义,是为国际药学界进一步设计合成新药指明了方向……

一年后,1982年10月,在北京召开的全国科学技术奖励大会上,屠呦呦作为抗疟新药青蒿素的"第一发明单位"里的"第一发明人",也作为"523"项目组的唯一代表,上台领取了发明证书和奖章。

从此,全世界都知道了"青蒿素"!一种古老而神奇的中国小草——青蒿,以它青翠、纤弱的茎叶和清芬远溢的气息,担负着改变世界、拯救人类的使命,开始走出国门,走向世界……

20世纪90年代,根据世卫组织的统计,全世界约有20亿人口,生活在非洲、东南亚、南亚、南美这些疟疾高发地区。而这些地区,相对来说又比较贫困,经济和医疗条件都比较落后。青蒿素,因为来自草药,造价较为低廉,通常一个疗程的用药,只需几美元而已,所以,世界卫生组织把青蒿素列为向全世界疟疾高发区推荐的首选药品。

1995年,在非洲肯尼亚疟疾重灾区奇苏姆省,一位怀孕的妈妈不幸患上了疟疾。如果还是用以前常用的奎宁来治疗,年轻的妈妈能活下来,可是腹中的胎儿就保不住了,结果很可能是流产,或导致胎儿发育畸形。这时候,来自中国的神奇小草创造了奇迹:不仅孕妇平安,婴儿也哇哇大哭着、健康平安地来到了世上……

那一天,年轻的妈妈激动得噙着泪花,一遍遍地亲吻着皮肤黝黑的小宝宝,还给小天使般的女儿取名为"科泰新",好让她永远记住,是"中国神药",给了她一个健康的生命。

"科泰新",就是用青蒿素制成的第一种抗疟药。

屠呦呦从 1973 年 9 月下旬开始，就一直在进行这项青蒿素衍生物的试验。现在看来，她的努力没有白费，"科泰新"成了这位年轻的非洲妈妈心目中的"中国神药"。

从 2000 年起，仅仅在撒哈拉沙漠以南的非洲地区，就有大约 2.4 亿人受益于青蒿素联合疗法，约有 150 万疟疾感染者，因为使用了来自中国的青蒿素，避免了疟疾导致的死亡和病痛的折磨。

为了进一步提高药效，继青蒿素之后，中国的药学科学家们马不停蹄，又接着研发出了青蒿琥酯、蒿甲醚等青蒿类新药。

现在，青蒿琥酯作为一种注射剂，已经全面取代以前的奎宁注射液，成为世卫组织在全世界范围内强力推荐的重症疟疾治疗首选用药。据不完全统计，这种新药已在全世界 30 多个国家和地区，救治了约 700 万重症疟疾患者的生命，其中大部分患者是 5 岁以下的幼儿。

神奇的中国小草，古老的中医和草药，通过科学家的妙手，正在释放着让全世界为之惊讶和感佩的神奇力量。东晋时代的药学家、炼丹术士葛洪，一生都在努力着，想要炼出一种灵丹妙药，造福人间。如今，葛洪的梦想在屠呦呦这位当代"女葛洪"手上实现了。

屠呦呦获得举世瞩目的诺贝尔奖之后，曾有不少人很好奇：她会怎样使用那笔丰厚的奖金呢？在科学的道路上，她好像已经到达了一个"辉煌的顶点"，功成名就了，她该拿着这笔奖金安享晚年了吧。

实际上，这时候，宁波人大爱大善、济世利人、兼善天下的传统与情怀，再一次在屠呦呦身上体现了出来。

她把领取回来的约合 300 万元人民币的奖金，精打细算地分成了三份：100 万元捐赠给了自己的母校北京大学，设立了一个"创新基金"；

第十七章 千江有水千江月

100万元捐赠给了自己的工作单位中国中医科学院,用来奖励敢于在中医药领域探索和创新的年轻科研人员;另外的100万元,作为自己的科研团队继续从事科研探索的日常费用。

屠呦呦也深知,一切科学成果和科学发现,都不是在热闹的掌声和鲜花丛中完成的。相反,只有那些能够忍受冷清、寂寞和孤独的人,那些敢于孤身走我路的人,才有可能在荒无人烟的地方,找到通往远方的道路。所以,在后来接踵而至的各种荣誉面前,屠呦呦都显得十分平静和低调。

2015年,在去瑞典领取诺贝尔奖那天,许多媒体记者和领导等候在候机室的贵宾厅里,想为屠呦呦送行。可是,人们等了好久,也不见屠呦呦的身影。原来,屠呦呦故意避开了这番热闹,悄悄地提早办完了登机手续,坐上了航班。

2016年1月9日上午,2016年度国家科学技术奖励大会在人民大会堂隆重举行,屠呦呦获得了国家最高科学技术奖。可是,颁奖之后,所有媒体都找不到屠呦呦的身影。原来,她不知什么时候已经悄然离开了被鲜花簇拥的获奖者人群……

也是在这一年,中国科学院国家天文台经过国际天文委员会所属的小行星命名委员会讨论通过,分别以屠呦呦等五位中国科学家的名字,永久命名了五颗小行星。其中,第31230号小行星被永久命名为"屠呦呦星"。可是,这么一个隆重的命名仪式,屠呦呦本人也没有出席,而是悄然避开了。科学的星光在天上闪耀,吸引和激励着敢于探索的人们,但是屠呦呦深知,科学家不是明星,科学家的舞台不在绚丽耀眼的光束里……

2018年12月18日,在庆祝改革开放40周年的大会上,屠呦呦作为中医药科技创新的优秀代表,被授予"改革先锋"称号。让全国观众十分感动的是这样一幕:在颁奖仪式上,和屠呦呦一同获得这个光荣称号的另一位获奖者、"雷锋精神"的优秀传承者郭明义,全程搀扶着已经88岁的屠呦呦……很多观众和网友纷纷在网上留言:

"这一幕让人看哭了!"

"多么温暖的人呀,多么朴素的科学家呀!"

"郭明义这个温暖的举动,代表了所有人对这位科学家的尊重……"

有的西方机构在评选"20世纪最伟大的科学家"时,将屠呦呦的名字与居里夫人、爱因斯坦、阿兰·图灵等杰出科学家的名字并列为候选人。但她似乎一点也不在乎这些。近90岁高龄的老人,最喜欢的事情仍然是待在自己的实验室里,举着一小管透明的试剂,仔细观察它的反应……

在攻克了青蒿素这个治疗疟疾的新药物疗法之后,屠呦呦还在苦苦地、艰辛地破解着一些新的难题。她想:神奇的青蒿素,在治疗肿瘤、白血病、类风湿关节炎、多发性硬化、变态反应性疾病等方面,能不能发挥自己的作用呢?如果能,那它们会有着怎样的效果呢?怎样才能把自己的研究成果,变成献给人类的新的救命药物呢?

正是怀着这样的梦想,这位正在成为"90后"的老奶奶,带着她的团队,继续向中医科学的新领域挺进了。

2019年初夏时节,一条振奋人心的消息瞬间"刷屏"了全国乃至全世界:屠呦呦团队近日宣布了科研的新进展……

到底是什么新进展呢?根据新华社等权威媒体的报道,简单来说,就是针对近年来用于制作抗疟剂药物的青蒿素在全球部分地区出现的抗药性难题,屠呦呦和她的团队经过多年的探索和攻坚之后,终于在抗疟机理研究、抗药性成因、调整治疗手段等方面,取得了新的突破,并且提出了应对青蒿素抗药性难题的切实可行的治疗方案。

显然，这些方案在医学领域里都是非常专业和精深的，一般人也许无法弄懂。但其中有一条信息，很多人是看得懂的，那就是，屠呦呦团队在青蒿素治疗红斑狼疮等适应证、传统中医药科研论著走出去等方面的新进展，获得了世界卫生组织和国内外权威专家的高度认可！屠呦呦自己坚信："青蒿素对治疗红斑狼疮存在有效性趋势，我们对试验成功持谨慎的乐观。"

可见，屠呦呦和她的团队从未停止过继续探索的脚步。

2019年9月29日，屠呦呦作为全国医疗卫生领域唯一一位科学家，获得了"共和国勋章"。

"中医药科技创新的优秀代表，研究发现青蒿素，解决抗疟治疗失效难题，60多年来致力于中医药研究实践，为人类健康事业做出巨大贡献。"颁奖词虽然简明，每一行文字背后，却是这位近90岁高龄的女科学家一路走过的春花秋月和风霜雨雪。

"千江有水千江月，万里无云万里天。"这原本是描绘佛家高阔境界的两句偈语，出自宋代的一部佛学著作《嘉泰普灯录》。意思是说：江河不分大小，只要有水便能映出一轮明月；天空也无论高远，只要澄净无云，便能看见晴空万里。

烟火人间，不也是如此吗？人不分地位高低、贫富与贵贱，只要怀有一颗温润的爱心，不以善小而不为，乐于伸出温暖的双手，就能积小善为大善，善莫大焉！当一座城市里，人人都以乐善好施为荣，以助人为乐，那么，这座城市就自有千江月色、万里云天。

第十八章

讲不完的故事

地处云贵高原与四川盆地结合部的乌蒙山区，山高谷深、地势陡峻，这里贫困面大、贫困程度深，再加上这里是一个多民族居住的地区，贫困现象和贫困类型复杂，因此，乌蒙山区不仅是全国扶贫攻坚的主战场之一，也被认为是一块难啃的硬骨头。

2020年11月14日，中央人民广播电台向全国和全世界播送了一个好消息：云南省人民政府14日正式公告，经过一级级的申请、审核、核查和第三方实地评估检查、公示等严格的程序，云南省内最后9个贫困县（市）彻底退出贫困县序列。至此，云南全省的88个贫困县全部退出了贫困县序列；11个"直过"民族和人口较少民族，实现了整族脱贫。11月23日，贵州省政府新闻办又郑重宣布：紫云、纳雍、威宁、赫章等9个县彻底退出贫困县序列。至此，贵州全省66个贫困县也全部实现脱贫摘帽。这一消息也标志着全国832个贫困县全部脱贫摘帽，全国脱贫攻坚目标任务已经完成！

从832个县到最终"清零"，这中间经历了多少坎坷和艰难，怎能不

第十八章　讲不完的故事

让人想到冰心那首小诗里的喟叹："成功的花,人们只惊慕她现时的明艳,然而当初她的芽儿,浸透了奋斗的泪泉,洒遍了牺牲的血雨。"整个乌蒙山区和全国所有贫困地区一样,彻底摘掉了千百年来压在世世代代乡亲们头顶上的贫困帽子,实现了历史性的、亘古未有的伟大跨越!"为有牺牲多壮志,敢教日月换新天。"想想看,这是什么样的人间奇迹!

伴随着脱贫攻坚的伟大征程,地处云、贵、川乌蒙山区的许多小学校里的孩子们,与宁波的"毛衣奶奶""棉鞋奶奶""助学奶奶"们,结下了深厚的感情。生活在西南边疆大山深处的孩子们,对远方的一座城市的全部想象,童年里所感受到的最真切的温暖,都与这些"爱心奶奶天团"有关。在云、贵、川等地扶贫攻坚的主战场上,宁波的"爱心奶奶天团"和其他志愿者一道,用各自的方式,默默地贡献了一股独特的"宁波力量"。

笔者在乌蒙山区走访时,去过云南昭通洒渔镇弓河村的一所小学。这里的很多孩子,小时候都穿过宁波"毛衣奶奶"寄来的毛衣、毛裤和棉鞋,有的至今还围着"毛衣奶奶"寄来的棉围脖。

春天里,美丽的索玛花盛开了,把乌蒙山的山野装点得五彩缤纷。"索玛花"是彝族人对杜鹃花的称呼,杜鹃花也叫作映山红。每当春天到来的时候,乌蒙山的山岭上到处都开满了鲜艳的索玛花,花色有的艳红,有的粉红,还有的洁白中透着浅红。

这一天,笔者跟着一位小学校长,和一群小学生一起,在参加了苹果园的劳动后,爬到附近的一座山冈上,去采摘红艳艳的索玛花。

"你们看那里——"王校长指着远处一个岩头的方向给同学们看,"一只岩鹰正在飞翔。只有敢与岩头、山峰和蓝天白云比高的,才是真正的岩鹰。你们再看那里——"王校长又指了指不远处。

那里有一道正顺着山岩往山脚下流淌,最后汇入弓河的山溪。"你们都看到那道山溪了吧？"王校长笑着问同学们，"你们当中，谁读过《小溪流的歌》那篇童话？"

"我读过。"有个小女孩举着手说。

"我也读过。""我也读过。"又有几个同学举起手来。

"好嘛，这么多同学都读过。那么，谁还记得，作家是怎样赞美小溪流的吗？"王校长笑眯眯地问道。

"小溪流……有一支不知疲倦的、永远也唱不完的歌。"一个名叫乌格的彝族小同学回答说。

"还有呢？"

"当小溪流汇入了无边无际的蓝色海洋，巨大的海洋也在唱着小小溪流的歌：永远不停息，永远向着远方……"

"是的，就是这样子的。你们看，这条山溪，顺着山崖流到山脚下，一路奔腾，从不停步，最后汇入了比自己更宽阔的洒渔河里；而洒渔河呢，又汇入了比自己更宽阔的金沙江里；而金沙江呢，又汇入了比自己更宽阔、更加浩浩荡荡的大江里……"

"最后，所有的江河，又流进了远方的大海。"

"是的，滔滔江河，是由无数条这样的山溪和小溪流汇成的，辽阔的海洋，也是由无数条大江大河汇成的。"王校长望着远处，意味深长地对孩子们说道，"其实，所有的山溪和小溪流，在最开始的时候，也许就是一汪小小的泉水，当小小的泉水集聚在一起，就有了齐心协力、向前奔流的力量。你们仔细看，山上的岩石那么多，山溪流淌得那么曲折，几乎每向前一步，都会遇到岩石的阻挡，甚至要转好多的弯弯。慢慢地，许多小溪找到了共同的方向，再大的岩石也阻挡不住它们了，它们奔腾的道路也越来越宽阔了，奔腾的力量和信心，也越来越大了，最终，它们获得了谁

第十八章 讲不完的故事

也不能阻挡的力量,就勇敢地、自信地、坚定不移地奔向了远方,奔向了大海!"

孩子们听着王校长绘声绘色的描述,一个个都安静下来。

"同学们,你们有没有想过,现在的你们,每个人不都是一汪小小的泉水,一道小小的山溪吗?只要心中有个目标,只要你肯去积攒一点一滴的水珠和奔流向前的力量,那么,在未来的日子里,你们都会冲破岩石的阻挡,奔下高高的山岩,绕过青青的山脚,穿过那些幽深、茂密的苇草和倒伏下来的树丛的阻拦,当然,也会继续冲过河流中间那些大石头,一直向前奔腾,奔向自己的海洋和远方……"

是啊,每一条小小的山溪汇聚起来,就能汇聚成勇往直前、不可阻挡的磅礴的力量,然后,浩浩荡荡地奔向远方,奔向海洋……这是一个多么坚定、美好、远大的目标啊!

坐在阳光照耀的山头上,听着小小的山溪在山岩间叮咚地歌唱,那些乌蒙山的孩子在心里小声地、悄悄地问着自己。面对此情此景,笔者不禁也陷入了沉思——

在乌蒙山的孩子们时常憧憬和想象过的远方,在宁波,那条美丽而壮阔的滚滚甬江,不也是这样日复一日、年复一年地,源源不断地汇聚着来自各方的溪流与小河的活水,最终汇聚成一道爱的巨流,汇聚成磅礴的时代力量,灌溉着两岸的万物,也润泽着一座城市、一方水土葱茏的面貌,还有她欣欣向荣的文化风尚与城市风习吗?

比如,"顺其自然"们默默远去的背影,还会像春花秋月一样,如影随形地出现在这座城市里。比如,"爱心奶奶天团"里那些已经七八十岁的"毛衣奶奶""棉鞋奶奶",仍然还在像童话里会纺织"玫瑰云"的善良的老祖母一样,把翻滚的云团抓在手中,放在纺车上不停地纺啊纺,纺成了比丝还细的云线，最终把所有厄运、艰难和痛苦，都纺成了柔软的、温暖的丝团……

2020年12月29日，中央文明办发布了一年一度的"中国好人榜"，又有4位"宁波好人"榜上有名，其中就有宁波鄞州区坚持编织爱心毛衣16载，温暖山区孩子的"毛衣奶奶"韩翠菊，另外3位是捐赠2000万元成立公益基金、关爱困难群体的慈溪市企业家徐亚飞，投身公益14年、募集资金捐建西部山区希望小学的宁波媒体人赵杰，余姚市照顾生病继弟45年、一生未嫁的老人沈国英。

在过去的16年里，韩奶奶从未放下过手中的毛衣针，2200多件由韩奶奶一针一线密密编织出来的、带着"奶奶温度"的毛衣、毛裤等衣物，寄送到了全国近20个省份和地区家境贫寒的小孩手中。

"一针一线16年的背后，承载了一位老人始终如一的坚持与善良。她以温暖之心，为贫困孩童传递了浓浓善意，她以微薄之力，为贫困孩童带去冬日暖阳。"人们这样评价韩奶奶的大爱行动。

今天，"毛衣奶奶"早已不再是韩奶奶一个人的专有称号，而是变成了一个如同"玫瑰云"般的象征，变成了"爱心宁波"的代名词之一，变成了一种温暖的感召的力量。

近些年来，来自全国许多地方的热心网友，都不约而同地做了一件事——给韩奶奶寄送爱心毛线。大多数网友甚至没有留下自己的名字，但每年的爱心毛线总是如期而至。韩奶奶所在的鄞州区东柳街道东海花园社区"韩阿婆工作室"，经常能收到一些来自全国各地的爱心包裹，社区工作人员打开一看，全都是五颜六色的毛线。

朱建民师傅是山东菏泽的一名普通的退休工人。他偶然在报纸上

第十八章　讲不完的故事

看到了韩阿婆的事迹,也想为贫困地区的孩子尽一份绵薄之力。从2019年底开始,东海花园社区每年都会收到朱师傅汇来的一张2000元的汇款单,这笔钱是专门给"毛衣奶奶"买毛线用的。

2021年6月25日,在鄞州区东柳街道东海花园社区里,"'毛衣奶奶'记忆馆"举行了启用仪式,用记忆馆的形式,记录韩阿婆16年来的爱心足迹。更多的人走进这里,了解"毛衣奶奶"的温暖故事,感念韩阿婆带动越来越多的爱心人士加入这个队伍,同时也更好地传递和弘扬社区的爱心文化、慈善文化,这估计是在除宁波之外的任何地方都少见的一件新鲜事。

"只要身体允许,我会一直这样织下去!"在记忆馆启动仪式现场,85岁的韩翠菊奶奶和"百人编织团"的成员们一起,喜笑颜开地共同见证这个美好的时刻。记忆馆还开设了毛衣编织公益课堂,带动更多人加入韩阿婆创立的爱心编织团。"每个孩子都是我们国家的宝,一个都不能少!看到大家编织的漂亮小毛衣,穿在山区孩子们身上,孩子们个个暖洋洋、美滋滋的样子,我就开心了。"韩奶奶说这话时,笔者面对的,依旧是一张写满慈爱的笑脸——是一位慈祥的老祖母的脸,是一位满怀善良与疼爱的外婆的脸。

"毛衣奶奶"的故事还在继续。在鄞州区的另一个社区——中河街道城兴社区,"棉鞋奶奶"李文清的故事也在继续……

我们在前面讲到过,李奶奶从2012年开始,每年都会把自己一针一线纳得又结实又暖和的棉鞋,寄给远方山区的孩子,有时候也送给社区里有需要的人,9年来,李奶奶累计送出了500多双"暖心牌"棉鞋。如今,在"棉鞋奶奶"的带动下,城兴社区也成立了一个"微爱暖心工坊",集结了社区20多位心灵手巧的阿婆和阿婶。每年冬天到来之前,"棉鞋奶奶"们亲手制作的数百套棉鞋、围脖、帽子,就会源源不断地寄往湖南溆浦等地的山村小孩手中……

"只要有人需要,我就会做下去。"李文清奶奶跟"毛衣奶奶"韩翠菊说的话一样朴实、温暖,也一样坚定和执着。

2021年1月,春节来临前夕,贵州省黔西南布依族苗族自治州钱相街道第四小学和笃山镇民族小学的孩子们,又收到了来自甬江边的新年礼物:2021条暖暖的"爱心围脖"。

围脖的毛线都是经过精挑细选的最柔软的毛线,而且五颜六色的,编织的花纹和装饰的图案也各不相同,有的是小动物的卡通造型,有的是山茶花和索玛花的花瓣,还有的是童话故事里的形象……看得出来,每一条围脖的颜色,都细心地考虑到了跟布依族、苗族人平时最喜爱的衣饰的色彩搭配。而给孩子们送上这些新年礼物的人,是宁波慈溪长河镇的1000多位"长河妈妈"。

"长河妈妈"是远方的孩子们对编织围脖的阿婆、阿姨们的亲切统称,倪调娟阿婆、杨娟芬阿婆是"长河妈妈天团"里的代表人物。远在贵州的钱相街道,是慈溪长河镇东西部扶贫协作的结对街道,近些年来,两地在产业合作、教育医疗等方面交往密切,感情深厚。为此,长河镇特意从全镇各街坊邻里中组织了上千位有着几十年编织经验的巧手阿婆和阿姨,镇里统一采集毛线,然后请参与活动的"长河妈妈"们前来领取……

为了把这些围脖编织得漂亮得体,很多阿婆在编织时都让自己的孙女、孙子或外孙、外孙女试过长度与厚度,还有的让身边的小孩先检验一下色彩的搭配和所选的卡通图案好不好看。在寄送围脖的时候,细心的阿婆们还请各自的孙女、孙子在美丽的手绘贺卡上写上一两句祝福语,

第十八章 讲不完的故事

或者画上一幅喜庆的图画,放进装围脖的盒子里。

比如这样暖心的祝福语:"小小的爱,暖暖的心,寄给远方的小孩,愿我们的一点温暖,陪你走过寒冷的冬季,迎来一年又一年的春暖花开!"还有这样暖心的叮嘱:"祝小朋友好好学习,天天进步,身体壮实,新年快乐,开开心心!"

黔西南山区的孩子们收到围脖后,也会给"长河妈妈"们写来一封封充满稚气和感恩心意的回信,有的孩子还围上美丽的围脖,穿上漂亮的只有节日里才穿的民族服装,请老师用手机拍下视频,发给在宁波的"长河妈妈"们。

"这些围巾是慈溪市长河镇的阿婆、阿姨和小伙伴们寄来的,大家都非常喜欢。围在脖子上,身上和心里都感觉暖暖的。"钱相街道第四小学的丁玉榕小朋友这样说道。

一条条手工编织的暖心围脖,一张张精美的手绘贺卡,还有一颗颗山区孩子的感恩的心,在相距2000多公里的两地之间,传递和飞翔着。看到孩子把美丽的围脖围在脖子上,对着镜头露出了幸福和灿烂的笑脸,每一位"长河妈妈"的心里也感到无比的温暖和欣慰。一条条围脖,温暖着两座城;慈心与童心,汇聚成了一条爱的长河……

在宁海县前童镇,笔者听到了另一个温暖的故事:一个小小的善举,已经默默地被传承了300年,今天还在继续被传承着。那么,这到底是一个怎样的善举呢?

原来,宁波宁海县前童镇有一个童姓家族,从清朝开始,就在镇上的黄洋市路廊摆茶摊,为来来往往的过路人提供免费茶水和酸梅汤等饮料。到童松达这一代,已有300多年了。

进入初夏之后,每天上午 10 点多钟,80 多岁的童松达老人就和大儿媳胡亚丽一起,开始在灶台前忙碌着,用陈皮、甘草、乌梅、薄荷叶、山楂等,在一个大锅里煮酸梅汤。

酸梅汤是宁海人夏日必备的传统解暑饮料。尤其是酷暑时节,过路人或务工人员坐在树荫下稍事休息,喝上一大碗清凉的酸梅汤,既解渴又解乏,还可防止中暑。

到了冬天,童家的免费饮品又换成了红枣姜茶。一碗热腾腾的红枣姜茶喝下去,真是又暖胃又暖心!

童松达老人说,他很小的时候就跟着父亲和兄长学习烧茶,也从父兄口中知道了,"烹茶以济行人",这是童氏家族代代传承,已经延续了 300 多年的一个好传统。全镇子和附近一些村镇的乡亲,没喝过童家凉茶和姜茶的人很少。

童家摆茶摊的地点为什么会选在黄洋市路廊呢?原来,这里是一处热闹的集贸市场,来往的小贩和务工人员很多,一年四季,路廊前总是川流不息。童家的茶水摊子,成了路廊边最暖心的小憩之处。

童松达十四五岁时,父兄相继离世,烧茶的任务就落到了他头上。常常是天一亮他就把烧好的茶水挑到了路廊上,一上午过去,茶水喝完了,中午他回家再煮一锅挑过来。

"我从小就听老一辈人讲,'过夜茶,毒如蛇',就是说,过夜茶是不能喝的,所以我们家的茶,都是每天清早新烧的,这一点可不能马虎,无非就是多费点工夫、多花点力气嘛!"童松达老人说起自家的茶水,满脸都是自豪感,"每年用的茶叶,都是从自家茶园里采回来炒好的,茶具也是自家备的,过路人喝完了,一般都会自觉冲洗一遍。我少年时还常常上山去砍柴,那是烧茶用的柴火……"

第十八章 讲不完的故事

茶亭,有些地方也叫"凉亭",曾经是在中国各地许多村镇都能见到的一处人情景观。一个小小的茶亭,照出人们的单纯、善良与淳朴。在今天的宁波,类似茶亭的路廊歇脚烧茶景观,也早已淡出了大众的视线。但是在黄洋市路廊,童家的茶水摊子仍然是一处美丽的景观。童松达有两个儿子,家里人手最宽裕的时候,老人曾带着儿子在宁海县城的四个门——东门白峤岭、南门黄土岭、西门路廊、北门路廊,都摆过烧茶、送茶的摊子。后来,他的大儿子去世了。几年前,老人因患脑梗,腿脚不利索,走不了远路了,烧茶、送茶的事就落在了大儿媳胡亚丽身上。

胡亚丽深知公公对童家这脉已经传承了10代300多年未曾断过的"清凉家风"的感情,所以就欣然承担起了烧茶送茶的重任。

为此,她专门购置了一辆三轮车,车上放一个大茶桶,只要是逢节假日或天气特别炎热的日子,她就推着茶桶,到附近的前童古镇景区为游客送上一杯凉茶。

也曾有被误解的时候。有的游客第一次看到有人送茶,误以为要收费,要么不喝,要么就用怀疑的眼神看着她。后来,胡亚丽的女儿晓娜想了个法子:每次都让妈妈把印着爷爷照片的一张海报带上,海报上清楚地写着"传承10代人的善举,坚守300年的承诺"等字样。这样,路过的游客一看海报就明白了,这里的茶水不仅是免费的,可以放心喝,而且还是有故事、有情怀的,既能解渴,也能润心。

"从我嫁到童家的那天起,就时常听公公念叨,童家烧茶的传统已有300多年了,希望小辈能保护好'烹茶以济行人'这脉家风,继续传承下去,多做好事善事,勿求回报。"如今,胡亚丽不仅把公公的叮嘱记在了心里,也经常教导自己的孩子说:"每一个童家儿女、子孙,都有责任把这项善举延续下去,童家人10代烧茶,在乡亲中间留下了良好的口碑和美誉,可不能到我们这里就中断了!乐善好施是我们童家人的传统美德,也是后辈人对祖祖辈辈的郑重承诺。"

"顺其自然"年年还会准时出现;"顺其自然"式的故事,几乎每天都在宁波诞生。它们也如美丽的甬江奔腾不息,不断汇聚着一条条溪流的力量,共同滋润着这座城市新的生活、新的希望。

"亲爱的好心人,我想通过这封信表达深深的谢意……"

2020年11月30日,在浙江大学宁波理工学院就读的大三学生小周,通过媒体的帮助,用这样一封感谢信,表达了自己对帮助过她的1000多位不知姓名的宁波爱心人士的感激。

小周是江山人。2020年4月底,她的母亲被确诊为白血病。一时间,挽救母亲的生命成了她和弟弟最大的心愿。根据医院传来的信息,小周的弟弟的造血干细胞与母亲配对成功。这让小周一家看到了一丝希望。但是,40余万元的手术治疗费却不是个小数目。小周的父亲求遍亲友,也仅筹集到了15万元。

就在这个家庭陷入困境、一筹莫展之时,宁波市慈善总会了解到了小周家的困境。11月8日,慈善总会在网上发起了筹款活动。像以往类似的筹款活动一样,宁波市民在这方面从来不会迟疑。很快,四面八方的爱心不断涌向这个不幸的家庭。仅仅两周,小周母亲的手术治疗费就全部筹齐了。

宁波市慈善总会做了一个小统计:参与这次捐款的爱心市民共有1028人,最大的一笔超过14万元,其中绝大多数是匿名捐款者。还有一些好心人,直接去了宁波理工学院为小周捐款。有一位70多岁的老爷爷,转了两趟公交车,来到学校找到了小周,递上500元钱,说道:"钱不多,杯水车薪,算是一个老人的一点点心意吧,希望你母亲早日康复!"然后默默地转身走了,也不肯留下自己的姓名和联系方式。

"这半个多月来,我深深感受到爱心的力量。今后,我和弟弟会努力让这份爱心传递下去。"小周说,"我还在上中学时就知道了,'爱心'是宁波的一张最闪亮的城市名片,'顺其自然'是宁波的骄傲,也应该是一个永远的存在!等我和弟弟稍微有点能力的时候,我们一定都会怀着感恩的心,用各自的力量去续写这座城市的爱心故事……"

"学茶哥"这个名字,对宁波市慈善总会来说并不陌生。2017年7月,他就捐款90万元,在总会设立了一个名为"中华茶子"的慈善基金,用于各项慈善救助项目。2020年因为新冠疫情,各行各业的经营都受到了不同程度的影响,"学茶哥"自己的生意也不是那么一帆风顺,但在这个异常艰难的年份,他还是来到市慈善总会捐出了20万元爱心款,用来支援抗疫行动。

2021年6月28日上午,这位化名"学茶哥"的爱心人士,又悄悄来到宁波市慈善总会,捐出了100万元爱心款。"学茶哥"对总会的工作人员说:"今年是中国共产党建党100周年,这100万元,算是一个市民在这个特殊的年份里,表达自己的一点心意……"

星辰还在城市的上空灿烂地闪耀。街道两边的路灯像一颗颗晶莹的葡萄。高大静默的香樟树,在喷吐着它们清新的露水和新叶的气息。在黎明到来之前,环卫工人们早已开始忙碌起来。一些清洁车的车斗里,堆满了金色的、红色的与琥珀色的树叶。辛勤的环卫工们已经把每一条街道、每一个小区都打扫得干干净净、清清爽爽了。过一会儿,新一天的太阳又将带着红色的霞光从东方升起,火红的霞光将会映照着这座城市干净的街道、小区和一座座高楼大厦……

清晨5时多,迎着夏日里的第一缕晨光,75岁的徐惠国奶奶走出所住的舟孟小区,要么是步行半个小时,权当早锻炼,去往李惠利医院的兴宁分院,要么就坐上头班公交车,前往李惠利医院的东部分院。

徐奶奶是李惠利医院最年长的一位志愿者。她的一天通常是这样安排的:上午去医院做义工;下午到鄞州区行政服务中心去参加助农义卖;到了晚上还是闲不住,又守在小区里的垃圾桶边,监督和指导垃圾分类。

徐惠国奶奶是我们在前面写到的"宁波妈妈"张亚芬的婆婆,也是张亚芬的女儿、青年志愿者林茂华的奶奶。徐奶奶出来做志愿者,与儿媳和孙女的影响是分不开的。徐奶奶说,她刚开始时并不十分理解,为什么儿媳亚芬和孙女茂华做公益会废寝忘食,做得那么投入、那么起劲。2016年,爷爷去世了,林茂华看到奶奶独自在家,生活得有些孤单和寂寞,就建议奶奶说,要不要跟着她出去做点力所能及的公益活动,多接触一下外面的事情,还能散散心,有利于健康哪!奶奶被孙女说动了心,就去了附近的医院做了志愿者。没想到,这么一做还做上瘾了,一天不去就不自在,觉得像是旷了工一样。

"说起做公益,我可比儿媳亚芬和孙女茂华差远了!她们俩都是我的榜样。我真的很感谢儿媳和孙女,是她们给我创造了一个做公益的好环境,让我在70多岁还能发挥一点余热,自己心里也有一种很特别的获得感和成就感。"徐奶奶这样对笔者说。

"徐奶奶,您太谦虚啦!这些年来,您是老当益壮,不也获得了市里、医院里和社区里的'优秀志愿者'称号吗?前不久您又获评了'最美鄞州

第十八章　讲不完的故事

人'称号,您的家庭也被评为'全国文明家庭',这多了不起啊!您虽然年纪大了,可也称得上是一位'最美奋斗者'呀!"笔者对徐奶奶说出了由衷的敬佩和赞美。

"哦,这都是亚芬和茂华带动得好!"徐奶奶说起儿媳和孙女,脸上笑得像开了花一样,"你晓得吗,亚芬现在可是忙得一点也顾不上自己的小家啦!她带动起来的,也不仅仅是我们一家人,她鄞州区供电公司的同事,还有银河湾社区的邻居和社工,还有茂华那些年轻的同学、朋友和他们的家长,都被'宁波妈妈'带动起来了,就像当年我们知道的雷锋的故事一样,'雷锋出差一万里,好事做了一火车'。'宁波妈妈'的团队也是走到哪里就把好事做到哪里……"

是的,徐奶奶说得没错。张亚芬和她的志愿者团队,现在不光是走到哪里就把好事做到哪里,因为她是电力公司的职员,所以走到哪里,还把光亮和光明带到哪里——用媒体上对她的评价说,她是用爱心去"点亮万家灯火"的人。

2021年4月以来,张亚芬得知,塘溪镇上有10余户生活困难的家庭还没有完成电线改装,她就利用双休日和调休时间,带着公司的几名"红船"党员志愿服务队成员,早出晚归,去现场解决了这个问题。

"亚芬姐,听说塘溪镇上的这些事情,本来都不在你们的工作职责范围之内?"笔者故意这么问道。

"做志愿者,哪有什么范围之内和范围之外的分别。"亚芬笑着说,"我本来就是个'送电的人',能忍心看着山区困难户的用电安全隐患成为服务盲点吗?"

为此,她和队员们翻山越岭,甚至登上半山腰,到在那里独居的村民家里一一查看。她看到,有几栋近百年的老屋里,电线早就扭成了麻花状,轻轻一碰,外面的绝缘线就会开裂,电线整个裸露出来,确实存在不小的安全隐患。

塘溪镇邹溪村低保户、听力有些障碍的童妙连老人,看到自家原本像蛛网一样发黑变脆的电线全部换成了新的安全的电线,照明灯也换成了节能 LED 灯,他激动地拉着张亚芬的手说:"你们来了,家里一下子亮了这么多,真是太谢谢你们啦!"老人并不清楚这些到家里来修电路、换电线和灯泡的人是谁,但从张亚芬他们工作时的细致和热情的笑容里,感受到了被关爱的幸福。

说到"点亮万家灯火的人",还有一个人的故事不能不说,这个人就是钱海军。钱海军也是电力系统的职工,与张亚芬的故事一样,钱海军 18 年里帮助了上万人的故事,是宁波电力系统又一个被广为传颂的佳话,同事们和市民们也把钱海军称为"点亮万家灯火的人"。

让我们先回到 2017 年 3 月 1 日。

"天安门,我终于看到了!"这天清晨,家住慈溪市浒山街道金山小区的一位空巢老人王承林,激动地站在神往已久的北京天安门广场上,看着冉冉升起的五星红旗,禁不住老泪纵横……

站在身旁搀扶着他的一位中年男子,并非老人的儿子或亲戚,而是被中宣部等部门授予"全国最美志愿者"称号的慈溪市供电公司客户服务中心社区经理钱海军。

王承林老人不过是慈溪市上万个得到过钱海军帮助的人之一。带着王承林等 7 位空巢老人游北京,也仅仅是钱海军和他的志愿服务队做过的无数件爱心志愿服务活动之一。

钱海军还不到 50 岁,个子不高,却很壮实,鼻梁上架着一副眼镜,平

第十八章　讲不完的故事

时总是笑眯眯的，一脸和气。在单位里，他负责10个社区的用电服务工作。按规定，如果电路故障在公共部位，就由社区经理负责维修，如果在居民家中，就由居民找人维修。而且随着慈溪市电力设施不断更新，公共部位的电路故障越来越少，钱海军本来应该越来越清闲才对。可实际上呢，他竟然越来越忙了！一天内最多竟然接到过21个求助电话。

接到老人求助电话马上出发，敲开空巢老人的家门，递上名片，一边免费修电路，一边和老人拉家常，获知老人有困难立即解决……18年来，钱海军几乎是24小时随叫随到。帮空巢老人修电路，替他们找保姆，送他们上医院，帮他们解决邻里和家庭纠纷……这些事情，钱海军全都做过。

"试想一下，如果我来到了现场，然后告诉他们，家里的电路故障不归我管，这样的话怎么说得出口。"

钱海军的这句话，大致道出了他越来越忙的一半原因；另一半原因，是他从1999年起就做出了一个郑重的承诺——要给慈溪的空巢老人提供24小时免费服务。为此，他首批印制的500张名片上面清晰地印着他的电话号码，然后他把名片一一分送到部分空巢老人手中。

"半夜没电了，冰箱里还放着很多海鲜啊！"

"停电了，我一个人待在家里不安心哪！"

在黄昏，在深夜，钱海军时常能接到老人打来的求助电话。电话那头，老人的声音有几分焦急，几分无助；电话这头，总有钱海军热情的声音："哦，您别急，别急，我很快就到！"

2011年12月的一个晚上，钱海军在慈溪市浒山街道金南社区给一户居民修电路时得知，该社区的老人汪彩娣独自生活，家里总是黑灯瞎火的，也不愿意和别人打交道。

钱海军敲开了汪彩娣的家门,发现光线昏暗的台灯倒在床边。原来,汪彩娣家的灯大多已坏掉了,她就用一盏台灯东插西插着应急。钱海军赶紧自己出钱给老人换了安全的电灯,家里顿时一片亮堂了。汪彩娣眼里闪烁着泪花,拉着钱海军的手说:"阿婆的屋子,有多少年没有这么亮堂过了!"

18年寒来暑往,钱海军每天都行走在修电路的路上,大年三十也未停下来。他先后给上万名老人免费修过电路,倒贴进去的材料和费用不计其数。

"灯亮起来还不够,还要让老人的心暖起来!"钱海军是一个心地善良的人,他的心里藏着这样美好的愿望,所以,他在去给空巢老人们修电路时,总是要和老人们聊聊天,看还能帮他们解决一点什么难题。在他的心目中,这些老人跟他自己的父母没有什么两样,"老吾老以及人之老",这是他从小就懂得的传统美德。

"海军呀,就是我的小儿子,可贴心啦!"金山小区87岁的陈亦如老人笑眯眯地夸赞说。陈亦如独居多年,家里无论是地砖松了、马桶堵了,她都找钱海军。"每次找海军,他都随叫随到。有天晚上快11点了,我胃病犯了,就打电话给海军,他赶忙过来把我送到了医院,一直守在我床头直到打完针,护士都说我有福气,儿子孝顺啊!当时我一听到护士的话就流泪了,是呀!能有海军这样的'儿子',我是有福气哪!"

"还有一次,遇到了台风天,小区积水了,海军把裤子挽到膝盖上,给我送来米和菜,自己饭都顾不上吃,就扭头去看望其他老人了。过春节,海军带着老婆和孩子给我拜年。前几天我说想吃带鱼,他回头就去买了送过来。"陈亦如老人还说道,她的儿子在杭州工作,儿子每次回慈溪来,都要找钱海军聚聚,表示感谢。临别时,钱海军总对她儿子说:"你在杭州安心工作吧,老人家有我照顾着呢!"

钱海军的同事说,陈亦如老人至今也不知道钱海军和她家前后两名钟点工的一个"秘密"。原来,钱海军帮陈亦如找过一个钟点工,陈亦如记得的行情是多年前的,可那个价格现在根本就找不到钟点工,钱海军也不做解释,就自己常年出钱"贴补",还让钟点工不要告诉老人。"这个钟点工费用不贵,但事做得可好啦!"陈亦如这样说的时候,旁边的人都默默地会心一笑。

2013年10月,古塘街道孙塘新村的陈文品老人突发疾病,住进了宁波的医院,钱海军27天里去看望了6次。有对老人出远门不会买火车票,钱海军给他们买。金山小区的王承林老人每年都要去南京探亲几次,每次都是钱海军帮着买火车票。

"有时候,电话几个小时不响,我就坐不住。电话响了,我就知道有人需要我。有时候,我有烦心事,去帮老人修下电路,和老人聊会儿天,人也舒服了。"在钱海军眼里,自己的付出也是收获。正是这种奉献的快乐使钱海军的心像火一样热,即便在冬天,他也只穿短袖衬衣。同事唐洁说:"海军心是火热的,身体也跟着热了。"

渐渐地,他不再是"一个人在行动"了。2012年,慈溪市电力公司成立了"钱海军志愿服务队",钱海军的同事、家人、校友和许多钱海军并不相识的人纷纷加入其中,如今已有上千人,很多同事成了钱海军的左膀右臂。钱海军的妻子和女儿,也是他的志愿服务队的成员。2017年2月28日,钱海军和几位志愿者筹集了一笔爱心款作为路费,带着7位老人去北京旅游,他的妻子陈冬冬也一同前往,一对一地负责陪护朱元华老人。陈冬冬心细,怕北方太冷,老人受不了,还给老人的衣服上都贴了"暖宝宝"。

"每次我跟海军一起去看望那些老人,听老人说海军是个大好人,像他们的儿子一样,我的心里也美滋滋的。"陈冬冬说。在家里,海军的女儿只要一听到爸爸的手机响,就知道肯定又有人来找爸爸去帮忙了。时间一长,女儿也就像海军的影子一样,会经常跟着爸爸去看望那些老爷爷和老奶奶。

美好的故事就是光明。真实的故事也最有力量。虽然宁波的爱心故事永远也讲不完,但我们还是要从每天都在层出不穷地诞生着的故事里,再讲一个普通人 —— 一位常年行走在象山半岛上的兽医,以她帮助养殖户脱贫致富的故事,作为这一章的收束。

故事的主人公叫陈淑芳,担任象山县畜牧兽医总站站长多年,养殖户都叫她"陈师傅"。穿着白大褂,背着双肩包,包里总会放着一个大水杯……在象山半岛,没有谁不认识这位女兽医的。她在象山半岛上风里来雨里去,行走在猪舍、鸭棚和牛栏之间给禽畜治病,用自己的专业力量,帮助养殖户脱贫致富,已 30 多年了。

1987 年夏天,风华正茂的陈淑芳从金华农校毕业,成为象山县良种畜牧场的一名兽医。当时,象山县有不少从事畜禽养殖的人,但是陈淑芳渐渐发现,这些从事养殖的人,不是因为家境贫困,就是身有残疾,没有能力做别的生意或外出打工。在陈淑芳眼里,她面对的是一个弱势群体,能为这些养殖户多做一点事情,不仅是她应尽的职责,也是在奉献一份温暖的爱心。

2000 年春日的一天,陈淑芳到象山县泗洲头镇肖胡村出诊时,看到一个名叫肖亚芳的村民正在号啕大哭。肖亚芳是一个在语言和行动上都有障碍的残疾人。陈淑芳赶紧上前一边劝慰,一边问清楚情况。原

第十八章 讲不完的故事

来,她靠借债养的 500 多只鸡,一夜间全部染病死亡。

陈淑芳劝慰她说:"快不要难过了吧,天塌不下来! 我也帮你想想办法。"第二天,陈淑芳拿出 1 万元钱,为她买来了 10 头母猪,说:"只要人勤快肯干,就不信蹚不出一条脱贫致富路来!"

从此,肖亚芳成了生猪养殖户。她不时地会给陈淑芳打来电话,问这问那:"陈师傅,母猪吃食不欢了,怎么办?""陈师傅,昨晚又死了一头小猪……"一接到电话,陈淑芳就赶紧去往肖胡村,及时查看和处置突发情况。

陈淑芳深知,畜禽一旦感染了病菌,发病极快,有时早一小时打针,可以救活大半,晚一小时打针,很可能就会全部死光,导致养殖户一夜返贫,希望破灭。所以陈淑芳越来越真切地感受到自己所担负的重任:她所挽救的,不仅仅是那些猪、鸭、鹅的生命,更是一个个家庭的生活与希望!

为了和时间赛跑,去保护更多养殖户家庭正在生长的希望,有好几次,陈淑芳自己顾不过来,就请求几位当护士的同学赶过来,帮着她一起给猪打针。她的丈夫也曾经当过兽医,后来转行了,但丈夫也多次被她"逼着"重操旧业,前去帮忙"救火"。

天道酬勤亦酬善,功夫不负有心人。在陈淑芳的悉心帮助下,没过几年,肖亚芳一家脱贫致富了,还盖起了小别墅。为了表达对陈师傅的感激之情,肖亚芳竟然在自家猪舍墙上写下了一行醒目的、像乡村广告一样的标语:陈师傅好人!

蔡雅兰是陈淑芳倾力帮助过的另一位村民。2014 年春节后上班第一天,象山县墙头镇合心村的 10 多个生猪养殖户,找到已担任象山县畜牧兽医总站站长的陈淑芳说:"陈师傅,你能不能去管管村里那个养鸡户蔡雅兰?再这样下去,我们的猪也没法养了。"

陈淑芳一听,心里纳闷,这是怎么一回事呢?原来,这一年早春时节,一场禽流感蔓延到了宁波城乡,一时间,家禽在市场上几乎无人问津,养鸡户蔡雅兰无钱再给自己饲养的5000只山鸡买饲料了,饥饿的山鸡就天天成群结队地涌进旁边的养猪场里抢食。时间一长,养猪的人不愿意了。蔡雅兰的养鸡场,是陈淑芳一手帮扶着壮大起来的,现在有事了,村民们当然就想找陈师傅出面管管这件事。因为,蔡雅兰平时最信任陈师傅。

陈淑芳一听,赶紧放下手上的工作,多方联系冷冻厂,总算帮蔡雅兰卖掉了4000只鸡,还有1000多只鸡,暂时实在找不到买家了,她就带着几位同事,走进了县城的菜市场。

"我们是县畜牧兽医总站的,请放心,这些鸡绝对没问题!"当年3月,陈淑芳带着同事跑了多次菜市场,总算帮蔡雅兰卖掉了剩下的那千把只鸡。卖完鸡的当晚,蔡雅兰给陈淑芳发了条短信:"今天是休息日,陈师傅却带着同事去帮我卖鸡,这份恩情,今生难忘啊!"

其实,陈淑芳所付出的,又何止是一些休息日。为了畜禽防疫和安抚、鼓励养殖户,坚定走向富裕的信心,她经常是两三个月里只休息半天,有时候大年三十晚上还在养殖场忙着打防疫针。有一次,她发烧了,也顾不上去医院,自己就在实验室里抽血检测,排除禽流感后,又投入到了工作中。

"陈师傅,有的干部说猪场规模太小,要拆掉,这些猪可是我们全家的依靠啊,你要给出出主意啊!"

"鸭子在河里找吃的,自然也就会在河里拉,说是污染环境了,不让我家养鸭了!陈师傅,还有没有更好的法子?"

这些年来,像这样的电话,陈淑芳不知道接了多少,费了多少口舌去

第十八章 讲不完的故事

解释,去帮着想主意,改善养殖方式。

因为一直在农村畜禽养殖一线做兽医服务工作,陈淑芳较早时候就发现了,随着养殖业的快速发展,直接排到河里的畜禽粪便,对河水的污染肯定会越来越严重,因此关停一些疏于管理或根本没有管理措施的小养殖场,势在必行。但因为是常年泡在一线,她也深知一个小小的养殖场,对一个养殖户来说意味着什么,大多数养殖户并没有其他生产技能,一旦关了养殖场,等于断了他们的生路。

那么,能不能找到一些两全的办法,既能发展养殖业,又不污染环境呢?陈淑芳一直在留心摸索着。为此,虽然工作十分忙碌,但陈淑芳从未间断过自己对专业新知识、新技术的学习。46 岁那年,她获得了扬州大学畜牧专业博士学位。

几年前,陈淑芳还在乡畜牧兽医站当站长时,就建议和动员过所在乡镇的政府领导,把几个村的养殖场搬到一起,形成一个畜牧小区,以便集中管理和处理污水。

陈淑芳这个科学的建议被采纳了。在她的推动下,象山县先后建成了 10 多个集约化的畜牧小区。

2010 年,陈淑芳又想出了一个"水禽上岸"的好点子,即在河岸边挖出小水池,安装喷淋设施,建立起一个封闭和安全的粪污处理系统,这样,就可以把原本养在河里的鸭、鹅赶到河岸上。

"白鹅不肯上岸,我们几个人划着小舢板赶鹅上岸,给它们打了预防针,没人叫苦叫累,好样的!"陈淑芳在自己的微信朋友圈里写道。

不久,陈淑芳又在工作实践中获得一个新灵感:能不能尝试用象山半岛的海水资源,代替稀缺的淡水,发展畜禽养殖呢?于是,她又带领团队设计和打造出了"水禽上岸"的升级版:在人工开挖的海塘里,淤泥中养蛏子,底层养梭子蟹,中间层养海鲇鱼,最上面的一层养鹅。鹅的粪便可成为梭子蟹的日常饲料。

"要是鹅不肯喝海水怎么办?"有人提出质疑。

"这个我当然也想到了,如果在岸边放上可以供应鹅群食用的定量淡水,就可以解决这个问题。这样可以避免对大量淡水的浪费与污染。"

这个方案经过试验后,获得了成功!与在河水里养殖相比,在海塘里养出的鹅,成活率和产蛋率都提高了。细心的养殖户还计算出了具体的数字,平均每只鹅可增收 30 元。

没过几年,象山县就有大约 30 万只水禽上岸养殖了,每天可减少排入河中粪便 60 吨,使 60 多条河免受污染。

在象山当了 30 多年兽医,陈淑芳从来没有想过要换一个更舒适一点的工作,或者是动过离开象山的念头吗? 那倒也未必。

2007 年夏天,泗洲头镇养殖户袁力新家的猪得了病,她急匆匆地赶到那里就诊。那天,她刚将针头刺入一头母猪耳部,母猪猛地一反抗,粗大的针头竟穿透了她的食指,鲜血直流……她忍着剧痛给所有猪打完针时,已到午夜时分。

想到第二天还有别的出诊,她独自开着车星夜回家。不知是因为手痛还是心里难过,开着开着,眼泪夺眶而出,模糊了她的视线。突然,方向盘一滑,车子驶向了漆黑的大海……幸亏前面一个水泥路桩挡住了汽车,不然后果不堪设想!

这件事后,陈淑芳确实动过离开象山半岛的念头。说起来,她曾有过好几次机会可以离开象山,到条件更好的宁波市里工作。2009 年,丈夫调往宁波工作,她本来可以一同调去,但她放弃了。2011 年 6 月,陈淑芳的女儿考入宁波的一所重点中学。这一次,她暗自下了决心,为了照

第十八章 讲不完的故事

顾女儿，一定调到宁波去工作。照顾自己的女儿，这是一个最不能让她拒绝的理由了。

那天，陈淑芳本来打算为养殖户讲完最后一堂培训课，就到宁波去报到。谁知，她刚一走进教室，几十个养殖户一下子围了上来，几个妇女上前抱着她痛哭不已，还递给她一封有几十人签名的挽留信。有的养殖户恳请她，哪怕再留下一年也行。乡亲们的盛情挽留，让本来去意已决的陈淑芳又动摇了，只好抹着眼泪又留了下来……

就这样，到宁波去和丈夫团聚、从此过上有规律的生活的念头和打算，都被质朴乡亲的一个个求助的电话驱散到了九霄云外。2012年和2014年，她两次婉拒了宁波市相关单位想调她去工作的邀请……

2014年9月的一个周末，陈淑芳的母亲感到胸闷，她就带着母亲去医院做检查。刚到医院门口，她就接到村里打来的一个电话，电话那头的声音听上去是那么急切！深明大义的母亲早已习惯了女儿的工作状态，当即就让她先去处理那边的事情，过些日子再带她来检查。不料，几天后，母亲因突发脑梗死，近乎成了植物人。夜深人静的时候，陈淑芳握着母亲的手，默默地流着眼泪，内心无比愧疚。

陈淑芳有时候会在自己的微信朋友圈里，晒一晒孩子们的生活情况。不了解真相的人看她的朋友圈，会奇怪她家里怎么会有那么多的孩子。其实，出现在她朋友圈里的8个孩子，只有一个是她的亲生女儿，其他孩子都是她结对抚养和资助的。

从1997年起，陈淑芳先后将5名结对助学的孩子带到家中抚养和教育。2009年，有一位养殖户农民不幸触电身亡了，善良的陈淑芳又把他的一对年幼儿女接到家中，承担起了抚养和教育两个孩子的义务。孩子多了，平时吃的、穿的、用的，还有每年的学习费用什么的，让陈淑芳夫妇渐渐有些入不敷出了。特别是 2014 年 9 月，有两个结对资助的孩子考上了大学，这是件大喜事，陈淑芳夫妇高兴得就跟自己的女儿考上了大学一样。

可是，等他们给这两个孩子交完了学费，家中的积蓄已所剩无几。这时候，自己的女儿要去外地上大学，就只剩下能买一张深夜出发的廉价机票的钱了。女儿要参加学校的乒乓球比赛，需要一套运动服，陈淑芳拿不出更多的钱来，只好花了 28 元，在网上"秒杀"了一套便宜的运动服，然后怀着愧疚对女儿说："对不起，等妈妈手上宽裕一点了，一定给你买一套好一点的运动服……"

"妈妈，放心吧，这套运动服我穿着也没有问题啊！"女儿说，"不过，您舍得给弟弟花 1.6 万元修补牙齿，却舍不得给自己买一件像样的衣服……"女儿说的这个"弟弟"，就是陈淑芳抚养的第一个结对助学的男孩。

"看着我助学的孩子们上完晚自修后，回家吃着热气腾腾的点心，我当然也会牵挂在宁波上学的女儿，她是不是穿得暖和？"陈淑芳在朋友圈里这样写道。

"爸爸、妈妈，是你们改变了我们的命运……请你们放心，你们无私的精神、言传身教的美德，一定也会在我们身上传承下去的。"

看到孩子们写回来的家书里有这样的话语，陈淑芳觉得，自己和丈夫再苦再累一些也不算啥，她为孩子们的善良、懂事和拥有一颗知恩感恩的心，感到骄傲和欣慰。

尾 声

万家灯火　人间星河

2020年12月23日,一年一度的"最美宁波人"颁奖典礼隆重举行,11个最美人物和群体亮相在聚光灯下。

来自江北区慈城镇山东股份经济合作社的社员徐惠明,因为照顾邻居苏美云30余年,获得该年度"最美宁波人"提名奖。人们为他高兴的是,不仅因为他获得了荣誉,更因为他当之无愧地继承了苏美云老人的一半遗产。

这到底是怎么一回事呢?

原来,苏美云和老伴无儿无女,从20世纪80年代起,徐惠明就像儿子一样照顾着他们。1988年,苏美云夫妇的房子因为年久失修,部分坍塌了。徐惠明二话没说,赶紧把两位老人接到自己家住下。1992年,苏美云的老伴过世了,徐惠明又像儿子一样操办了后事。2008年,徐惠明家房子拆迁,一家人搬到了镇上居住。但苏美云老人在镇上住不习惯,徐惠明就专门在村里为她租了房子。2012年,苏美云年事已高,身边需要有人照看,徐惠明征求她的意见,把她送到了敬老院,但徐惠明还是放心不下，隔三岔五地去敬老院探望老人。老人有头疼脑热什么的，徐惠明跑前跑后，生怕有一点闪失。2017年，苏美云安详离世，终年92岁。徐惠明作为苏美云唯一的"亲人"，为她办理了后事。

没有半点亲缘关系，徐惠明却是两位老人最信任、最依赖的亲人。坚持30多年，谈何容易！这件事，乡亲们都看在眼里。两位老人走了，徐惠明肩上的担子也卸下了，事情本来到这里也就结束了。

2020年上半年的一天，山东股份经济合作社党支部书记洪秋国突然找到徐惠明，让他起诉山东股份经济合作社。

徐惠明一听就笑了："洪书记，你这是啥意思？合作社跟每个社员都处得好好的，又没侵犯我的利益。"

"惠明，你是个大好人。不能让好人吃亏啊！"洪书记慢慢对老徐道出了事情的原委。

原来，苏美云老人生前向政府申请的宅基地，在她去世前获批了。2020年初，这块宅基地又被列入了拆迁范围，按照国家政策，拆迁补偿款有100余万元。合作社认为，徐惠明义务照顾苏美云30多年，理应分得她的一部分遗产。但是，徐惠明不是苏美云的法定继承人，如果他能向法院起诉山东股份经济合作社，由法院依法裁决，徐惠明是可能分得这笔遗产的。

"这……不太好吧。"为人质朴、憨厚的徐惠明有点犹豫，觉得这似乎不太合乎自己的想法。

"这是合情合理的事情，老徐，你不用觉得有什么不好意思，而是应该理直气壮地接受这笔遗产。"经过洪秋国的一番劝说，徐惠明同意走一下法律程序。

承办此案的宁波市江北区人民法院的法官仔细了解有关事实和取

证后,与当事各方达成了一份遗产分配调解协议:苏美云的宅基地,按规定应归集体所有,但法律有规定,继承人以外的人对被继承人扶养较多者,可分得适当遗产。因此,徐惠明分得50%,山东股份经济合作社分得35%,苏美云在舟山的一个侄子分得15%。

"真不好意思,当年照顾苏阿姨和叔叔时,从没想过要得到什么,现在不仅分到了一大笔遗产,还获得了这么多荣誉!"徐惠明腼腆地说。

"他获得荣誉、分到遗产,都是应该的,都是当之无愧的!"洪秋国说,"让好人有好报,这是全社会应有的共识,也是写进了《中华人民共和国民法典》里的。"

普通社员徐惠明的敬老故事,基层干部洪秋国的"维权"举动,都体现了社会伦理与法律规范的人性化结合。这个故事的结局,不仅顺应了民众的期待,也是对社会美德和公共伦理的有效保护,足以显现"良法善治"之效。

徐惠明分到苏美云老人的一半遗产,合乎山东合作社干部的另一个心愿。老徐是个本分人,工作踏实,但是家庭经济条件一般。这笔钱可以帮助他们家好好改善一下经济条件。如果苏美云老人在九泉之下得知她可以给予徐惠明实实在在的回报,她肯定会非常开心。用经济学家的话说,这与"第三次分配"相关。什么是"第三次分配"?厉以宁教授在1991年发表的论文《论共同富裕的经济发展道路》中,首次提出了"影响收入分配的三种力量",他指出,道德力量是在市场机制、政府调节的力量之外,第三种可以影响收入分配的力量。2021年,中央财经委员会第十次会议专题研究共同富裕问题,会议指出,构建初次分配、再分配、三次分配协调配套的基础性制度安排,使全体人民朝着共同富裕目标扎实迈进。我们可以这样理解,初次分配是市场调节下的收入分配,主要体现了生产要素的数量、质量、效率的价值,二次分配是政府主持下的收入再分配。例如,一方面向达到一定收入水平的人征收个人所得税,向转移财产的人征收遗产税、财产转移税等;另一方面给予低收入者以补贴、救济等。第三次分配是个人体现道德力量和社会责任感,自愿对指定对象进行捐赠和资助。不管捐赠、资助的金额有多少,这种行为都体现了人间大爱,体现了社会和谐,体现了文化关怀。徐惠明分到苏美云老人的一半遗产,就是享受了第三次分配的果实。而且,爱之花、善之果都长在一棵树上,怎不令人感动呢?难怪大家都替徐惠明高兴!

春江水暖,雨生百谷。2020 年 3 月 29 日至 4 月 1 日,正是万物勃发的时节。在统筹推进疫情防控和经济社会发展的特殊时期,习近平总书记来到浙江、宁波考察调研,他赋予了浙江"努力成为新时代全面展示中国特色社会主义制度优越性的重要窗口"的新目标、新定位。

2021 年,站在"两个一百年"奋斗目标的历史交汇点上,放眼中华民族伟大复兴的战略全局和当今世界百年未有之大变局,在庆祝中国共产党百年华诞、宣布全面建成小康社会的历史性时刻,习近平总书记又赋予了浙江"建设共同富裕示范区"的光荣使命。

2021 年 6 月 10 日至 11 日,浙江省委书记袁家军在省委十四届九次全体(扩大)会议上这样阐释:共同富裕是中国特色社会主义制度优越性的集中体现。共同富裕是以高质量发展为基石的共同富裕,是在做大"蛋糕"的基础上分好"蛋糕",是效率与公平、发展与共享的辩证统一。

在中国古代典籍《礼记》里有这样的描述:"大道之行也,天下为公。选贤与能,讲信修睦。故人不独亲其亲,不独子其子,使老有所终,壮有所用,幼有所长,矜、寡、孤、独、废疾者皆有所养,男有分,女有归。货恶

尾声　万家灯火　人间星河

其弃于地也,不必藏于己;力恶其不出于身也,不必为己。是故谋闭而不兴,盗窃乱贼而不作,故外户而不闭。是谓大同。"古人所描绘的大同气象,是对美好生活的憧憬,对文明社会的期待。今天,在中国共产党的领导下,我们共同奋斗,取得了消除贫困这一在人类社会发展史上前所未有的辉煌成就,而且极大地提高了人民的获得感、幸福感。从小康到大同,越来越接近实现中华民族伟大复兴的远大目标。

宁波走在改革开放前列,宁波人分享了改革开放的伟大成果。今天,争当"重要窗口"和"共同富裕示范区"的"模范生",成了所有宁波人耳边最响亮的口号,心中最坚定的目标!

近些年来,无论是政府层面,还是社会层面,宁波上下都在致力于打造"爱心城市""最具幸福感城市""全国文明典范城市"品牌,让道德力量引领城市风尚,用城市底蕴书写共同富裕的崭新篇章。月月评选"宁波好人"、处处开办"道德讲堂"、年年发动"公益创投",宁波形成了崇德向善的社会氛围,形成了美美与共的发展共识。

以评选"宁波好人"为例,宁波市委宣传部和市文明办建立了自下而上的一套长效机制,从村(社区)到乡镇(街道),再到县(市)区,逐级发现好人、宣传身边的道德模范。鄞州有"道德民星"评选,北仑有"北仑好人"推选,余姚有"道德银行",象山有"文明诚信家庭"评选……让所有的好人受到应有的礼遇、尊重和赞美,让"宁波好人"从最美的"盆景"变成阔大的"风景"。

"顺其自然"是"宁波好人"群体中一个默默无闻的身影,每一个"宁波好人",都乐于使用"顺其自然"这个名字,乐于让"顺其自然"这个名字越来越响亮。"顺其自然",是象征宁波之爱的共享符号,是宁波城市形象的美好使者。"顺其自然",是一种低调而踏实的精神,是一种安然而知足的心态，是一种无私而忘我的情怀，是一种幸福而永恒的荣誉。爱的汇聚，善的共济，美的呼应，犹如三江合流，归于大海。海定波宁，心安之处是吾乡！

在社会主义现代化建设向第二个百年奋斗目标迈进的新征程中，更好地满足人民日益增长的美好生活需要，必须把促进全体人民共同富裕作为为人民谋幸福的着力点。共同富裕，是全体人民的富裕，是物质生活和精神生活都富裕。物质生活和精神生活都富裕，才能称得上是美好生活，在美好生活中，人与人之间传递的是人性的温暖、道德的光亮。

如果一个人占有的物质财富很多，但是他内心贪婪，对人吝啬，他仍然是一个"穷人"。反过来，如果一个人为人慷慨，乐善好施，不管他是否称得上富人，但是他的精神世界绝对是充盈的。益者，溢也。有益于人，有益于社会，就会从内心溢出快乐和幸福，而不会减少快乐和幸福。从"顺其自然"和众多"宁波好人"的故事中，我们能感受到他们发自内心的快乐和幸福，能感受到他们对美好生活的追求和向往。他们以善意和爱心浇铸的公益文明，彰显的是社会道德的高度和社会信任的深度，让人们对创造美好生活和建设美好社会充满了信心和希望。

"在宁波，看见文明中国"，这是在宁波街头随处可见的一句话。这座城市，创建"席地而坐"的清洁环境，创建"绿盈花香"的美丽空间，创建"全城幸福"的温馨家园。宁波，是文明中国的一个窗口，是共同富裕的一个样本。文明，落实到每一个具体的人身上，落实到每一个细微的善行之中，落实到每一个真切的愿望之中。美好的人性和道德，显现了文明中国的活力，令我们谦和、安宁，也令我们骄傲、自豪！

不必深究"顺其自然"的真实姓名，就像我们不必给每一颗星星取

尾声　万家灯火　人间星河

一个名字。"爱心奶奶天团"并不过问每一个受助者的名字,因为她们把每一个陌生人都视作亲人。除了金钱、物质,有爱的人甚至奉献了自己的热血、器官和遗体,他们把个体生命融入生生不息的世界。爱,是无名的,也是无形的;奉献,是无言的,也是无穷的。抬头看吧,天空里光明璀璨! 俯身看吧,深井里也有星星! 点亮那些星星,一切都有可能!

壮阔的甬江奔腾向前,宁波的爱心故事浩浩荡荡,永远不会有讲完的时刻。因为这些故事,每一天、每一刻都在甬江两岸发生与流传,就像日月星辰的升降与交替,像柳色秋风的轮转与更新,周而复始,顺其自然。生活在甬江两岸的人们,不管是老宁波人还是新宁波人,都无比珍惜这个美好的时代。他们不仅努力奋斗,让自己活得更加美好,而且知恩图报,让更多的人也活得更加美好。他们是共同富裕的实践者,是心中有爱的追梦人!

爱如火种,点亮了万家灯火;火炬接力,璀璨了整个城市。